嵩陽書院研究課題「後期陽明學文獻整理研究」學術成果

陽明學要籍選刊

主編 張昭煒

莆田馬氏三代集

（明）馬思聰 馬明衡 馬朝龍 撰
王傳龍 何柳惠 編校

武漢大學出版社
WUHAN UNIVERSITY PRESS

圖書在版編目(CIP)數據

莆田馬氏三代集/(明)馬思聰,(明)馬明衡,(明)馬朝龍撰;王傳龍,何柳惠編校.—武漢:武漢大學出版社,2018.9
陽明學要籍選刊/張昭煒主編
ISBN 978-7-307-20475-1

Ⅰ.莆…　Ⅱ.①馬…　②馬…　③馬…　④王…　⑤何…　Ⅲ.①古典詩歌—詩集—中國—明代　②古典散文—散文集—中國—明代　Ⅳ.I214.82

中國版本圖書館 CIP 數據核字(2018)第 193739 號

責任編輯:李　程　　責任校對:李孟瀟　　整體設計:涂　馳

出版發行:**武漢大學出版社**　(430072　武昌　珞珈山)
(電子郵件:cbs22@whu.edu.cn　網址:www.wdp.com.cn)
印刷:武漢中遠印務有限公司
開本:880×1230　1/32　印張:10.875　字數:208 千字
版次:2018 年 9 月第 1 版　2018 年 9 月第 1 次印刷
ISBN 978-7-307-20475-1　定價:56.00 元

《陽明學要籍選刊》出版緣起

自從王陽明創學立説後，「門徒遍天下，流傳逾百年」（《明史・儒林傳》），陽明後學亦隨之而起。陽明後學有狹義與廣義之分，狹義的陽明後學是指與王陽明有明確師承關係的弟子，覃及再傳、三傳等，具體而言，主要指列入《明儒學案》的浙中王門、江右王門、南中王門、楚中王門、北方王門、粵閩王門、止修學派、泰州學派等八大門派的學者，並可擴展至有明確陽明學師承關係的孫應鰲、李贄、郭子章等。廣義的陽明後學既包括在學統方面與陽明後學緊密聯繫的林兆恩、虞淳熙等，還涵蓋王陽明講友湛若水後學中摇擺於湛門、王門之間的唐樞、何遷等，乃至由此脉絡發展出來的許孚遠、馮從吾、劉宗周、黄宗羲等後學。

陽明學是明代的顯學，既有風行天下的展開，陽明講會興盛，良知異見紛呈，精彩迭出，亦有末流猖狂自恣，漸失陽明之傳。陽明後學文獻體量龐大，研究内容非常豐富，而陽明後學文獻整理是深入研究陽明學的基礎。進入清代後，由于學風轉變和政治高壓，許多陽明後學文獻在國内遭到禁毁。民國期間雖有所重視，但鑒于形勢所迫，未能大規模整理出版。中華人民共和國成立後，陽明後學文獻的整理與出版提上了日程，其成果主要有兩種形式：一是以某一學者為對象，搜集整理類似個人全集的文集；二是以某一文集為對象，盡可能收集其他傳世版本校勘，最終形成該文集精校本。第一種形式的代表成果如容肇祖整理的《何心隱集》（中華書局，一九六〇年）；第二種形式的代表成果如中華書局編輯部整理的《焚書》（一九六〇年）。這些高質量的成果是陽明後學文獻整理參考的典範。

二十一世紀以來，陽明學研究日趨升温，陽明後學文獻整理出版成為一項重要的基礎性工作。二〇〇七年，江蘇鳳凰出版傳媒集團出版發行了《陽明後學文獻叢書》（第一編），共收録文集七種，分別為：《徐愛·錢德洪·董澐集》《鄒守益集》《歐陽德集》《王畿集》《聶豹集》《羅洪先集》《羅汝芳集》。此後，上海古籍出版社推出《陽明後學文獻叢書》（第二編），于二〇一四年至二〇一七年陸續出版了《薛侃集》《黄綰集》《劉元卿集》《胡直集》《張元忭集》《王時槐集》《北方王門集》共計七種。此外，北京大學《儒藏》「精華編」項目收録了十餘種陽明後學的單部精校文集，包括《聶雙江先生文集》《東廓鄒先生文集》《王龍溪先生全集》《南野先生文集》《近溪子集》等。

陽明後學文獻的整理出版極大促進了陽明後學的深入研究，如依據江西顔氏家族珍藏的《顔山農先生遺集》整理而成的《顔鈞集》，李學勤在序言中稱之為「是我們三十多年來屢次訪求而不能得的孤本秘籍」，這為研究陽明學在民間的演化提供了嶄新的視角。又如國内早佚、僅見藏于日本内閣文庫的泰州學派鄧豁渠的《南詢録》，島田虔次、荒木見悟相繼研究，由黄宣民、鄧紅相繼點校出版，深化了學界對所謂泰州學派「異端」的認識，而這些重要的陽明後學思想文獻並未出現在學界奉為圭臬的《明儒學案》中。如今，這種現象又復現在泰州學派的管志道文獻整理與研究中。又如能够推原陽明未盡之旨的再傳弟子萬廷言，《江西通志》稱其平生著述多有所發明，有《學易齋前後集》《易原》《易説》等若干卷，其書皆失傳。經張昭煒多年搜集，點校整理了北京國家圖書館藏明刻善本《學易齋集》二十卷、日本尊經閣文庫藏明刻本《學易齋集》十六卷、《易原》四卷（附《易説》一卷）、臺灣圖書館藏明刻本《學易齋約語》一卷，以及南昌萬氏族譜中萬廷言的誥命、傳記等珍貴資料，彙集成《萬廷言集》，已由中華書局二〇一五年出版。在國内，影印古籍亦推動了陽明後學文獻整理。圍繞《四庫全書》影印出版的《四庫全書存目叢書》《續修四庫全書》《四庫未收書輯刊》《四庫禁燬書叢刊》收録了為數不少的陽明後學文獻。在日本，位于京都的中文出版社與九州大學合作影印出版了大量的宋明古籍，由九州大學教授岡田武彦、荒木見悟任主編，在臺北與京都兩地刊行了《和刻影印近世漢籍叢刊》（「初編」「續編」「三編」「四編」），每種書前均附有解題，給研究者提供了極大的方便。其中，「初編」「續編」「三編」收録宋明理學典籍，包括《龍溪王先生全集》《王心齋全集》《近溪子明道録》等陽明後學文獻。

由上可見，經過半個多世紀的不懈努力，學界在點校整理和影印出版陽明後學文獻方面成績斐然，然而，相對于數量龐大的陽明後學文獻來說，已有的成績尚顯不足，實有必要繼續大規模整理出版。有鑒于此，二〇一三年一月二十二日至二十三日，在杜維明先生的支持下，在北京大學高等人文研究院召開了陽明後學文獻叢書新項目啓動會，一批年富力强的學者組建了陽明後學文獻整理的團隊，通過了叢書編校體例，制定了工作細則及工作計劃，確定了具體選題：《泰州王門集》《陳九川集》《李材集》《鄒元標集》《鄒德涵、鄒德溥、鄒德泳集》《周汝登集》《陶望齡集》《耿定向集》《唐樞集》《季本集》《楊起元集》等，杜維明先生任課題負責人，張昭煒、錢明任主編。二〇一四年十二月，在浙江省社科院支持下，錢明先生為課題負責人，《泰州王門集》《許孚遠集》《王宗沐集》《楊東明集》《管志道集》《楊起元集》立項啓動，成立第四編。二〇一五年八月二十八日至二十九日，由張昭煒召集，在北京大學高等人文研究院召開第三編推進會，根據提交的文獻整理成果，課題已完成總量的近八成。經研究，由于張昭煒已離開北京大學高等人文研究院，杜維明先生不再負責第三編，改由張昭煒任第三編課題負責人。鑒于耿定向文集已有其他點校者出版，第三編終止《耿定向集》，改為《查鐸集》。《泰州王門集》《季本集》《楊起元集》轉至錢明先生任課題負責人的第四編。十月，國家社科基金重大項目課題立項「陽明後學文獻整理與研究」，錢明先生任首席專家，課題包括《泰州王門集》《季本集》《許孚遠集》《王宗沐集》《楊東明集》《管志道集》《楊起元集》等，成為新的第四編。張昭煒主編的第三編更新為《陶望齡全集》《陶奭齡集》《唐樞集》《陳九川集》《李材集》《鄒德涵集》《鄒德溥、鄒德泳集》《周汝登全集》《查鐸集》《鄒元標集》等。目前，《陽明後學文獻叢書》第三編、第四編兩編同步進行。正如杜維明先生在第三編推進會上所言：「陽明後學文獻整理及相關學術研究工作是一項長期的學術事業，需要我們對陽明學這一課題投入極大的關注與興趣。目前國内不少省份的地方政府以及高校社科機構對陽明後學的研究投入了不少的人力、物力、財力，已經形成了一個良性競爭的局面，但是我們需要一種『大氣魄』、『大格局』，在一種『學術健康』的情況下，開展相互合作。」

在完成鳳凰出版社、上海古籍出版社兩次大規模文獻整理後，在第三編文獻陸續交稿、第四編啓動的基礎上，未經整理出版的陽明學重要典籍日益成為文獻整理與研究的重要内容。研究者偶遇善本、佚文，不以己珍獨享，輯佚成冊，以廣流傳，一己之力有限，衆智群力無窮，結合前期整理成果，《陽明學要籍選刊》雛形漸成。二〇一七年八月二十七日，在陳來先生的支持下，課題組成員在清華大學國學院召開第三編交稿會，討論了《陽明學要籍選刊》。《陽明學要籍選刊》以重要單部文集為主體，延及與王陽明及其後學密切相關的重要散佚文獻，選題以與陽明學關聯性為準則，包括但不限于以下選題：

一、與王陽明相關的文獻，如王瓊的平藩公移等。

二、未列入第一編、二編、三編、四編，但《明儒學案》有列傳或有特殊貢獻的陽明後學的文獻，尤其是未整理的文獻、新發現的善本等；未列入《明儒學案》，但有充分證據顯示屬於陽明後學範圍的散佚文獻，如吳應賓的《宗一聖論》等。

三、已出版的第一編、二編未收録的散佚文獻。

四、輯録的文獻以思想性為主，避免寒暄問候的書信、應酬性的墓志銘等。輯録的文獻包括但不限于以下内容：地方志、書院志、家譜、族譜、墓碑、出土文物、博物館中有重要文字的實物等，如《復真書院志》的學者語録。輯佚的文獻，每條必須標明出處，整理體例與文集相同；數書同引文獻，原則上以最早文獻為底本，並與他本對校，出校勘記。

五、不屬於陽明後學，但若該文獻涉及陽明學的重要問題時，亦可考慮輯録。

在整理成果逐步付梓之際，感謝團隊全體成員的努力，感謝那些曾經提携及支持我們的師友！感謝我的研究生導師張學智老師！他指導我的碩士、博士學位論文，研究與文獻整理結合，從而極大推進了《胡直集》《鄒元標集》的整理，並為我主編第三編奠定了基礎。感謝陳來先生給予的專業指導及推薦！感謝嵩陽書院的課題資金支持！感謝武漢大學中國傳統文化研究中心馮天瑜先生、楊華先生兩位主任的支持！感謝武漢大學國學院郭齊勇先生的支持！在整部第三編的編校過程中，杜維明先生一直非常支持我們，兩次北大會議，杜先生均親臨指導。「靡不有初，鮮克有終。」我們曾經歷過既無依靠單位，又無資金支持的艱難困境。亦曾想過放弃，深感綿薄之力無以擔此重任，現在能堅持完成，實有賴于各位師友的鼎力相助，謹向各位的支持表示由衷的感謝！

張昭煒

二〇一八年端午於武漢大學中國傳統文化研究中心

校點說明

馬思聰（1462—1519），字懋聞，號翠峰，福建莆田人。馬思聰早有學名，因家境貧窶，開館授徒為生，黃鞏、周宣、黃希英、周大謨等人皆出其門下。弘治十四年（1501），馬思聰自府學考中舉人。次年，福寧知州俞文焕聘其為諸生講學，寓南禪寺。〔一〕弘治十八年，馬思聰考中進士，隨授寧波府象山縣令，在任期間廉介自將，正己利民，復二十六渠，溉田萬頃。正德三年（1508），馬思聰返鄉丁父憂，服闋后補順德府平鄉縣令。馬思聰在任期間，改建六城門，修縣署，多有惠政。流賊熾盛，馬思聰畫地分民，環堵並築，誓與民守，賊乃無敢犯，然竟以兵興時擅役民築城坐罪。馬思聰謂：「若以築城保民獲譴，吾將何辭？」竟不之辯，遂謫判海州。正德十年夏，海州蝗起，馬思聰親赴督捕，歲獲稔。東海兩崖潮退泥淤，人病涉焉，又為甃砌馬道，

〔一〕乾隆《福寧府志》云：「馬思聰，莆臣人，宏治巳丑知州俞文焕聘為諸生講學，寓南禪寺。」按，宏治即弘治，避乾隆帝諱。今考干支中並無巳丑，弘治亦無己丑年，而俞文焕到任福寧知州在弘治十五年，在任僅一年即以貪墨逃去，故知馬思聰受聘之事當在弘治十五年，干支為壬戌。疑「己丑」為「乙丑」之誤，實為馬思聰中進士之年份，其下缺「進士」二字，當連上為句。

置官渡，往來便之。正德十一年，馬思聰升任紹興府諸暨縣令，到任后將均征役、裁冗務、抑豪强等數事張榜於衢，遍告百姓。浙鎮中貴人縱其下遍歷郡邑誅求，至諸暨，馬思聰縛而鞭之，乃盡得其奸跡，抵以罪。隨擢南京户部主事，奉敕督糧江西，駐安仁。正德十四年六月，適值寧王朱宸濠生辰之宴，或勸弗往，思聰曰：「吾往欲覘之，疾報天子耳。」及被執繫獄，不屈，絶食六日死，享年五十八歲。嘉靖元年（1522），贈馬思聰光禄少卿，配享豫章旌忠祠。次年，御史鄧顯麒上《正祀典疏》，謂馬思聰等死節非真，不當祀，遂奪二人贈官，并罷配祀。嘉靖九年，巡按御史穆相列上馬思聰死節狀甚悉，禮部尚書李時等請復贈官配祀，嘉靖帝下廷臣議，無異言，乃復其贈官、配祀，馬思聰身後事至此遂論定。馬思聰官職品級較低，朝廷並未特賜謚號，但江西士民曾於通衢立忠節祠祀馬思聰等人，後人遂以「忠節」為其謚號，而尊稱之為「忠節公」。

馬明衡（1491—1557），字子莘，號師山，為馬思聰次子。馬明衡幼年隨父就學，及其父中進士而令象山，明衡遂辭歸，從興化府同知朱海受毛氏《詩》。[一] 閩中學者率以蔡清為宗，至

〔一〕　詹仰庇《明文林郎山東道監察御史師山馬公墓誌銘》云：「侍御年既十四，遂辭忠節公歸，從郡丞朱公某受毛氏《詩》，文學聲籍籍出諸生上。」明弘治時莆田縣歸興化府所轄，今考清同治《重刊興化府志》，弘治時興化府府官朱姓者僅朱海一人，故知所謂「郡丞朱公」者即為朱海，時任興化府同知，「郡丞」為其古稱。

馬明衡則問學於王陽明、湛若水兩人，並與王門弟子交遊。正德七年，王陽明《與湛甘泉》信中提及「子莘極美質，於吾兩人卻未能深信」，可知馬明衡對於陽明學也經歷了一段自懷疑至信奉的過程。正德八年，馬明衡自府學考中舉人，次年又中進士，授南京太常博士。在南京期間，馬明衡不僅得從王陽明問學，還與陽明門人路迎、林達、黄宗明等人相互切磋，詩文大進。正德十四年，其父馬思聰死於寧王朱宸濠之难，馬思聰聞訊親赴江右，與自莆田趕至的兄長馬明奇共啟父殯，易衣冠，殮櫬以歸。父喪服闋，馬明衡起復如京，復取道卒業於陽明。嘉靖三年春，馬明衡選授御史，適大禮議興，嘉靖帝欲隆其生母，故興國太后令節朝賀如儀，而下旨免昭聖皇太后生辰朝賀。馬明衡入臺纔十日，即上疏諫言帝隆大禮於所生而輟成典於昭聖，情文相違，讒言易生，適以開兩宮之隙而滋臣民之疑，嘉靖帝大怒，逮下鎮撫司拷訊。陳逅、季本、林應璁等同僚上疏論救，皆詔下獄，卒罷黜馬明衡為民。此後廷臣雖多次舉薦，然終廢棄不復用。馬明衡歸鄉之後以讀書為事，時與朱淛、王鳳靈、林大輅相過從，暇則杖屨遊覽山水，摹寫景光。嘉靖六年，王陽明得馬明衡所寄書信，見其字畫文采皆有加於疇昔，勸其當用力於良知之學，莫因沉溺辭章而損傷根本。馬明衡閒居在家三十餘年，所著有《尚書疑義》《禮記集解》《春秋見存》《周禮通義》等書，惟《尚書疑義》因抄入《四庫全書》而留存至今，其餘著作均已散佚。嘉靖三十六年二月十四日，馬明衡卒於家，享年六十七歲。

馬朝龍，字從甫，太學生，為馬明衡長子。馬朝龍四上公車輒報罷，遂決意不復科舉。馬朝龍有詩名，與王世貞、歐大任、梅鼎祚等人有所交往。王世貞謂其「詩轉佳」，並贈有「虬髯生自赤，鯨力句逾蒼」之句，足見其詩作有可圈點之處。嘉靖中期之後，倭寇屢犯福建，莆田數遭兵禍。嘉靖四十一年十一月二十九日，倭寇又攻陷府城，大肆屠殺軍民數萬人。馬朝龍因避兵禍，四處奔走，居無寧日。隆慶改元，卹録建言諸臣，馬明衡於格當贈。馬朝龍趨京師，冀伏闕得自陳，會有詔，令所部使者上其事，子孫不得自言，朝龍乃歸白於福建巡撫塗澤民。隆慶三年（1569），塗澤民暴卒，追贈之事遂不行。

馬思聰、馬明衡的遺作曾由馬朝龍彙編為《閩中馬氏集》，但因莆田屢遭倭寇兵火，至萬曆十年（1582）馬朝龍請佘翔為此編作序時，佘翔稱之為「祝融氏所留」，可見其時已成殘編。此殘編傳至清康熙二十一年（1682）時，裔孫馬之遂請鄭泰樞作序，改題為「馬忠節、師山二公遺詩」，「將携遊粵東，訪其令姪樂昌宰泰徵，梓傳於世」。今核同治《樂昌縣志》、民國《感恩縣志》，可知馬泰徵實際自康熙十七年已從樂昌知縣離任，同年改任瓊州府感恩縣知縣，康熙二十二年由梁廷揚接任。另據嘉慶《密縣志》：「海南嵐瘴毒人，如福建馬泰徵、河南梁廷揚……皆没於任。」可知馬泰徵最終卒於官任，時間在康熙二十二年前後。馬之遂既不知馬泰徵近況，又無從訪求之，乃知刊刻之事終未能成。光緒二十四年（1898），莆田劉尚文得此「島夷灰燼之餘」，重新編次馬思聰、馬明衡詩文殘編，又附入二公志傳及所遺文詩，交由其後裔馬鴻年刊刻行世，書題「馬忠節公父子合集」，牌記篆書「光緒二十四年歲次戊戌春二月開雕」，又有「福州蔣紹荃鐫」的刊工題記。此本是目前保留馬思聰、馬明衡、馬朝龍詩文最多之本，實際上也是馬氏父子三代遺集的初刻之本。

《馬忠節公父子合集》卷首為佘翔《閩中馬氏集序》、鄭泰樞《馬忠節、師山二公遺詩序》、張信《馬忠節公父子合集序》、劉尚文《重編馬忠節父子合集序》、張景祁《題馬忠節公父子合集》、《明史本傳》（馬思聰）、《明史本傳》（馬明衡），以下依次為《忠節馬光禄先生軼詩》（録馬思聰詩二十四首）、《侍御馬師山先生軼詩》（録馬明衡詩五十四首）、《附馬從甫賈餘稿》（録馬朝龍詩十一首）、《附馬之遠詩》（一首）、《侍御馬師山先生軼文》（共五篇，疏一、序二、記一、碑一）、黄鞏《明故南京户部主事翠峰先生行狀》、林俊《明贈奉議大夫光禄寺少卿水南馬君翠峰墓志銘》、黄鞏《祭翠峰先生文》、詹仰庇《明文林郎山東道監察御史師山馬公墓誌銘》、林應驄《論救臺臣疏》、王守仁《與馬子莘書》、《附贈答諸詩》（録他人詩二十四首），最末為江葆熙識語。《馬忠節公父子合集》所收零星不全，無法反映馬氏父子詩文面貌，劉尚文稱「今讀兩公詩，選詞鍊調雅合唐賢，非騷人墨客所能望其肩背，抑何其工也」，不免為過譽之詞。即從體例而言，此書編次亦較為混亂：既云「忠節公父子合集」，正文又附收馬思聰之孫馬朝龍、裔孫馬之遠詩，繼而方為馬明衡文章；既將馬思聰父子《明史本傳》置於卷首，《行狀》《墓志銘》《祭文》反又置於卷末，之後續收王守仁書信、他人贈答詩歌，皆可謂不倫不類。但明代中期所編訂之文集，在島夷灰燼之後，復能流傳數百年，並最終刊行於世，亦如張僖所稱：「（馬氏父子）原不必以詩文顯。第即詩文論，亦挾有忠義貫日月之氣，盤鬱乎其中，與英風亮節共垂不朽，正不得以殘縑斷簡而少之也。」

今光緒本《馬忠節公父子合集》亦成為珍稀之本，僅國家圖書館、廈門大學圖書館、北京大學圖書館等寥寥數家圖書館方有收藏。2010 年廈門大學出版社《中國稀見史料》第一輯、2013 年黄山書社《明别集丛刊》第一輯均將此書影印出版，但前者所用底本為廈門大學圖書館所藏本，内鈐「閩郭白陽藏書」「莫等閒齋」「郭氏白陽」三印，知舊為福州著名藏書家郭柏蒼之子郭白陽所藏，惜其中多有蟲蛀殘缺之處，不若後者所用底本為北大圖書館所藏本品相完整。但廈大所藏本在書末《附贈答諸詩》部分多補入五首詩，因而有兩頁版心頁碼均為「四十八」，比北大所藏本多出一頁，雖為較后印本，内容反而更為豐富。另據整理者考察，國家圖書館凡藏兩種，實際上均為所見品相最優之本，其中之一鈐有「讀梅花百詠齋」、「莆田劉氏」圓形瓦當印、「澹齋持贈」、「莆田劉澹齋藏書記」四印，知其即為此書編者劉尚文（號澹齋）所藏本，專供贈送所用，其最末頁亦重出四十八頁，與廈大所藏本同；另一種雖無藏書印，但以白紙刷印，紙質在所見本中最佳，而字畫精細，又有墨批若干處校改訛字，並對書中文字的刪削、補入提出意見，乃至對刻工剜板不細而殘留墨條處提醒改進，可知此本當為初刻試印本。此初印本與北大藏本相同，書末亦缺少后印時所補入的五首贈答詩。墨批者並未署名，但觀其對卷首張僖序進行了大面積的修改，疑其即為張僖本人。張僖時任興化府知府，屬劉尚文、馬鴻年的本地官長，刻本既邀其作序，則在刻成后先以好紙刷印呈送，亦在情理之中。墨批所提意見皆頗為得當，但或許是意見並未反饋給刻工，抑或大面積調整板片十分不易，實際上未被採納。本次校點整理，即採用國圖劉尚文舊藏本為底本，此本與廈大所藏本內容一致，收詩較多，但品相更為完整，毫無蟲蛀殘缺之處。此外，又以小字過録國圖初印本之墨批，原批在天頭、地腳者均置於文中相關處，並加「墨批」二字註明。底本雜引他書詩文較多，整理者則取所引諸書原文參校，標註異文、異字及所用參校版本以供學者參考。

馬明衡存世著作尚有《尚書疑義》一書，《四庫全書》據天一閣抄本收録，亦為現今存世唯一版本。遼寧省圖書館、廣東省立中山圖書館各藏晚清《尚書疑義》抄本一種，均為從文瀾閣《四庫全書》中再次抄出。今據卷首馬明衡原序，落款時間為嘉靖壬寅十有一月朔，是年馬明衡五十二歲，然則此書當為其晚年罷退田園時所作。《四庫全書總目提要》評價此書「能參酌衆說，不主一家，非有心與蔡氏立異者」，又云「明人經解冗濫居多，明衡是編尚能研究於古義，固不以瑕掩瑜也」。四庫館臣對於明代經學研究著作少有褒獎之語，此亦可見馬明衡《尚書疑義》之價值。本次校點整理，即取文淵閣《四庫全書》本為底本，惟馬明衡所引《尚書》及前人註疏文字有與通行本相異者，亦間出校記以説明。

《馬忠節公父子合集》《尚書疑義》均為學界首次校點出版，整理者又雜考文集、方志、族譜、史傳等書，共輯得馬明衡軼詩九首（含聯句詩七首）、軼文四篇、馬氏父子三代傳記等史料九篇、他人贈答詩文一百二十五篇，而以《附録一　馬明衡軼詩軼文》《附録二　馬思聰、馬明衡相關史料》《附録三　贈答詩文補録》的形式補在《馬忠節公父子合集》之後，蓋《尚書疑義》單獨成書，不欲與之混雜也。《馬忠節公父子合集》編纂體例不佳，但為留存古籍原貌之故，本次整理悉遵原書次序，並未重新編排。又，墨批有時亦指出體例不佳之處，若重新編排，則恐令前人意見失卻落腳之處，願讀者諒之。惟書内主體部分既為馬思聰、馬明衡、馬朝龍詩文及馬明衡《尚書疑義》一書，則不宜再沿用古書舊名，故改題為「莆田馬氏三代集」以符其實。

由於整理者水平所限，本書或尚有不足之處，尚祈各位方家不吝賜教。

王傳龍　何柳惠

目録

馬忠節公父子合集

尚書疑義

馬忠節公父子合集

光緒戊戌冬鐫
光緒二十四年歲次戊戌開雕

閬中馬氏集序

作者嘵嘵，采春華而忘秋實，究其獨至非不有聞，而左言右功，余竊羞之，豈非文章節槩青其□□難哉？余讀馬遷氏史，譁其世業，至於□孿蠶室，依回報□（下缺一頁）

□□編氓。余生也晚，不獲與二□正周旋鞭弭間，因文墨批改此字為「交」。驩從甫得覩遺編，則祝融氏所留也。從甫守遺書，悉意百□。其為諸生，□□師說，屬辭一稟於古昔，四上□□輒報罷。邇者不勝齟齬，決（下缺一頁）

世廟議禮時危言震主，亦豈復以微軀為念？今讀其詩，如陰山萬騎結纇夜征，一遇前茅，鷹□具舉，又如黃金在鎔，芒彩□□，目瞬不得正視。跡其行事，□□□者。

從甫陸沉諸生，一賈餘勇，登作者之場，要諸天授，□□素業。嚮使栢梁、鄴下得陪末席，脫明經而辭賦顧當并茂，烏用以儒困哉？從甫日與余尚羊山水間，嘗投袂向予謂：「不佞幸一旦得肩國家，即不難以七尺當之。」其陳說國體，條措機宜，明於□濬。則從甫之嗣二公者，詎詩乎哉？齕者謂：「從甫未離師說，猶然韋布，奈何口屈宋而優孟六朝？彼金陵大都，詩書闤闠，從甫即欲取捷徑以希大名，得毋以夜郎自詫乎？且也落魂（墨批改此字為「魄」。）間關，不得奉一囊以膳母，而欲緒其世，吾見其弗類也。」嗟嗟！崦嵫雖遠，駑馬可幾，縶驥足而責其致衢，不能以尺。虞卿去趙，韓非入秦，務為著術，遑恤其至？天籟自鳴，機動於中故也。從甫年未強仕，銳意於柯，壇墠之上，其寧不辟易三軍者乎？脫小（墨批改此字為「不」。）幸終奇，用儒以老，殫其餘日，將窮結繩、羅今古，鼓行而出，誰為堅者，安知其稅駕所哉？向使馬遷有子如從甫，天官之職不獨二世，故余因從甫而慨史遷也。

萬曆壬午歲春日佘翔宗漢甫撰

「宗漢氏」「佘翔之印」

馬忠節、師山二公遺詩序

人生大節，惟忠孝與為不朽。或謂「孝貴全歸，忠必致身，二者不能兼盡」，不知古稱求忠臣於孝子之門，盡忠即所以盡孝也。顧其父能移孝作忠，為之子者或未必能以忠成孝，從未有通父子為一氣、合忠孝為一心，如馬忠節、師山二公者也。二先生大節著朝廷，姓名垂史冊，其不朽而足傳者豈必藉詩而見？然即詩亦足以見二先生焉。

夫子之訓小子學《詩》曰：「邇之事父，遠之事君。」君父之義明，斯學《詩》之理備。當明正德間，逆藩變作，都御史孫公燧、副使許公逵即日死之，時適公奉使督餉，以不屈幽繫獄中，不食五日，亦死之。夫孫、許二公以守土而死，分也。公以奉使適至，似可稍寬，而必以死殉者，蓋深明於君命不辱之義，不欲以苟免全軀負所學以負君也。觀其獄中詩曰：「四壘孤軍盡，中原羽檄忙。大臣誰在漢，六傳未乘梁。引領瞻天闕，低回思故鄉。自甘膏鼎鑊，豈復厭稻粱？」又曰：「蕭條一片地，六月暗飛霜。駢首衣冠古，捐軀俠骨香。天猶驕七國，險已失三湘。死矣甘吾分，君恩不可忘。」一片轟轟烈烈之氣，慷慨悲歌，直欲令山嶽動摇，乾坤變色，豈徒作尋常吟詠想乎？

公歿後，仲君師山公官太常博士，聞訃走江右，收公屍，殮櫬以歸，哀毀不欲生。母鄭安人謂：「而父以忠死，若能以忠承而父，孝莫大焉。」服闋，復職太常，即劾大將某廟祀不敬。太常原鮮彈劾例，而公必抗疏直諫者，亦欲明人臣知無不言之義，不欲以因循畏憚負所學以負君者，并以負吾父也。

迨值昭聖皇太后誕晨，詔命婦免朝賀，公上疏言：「前者興國太后聖誕，命婦已行朝賀，且未越月。主上隆大禮於所生，而輟成典於昭聖，情文相違，讒言易生，適以開兩宫之隙，滋臣民之疑。」聞者為之流汗吐舌，謂忠節公有子，不獨以己之忠承父之忠，且以己之孝成君之孝。雖其忠孝性生，亦由夙奉過庭之遺訓，於君父大義講明至熟，一至於此，而學乃大著者也。

公嘗從陽明王公遊，得理學正宗。當忠節公殉烈時，陽明公撰文祭奠，情辭悲切。墨批：祭文宜附刻。公亦賦詩寄哀，比之風人之詠《蓼莪》，聞者為之廢書焉。樞久慕二公風概，以未見詩集為恨。而公裔孫之遂，博雅多才，嘗辭徵辟，隱於山水，詩畫有王摩詰風。近住三山，出二公詩屬予為序，將携遊粤東，訪其令姪樂昌宰泰徵，梓傳於世。予聞樂昌君循良著績，有厥祖忠節公作宰時家風。忠節公令諸暨詩曰：「邑小稀民訟，官閒愧俸錢。風流愛單父，秋水瀉鳴絃。」君家閥藏治譜，學有淵源，單父風流至今日而猶未墜乎？謹附片語以往，知樂昌君必能傳二公詩者，且以見後世之為詩者，心不本於忠孝，不可以言詩；學不通於父子祖孫者，不可以言忠孝也。

康熙壬戌秋八月朔日

賜進士第文林郎延平教授後學鄭泰樞頓首序

馬忠節公父子合集序

語云：「疾風知勁草，板蕩識純臣。」斯言也，豈獨為仗節死義者發乎？即披鱗觸諱，甘蹈不測，卒放廢於山巔水涯以上五字墨筆圈起，墨批：圈刪。以終其身，彼其人事蹟雖殊，「彼」、「人」二字墨筆圈起，墨批：圈刪。而效忠於主之心則一也。顧安得魁奇卓犖之行而盡萃於一門哉？吾讀莆田《馬忠節公父子合集》，而此字墨筆圈起，墨批：圈刪。重有慨矣。

方宸濠之叛也，忠節公由南京督餉至，猝遇其難。論者以公非守土官，可不死，且其時舟抵龍窟，距南昌尚百餘里，已有風聞，設公委蛇觀變，禍必不及，乃亟欲密探反狀，遂以逆濠誕底本此字為異體字，墨批改為正字。辰入賀，至罹底本此字為異體字，墨批改為正字。凶慘，若深為公痛惜者。嗚呼！公之精誠忠勇可格穹蒼，祇此字墨筆圈起，墨批：圈刪。知有國而不知有身，其敢於履虎尾而不悔者，志豫定也。若稍有遲回進退於其間，則見危授命之義能無愧乎？師山侍御禀承庭訓，忠孝性成。入臺底本此字為異體字，墨批改為正字。甫此字墨筆圈起，墨批：圈刪。旬日，值此字墨筆圈起，墨批：圈刪。大禮議興，免昭聖聖節朝賀。上疏極諫，逮繫詔獄，幾置之死，賴申救者眾，罷職放歸田里。迄今讀其疏者，猶舌撟不能下。蓋其風節嶽嶽挺立一時，與忠節公之不避艱險，前後若合符節。吁，何其偉也！

二公生平著作半已散佚，今其裔鴻年君携得（此字墨筆圈起，墨批：圈刪。）劉君澮齋所藏詩文如干篇，别輯詩文如干篇，彙為一集，將授諸梓而（此字墨筆圈起，墨批：圈刪。）索序於余。余惟二公生（此字墨筆圈起，墨批：圈刪。）當正、嘉濁亂之世，王綱頹廢，獨（此字墨筆圈起，墨批：圈刪。）能以嚴氣正性力挽狂瀾，巍然為兩朝人傑，原不必以詩文顯。第即詩文論，亦挾有忠義貫日月之氣，盤鬱乎其中，與英風亮節共垂不朽，正不得以殘縑斷簡而少之也。（上句「貫日月」、「乎」、「正」、「而」墨筆圈起，墨批：圈刪。）攷忠節與王文成為摯友，侍御官太常博士時即（此字墨筆圈起，墨批：圈刪。）從文成講學，歸田後著有《尚書疑義》《禮記集解》《春秋見存》《周禮通義》等書。鴻年倘能搜訪得之以永其傳，尤足為紹述之至意也已。

光緒二十四年三月濰縣張信敘於興安官廨

重編馬忠節父子合集序

自古忠臣烈士，其為氣也，凌霄漢而奪華嵩，發為心聲，不能自禁。屈子之辭、文山之歌，讀者莫不傷焉，若吾莆馬氏忠節父子之詩，何以異是？

忠節奉使江西，當逆濠煽亂，非如孫、許諸公有封疆之責，不死無以明其職守。夷考其時，身在龍窟，去南昌百餘里，若忖禍觀變，難必不及，其孰有議之者？蓋其忠義素植，值賊氛方亟，思得一當以報國家，遂於千秋節入賀，甘墜賊計。夫人之所惜者生，所畏者死。當死而不死，雖生亦死。公之自審明矣，所以殞身碎首而不顧也。師山侍御為忠節第二子，由泰〔一〕常入，司言責。入臺甫十日，時昭聖皇太后壽辰，世宗亟欲追崇所生，有旨免朝賀。侍御與同邑朱公損巖上疏固爭，世宗震怒，欲置之死，賴閣臣救免，放廢以終，於是有「馬氏雙忠」之稱。

莆之為郡且八百年，名賢輩出，焜耀史策。「二忠」叔侄也，「二烈」弟昆也，未有一家父子相承，激揚義烈，樹厥風聲，為古今不可少之人物。彈丸僻壤，轉因之而增重，嗚呼盛哉！

公父子遺詩各一卷，為全椒令佘公宗漢編校本，蓋得於島夷灰燼之餘也。嘗思清忠大節之人，其所素抱固不在於語言文字之間。今讀兩公詩，選詞鍊調雅合唐賢，非騷人墨客所能望其肩背，抑何其工也！當夫刀鋸在前，禍變將作，掇毫牢户之中，染煙胏石之上，忠憤所激，臣節彌彰。千秋而後，慕其風烈，有願讀其詩而不可得者，殺青之役不可緩矣。爰是重為編次，凡二公誌傳及侍御所遺文詩併為録附，以遺其裔鴻年，俾永其傳。鴻年少商（墨批改此字為「商」。）省門，勤苦立門户，追維先德，嘗修忠節祠暨兩公封塋，費數千金，其賢如此。

又按侍御為陽明高弟，所著《尚書質疑》〔二〕已收入《四庫》，海内儲藏猶有存者。更望鴻年訪而得之，復梓以行，則纘述前徽，發明經義，厥功為尤偉也。

光緒戊戌季春鄉後學劉尚文謹序

校記：

〔一〕泰，北大圖書館等處所藏初印本誤作「奉」，廈大圖書館等處所藏後印本已挖改。

〔二〕今《四庫全書》所存書名為「尚書疑義」。

題馬忠節公父子合集

錢塘張景祁蘊梅

正德己卯夏六月，宸濠舉兵謀犯闕。蠡湖逆浪吼奔鯨，都憲臺司各喋血。翠峰馬公督饟至，幽縶賊庭堅絶粒。官非守土義不辱，六日捐軀死尤烈。事平特贈光禄卿，褒卹忠魂謚忠節。師山繼起列臺諫，𪂇𪂇（入聲）神羊挺風骨。斯時世廟入承統，隆禮所生忘繼襲。昭聖誕辰罷朝賀，大小臣工胥結舌。奮髯抗疏排天閽，怒觸龍鱗檻攀折。放歸田里貸一死，忠孝家風震閩越。兩公肝膽照千古，擔荷綱常肩似鐵。詩題衣帶自從容，書上皁囊拚決絶。楚吴叛國倏電掃，璁萼儉人亦煙滅。或留大節炳日星，或負直聲光史冊。零縑斷楮世所寶，賴有雲礽守遺篋。拜觀合集肅然敬，一寸丹心鍊冰雪。愁埋獄寺氣逾厲，夢繞觚棱淚猶熱。遥想狂謌擊筑時，澗水林風為嗚咽。我聞逆濠僭亂六十日，新建奇謀萬人敵。兵機得手元惡擒，靈爽在天忠憤洩。立勳報國死徇國，翊戴聖明同一轍。師山得父兼得師，（師山從陽明受業）學闡良知宗泒接。龍場遠謫傷老成，壺嶺幽棲甘廢黜。一門著作即詩史，百感蒼涼付塵刹。人才消長關世運，明祚衰微自中葉。至今正氣凜乾坤，豈獨賢聲傳閥閱？

明史本傳（馬思聰）

馬思聰，字懋聞，莆田人。弘治末舉進士。為象山知縣，復二十六渠，溉田萬頃，累遷南京户部主事。督糧江西，駐安仁，值宸濠反，被執繫獄，不屈，絶食六日死。世宗立，贈思聰光禄少卿，並配享旌忠祠。

明史本傳（馬明衡）

馬明衡，字子萃〔一〕。父思聰，死宸濠難，自有傳。明衡登正德十二年進士〔二〕，授太常博士。嘉靖三年春，與同縣朱淛並授御史。甫閱月，會昭聖皇太后生辰，有旨免命婦朝賀。淛上疏固争，明衡亦疏言：暫免朝賀在恒時則可，在議禮紛更時則不可，且前者興國太后令節朝賀如儀，今相去不過數旬，而彼此情文互異。詔旨一出，臣民駭疑，萬一因禮儀末節稍成嫌疑，俾陛下貽譏天下，匪細故也。時帝亟欲尊所生，而群臣必欲帝母昭聖，相持未决。二人疏入，帝恚且怒，立捕至内廷，責以離間宫闈，歸過于上，下詔獄榜訊。侍郎何孟春、御史蕭一中論救，皆不聽。御史陳逅、季本，員外郎林應聰繼諫，帝愈怒，并下獄遠謫之。帝必欲殺二人，變色謂閣臣蔣冕曰：「此曹誣朕不孝，罪當死。」冕膝行頓首請曰：「陛下方興堯舜之治，奈何有殺諫臣名？」良久，色稍解，欲戍之。冕又固請，繼以泣。乃杖八十，除名為民，兩人遂廢。廷臣多論薦，不復召。

閩中學者率以蔡清為宗，至明衡，受〔三〕業於王守仁。閩中有王氏學，自明衡始。

墨批：讀陽明先生寄侍御書及侍御哭先生詩，當日師友之情可見矣。

校記：

〔一〕「子莘」，清乾隆武英殿刻本張廷玉《明史》作「子萃」，誤。

〔二〕「明衡登正德十二年進士」誤，馬明衡當為正德九年進士。《明朝清朝各科殿試金榜（進士）名録》載，「馬明衡，1514年明正德九年甲戌科殿試金榜第三甲第105名同進士出身」，又據詹仰庇《明文林郎山東道監察御史師山馬公墓誌銘》「侍御公生於弘治四年辛亥六月二十三日」、「二十三舉薦書，越年第進士，官太常」，可推出馬明衡中進士應為正德九年，即甲戌年。《明詩紀事》戊籤卷十二稱「明衡，字子莘，莆田人，少卿思聰子，正德甲戌進士（《明史》作丁丑，誤），除太常博士」，可充佐證。

〔三〕「受」上，清乾隆武英殿刻本張廷玉《明史》多「獨」字。

忠節馬光禄先生軼詩

墨批：題宜曰《馬忠節軼詩》。

莆田馬思聰懋聞甫著 墨批：「莆田」一行可省。軼者，後人編輯之名。

後學佘翔宗漢氏校

後學劉尚文重編

裔孫鴻年重梓 墨批：「重梓」一行宜在卷末。

詠史

子卿閉絶域，引領望長安。長安隔雲日，萬里摧心肝。節旄猶可杖，霜雪未為寒。九死不可奪，一片〔一〕老逾丹。歸來典屬國，十載未遷官。夾道車生耳，佩〔二〕玉聲珊珊。富貴人自有，功名世所難。

校記：

〔一〕「一片」，《全閩明詩傳》卷十三作「片心」。收入《全閩詩録》第二册，福建人民出版社2011年版，第502頁。

〔二〕「佩」，《全閩明詩傳》卷十三作「珮」。《全閩詩録》第二册，福建人民出版社2011年版，第502頁。

至象山

曾獻長楊賦，新分漢署符。褰帷趨百里，望闕億雙凫。官舍寒秋水，民家種白榆。烹鮮滄海上，敢自厭馳驅。

諸暨署中

桃花開滿縣，隱几聽鸎聲。龍劍埋豐獄，牛刀試武城。朝廷仍給餉，天地未休兵。賦就知何日，金莖賜馬卿。

其二

日永渾無事，花間伏枕眠。雨聲寒竹簟，春色掛蒲鞭。邑小稀民訟，官閒媿俸錢。風流愛單父，秋水瀉鳴絃。

平卿即事

滿眼干戈急，春城罷管絃。七閩遲候鴈，萬里暗烽烟。白羽縱横日，黄巾猖獗年。憑誰清渤海，解劍事春田。

秣陵寄懷陳鳴韶兵部兼柬諸年丈

北望長安落日黄，周南〔一〕留滯憶仙郎。觀中明月懸鳷鵲，臺上春雲抱鳳皇。空有聲名稱傲吏，媿無勳業答君王。詼諧不少同升客，諫獵何人在建章。

校記：

〔一〕「南」，《全閩明詩傳》卷十三作「郎」。《全閩詩録》第二册，福建人民出版社2011年版，第503頁。

至海州

一官愁偃蹇，萬里倦登臺。薊北星辰遠，江南瘴癘開。鳥迎征旆至，花笑逐臣來。寂寞長沙里，遥憐賈誼才。

泊揚州

遷謫何辭去路遥，扁舟夜泊廣陵橋。萍踪湖海終難定，魏闕風雲望轉驕。一派長江濤正壯，千林楓樹葉初凋。孤臣忽有傷心淚，何處更聞明月簫。

寧海橋

長橋一片駕晴虹，兩岸青山入望同。千載獨憐浮海意，幾人能有濟川功。蛟龍吹浪飛寒雨，鴻雁銜雲没遠空。回首江湖清夢杳，風塵裘馬任西東。

送僧遊普陀觀海

曾參偈語悟無生，一葉今從水上行。杖錫欲辭塵世務，留衣為表故人情。雲開苦海慈帆遠，日照蜃樓色界明。此地安禪君自好，巢烏飛鶴會相迎。

望庐山

鄱陽秋水浸蒹葭，騁望初停使者槎。峰抱香爐虧日月，洞開白鹿卧雲霞。憂時漸覺心如醉，未老那堪鬢有華。欲向虎溪尋舊事，風塵不敢問蓮花。

宿南山寺

古樹春雲望幾重，攀雲獨上最高峰。林泉晝静花初發，秦漢年深路未通。萬壑星辰生紫氣，九天風露濕青松。倦來正作華胥夢，欹枕驚聞入定鐘。

輓廖德徵僉憲

片片浮雲抱草盧，舟藏大壑意何如。一庭花竹迷幽徑，千里風霜擁素車。春雨寒侵農事古，冰壺高映宦囊虛。傷心漫憶當年事，寂寞床頭有舊書。

謝友人惠菊

秋色初摇落，離離菊數莖。正懷君子操，相贈故人情。帶月香逾細，含霜影獨清。東籬看不厭，誰似晉淵明。

廣信途中

松翠流雲濕，稻花濺水香。風日村村大，關河處處航。迎車喧稚子，衝旆散飛鴿。宦拙憐雙鬢，驅馳道路長。〔一〕

校記：

〔一〕此下底本空三行，似有殘缺。

囊山高臥意何如？萬死歸來只著書。別後棲遲郎署裏，長江無處覓鬢魚。

遊雙石巖

一入招提路，雙峰直插天。神功開混沌，春色鬬嬋娟。吴楚三江盡，乾坤五嶽偏。薄遊來此地，吾意欲逃禪。

同詹士潔登金山

路當南北大江分，古寺中流喜對君。地僻忽傳天外磬，客來共坐海邊雲。扶桑落日光先定，砥柱回瀾勢不群。多少蛟龍蟠窟穴，望中紫氣但氤氲。

鄱陽舟中

為郎淹歲月，奉使出吴關。三楚浮雲外，孤帆落日間。湖空吞夢澤，波湧壓廬山。翹首長安遠〔一〕，何時謁圣顔。

校記：

〔一〕「遠」，《全閩明詩傳》卷十三作「道」。《全閩詩録》第二册，福建人民出版社2011年版，第503頁。

登滕王閣

高閣臨章水，乾坤一眺間。人疑依北斗，氣自爽西山。舟楫通千里，風雲接百蠻。東南勞轉餉，無夢不鵷班。

豫章呈孫開府

曾銜恩命布陽和，使節重臨楚水阿。盧岳風雲迎露〔一〕冕，洞庭煙雨肅干戈。時危全仗大臣策〔二〕，才薄空慚四牡歌。幾欲抽簪尋舊侶，簡書珍重不遑他。

校記：

〔一〕「露」，《全閩明詩傳》卷十三作「冠」。《全閩詩録》第二册，福建人民出版社 2011 年版，第 504 頁。

〔二〕「策」，《全閩明詩傳》卷十三作「節」。《全閩詩録》第二册，福建人民出版社 2011 年版，第 504 頁。

寄鄭繼之

鄭谷才名起鷓鴣，驪歌一别事長途。腰間報主青萍在，望裡懷人明月孤。烟塞霜寒來候雁，石池雨過浄菰蒲。江南正爾飛芻急，未可扁舟問五湖。

獄中

四壘孤軍盡，中原羽檄忙。大臣誰在漢，六傳未乘梁。引領瞻天闕，低頭憶故鄉。墨批：鄭序作「低回思故鄉」。自甘膏鼎鑊，豈復厭稻粱。

其二

蕭條一片地，六月暗飛霜。駢首衣冠盡，捐軀俠骨香[一]。天猶驕七國，險已失三湘。死矣甘吾分，君恩不可忘。

校記：

[一]《全閩明詩傳》卷十三下有小字「指孫燧、許逵」。《全閩詩録》第二冊，福建人民出版社2011年版，第503頁。

侍御馬師山先生軼詩

莆田馬明衡子莘甫著
後學佘翔宗漢氏校
後學劉尚文重編
裔孫鴻年重梓

感懷

十日不窺園，園芳已摧折[一]。枯柳號天風，吹雲若飛雪。凄凄涼氣入，曖曖重陰結。感此歲寒心，愴然五情熱。安能揮長戈，倒景[二]回日月。

校記：

〔一〕「折」，《莆風清籟集》卷十六作「拆」，誤。《四庫全書存目叢書》景乾隆三十七年刻光緒二十六年印本。

〔二〕「景」，《全閩明詩傳》卷十五作「影」，為通假本字。《全閩詩録》第二冊，福建人民出版社

2011 年版，第 574 頁。

其二

一秋多伏枕，青山眼不分。徒聞北來鴈，嗷嗷訴寒雲。志士懷苦辛，感此傷心魂。忽欲仗劍起，萬里掃妖氛。孤蹇本殊性，雞鶩非同羣。安能與世俗，終日争紛紛。郢曲自難和，聽者如不聞。遥遥向千載，搔首徒殷勤。

同江于順、王應時、林汝雨遊囊山寺作

岩嶤古刹欲凌空，載酒來遊野性同。石上看山松作蓋，樽前説劍氣如虹。花宫谷迴清陰滿，鷲嶺雲深細路通。醉後紫芝歌一曲，長林颯颯起高風。

同王中丞蘖穀城山夜坐

歲月青山暮，歸來可用招。幽期君不負，野意我偏饒。峭壁流雲氣，長天瀉海潮。晤言向千載，誰復共今宵。

聞豫章兵變，時家君以使事往，愴然有懷

乾坤悲戰皷，羽檄起潢池。封豕凌京國，長鯨播海里〔一〕。王師初渡日，使節未歸期。悵望衡山道，南來一雁遲。

校記：

〔一〕「里」，《莆風清籟集》卷十六作「陲」，《四庫全書存目叢書》景乾隆三十七年刻光緒二十六年印本。

自賊中至者，傳家君不屈，杻械就獄。明衡待罪泰常，不得走侍，西望豫章，五内俱裂，憤而賦此，非諷詠也

忽得豫章報，滛滛墨批改此二字為「淫淫」。淚不禁。乾坤留正氣，松柏抱貞心。劍及堂皇外，愁添河漢深。無由司獄户，豈為惜抽簪。

謁先光禄底本此字殘損，墨批：字殘。公墓

豫章流水恨何長，滿目松楸重可傷。寒食輕煙縈古木，空山啼鳥送斜陽。人間不盡乾坤

淚，地下猶銜日月光。一疏艱危憐狗馬，不堪伏臘薦椒漿。

尋僧不遇

踏月尋僧澗路清，錫飛何處白雲平。袈裟掛壁禪床静，坐聽鐘聲襍磬聲。

和王中丞題文峰巖兼懷朱侍御

我愛棲雲洞，春風滿緑蘿。洗心經月住，回首十年過。勝事閒偏得，幽懷老更多。應憐同病者，磊落醉中歌。

其二

海上如相即，東山還復來。風塵與世遠，懷抱為誰開。萬落生煙樹，千峰下石臺。謝公饒逸興，還負濟時才。

越中答陸舉之僉憲

尋真夜醉蓬萊酒，出谷朝逢海上翁。忽訝星槎傳漢北，虚疑雪舫滯江東。三春花雨烟氛外，十載湖山夢寐中。明日看雲陪杖履，六橋無恙嘯秋風。

舟發白沙，同丁戊山人賦，得「開」字

悠悠歲月苦相催，渺渺雲山遠獨來。寥落故園清夢杳，飄零萬里壯心摧。七閩山水神州最，二月煙花海岸迴。綠滿汀洲延滉漭，青連霄漢濕崔嵬。沉潭恠見蛟龍影，耀日真成錦繡堆。淑氣忻同物外賞，朱顏時傍醉中回。風塵海內憐知己，草野（底本此字殘損，墨批：字殘。）于今識雋才。拔劍一揮旋象緯，譚詩百遍散瓊瑰。鶉衾夜静眠蘭棹，漁火江空照酒杯。世路那堪愁去住，心期端擬絶塵埃。秖今天地青春滿，誰遣滄溟白日頹。海上壺山看似黛，秋來三徑為君開。

同朱必東侍御移舟訪顧志仁督學西冲寺別業，用壁間韻〔一〕

〔一〕底本「韻」字位於下行，與「同」字齊平，墨批：「韻」宜低一格。

路盤迷野竹，寺古覆長蘿。憶我他年事，看山幾度過。風塵隨地滿，巖壑此生多。曉磬深林杳，蒼蒼奈爾何。

其二

倚月停孤棹，披雲臥緑蘿。溪山萬事足，勳業百年過。聽法巖猿定，啣花野鹿多。玉簫聲不徹，鸞鶴奈愁何。

校記：

〔一〕「用壁間韻」，《全閩明詩傳》卷十五無此四字。《全閩詩録》第二册，福建人民出版社2011年版，第574頁。

雨中謁禹陵，用陸僉憲舉之韻

夏王陵廟鬱崔嵬，野客孤懷向此開。海上青氛迷玉帛，山空白日走風雷。神龜想見清時出，司馬誰憐異代才。欲訪藏書向何處，千峰雨色送高杯。

春日偕江督學于順飲梅峰寺，用韻

巖壑身將老，江湖夢轉微。偶同梅逕入，似共野雲飛。萬落紆春色，千峰帶夕暉。論文對樽酒，坐待明月歸。

江寺是文通故宅〔一〕

窈窕諸峰似削成，雲邊小閣坐來清。石臺細草含春色，竹樹斜陽帶雨聲。訪古獨憐遺跡在，登高翻覺壯心驚。六朝文物俱塵土，綵筆猶傳夢裡生。

校記：

〔一〕此詩題疑注文混為詩名。汪應軫《江寺同馬子莘遊》有「濱江十里文通宅」，應作於同時。

鼇峰草堂燕集，和林祠部作

城北名園倚石開，叨隨旌節送秋杯。山迴樓閣清陰合，路入松篁黛色來。獨客機忘甘抱甕，五雲望盡悵登臺。看花共憶十年事，歲月那堪白髮催。

月巖樓

高樓上切雲，明月每先至。青山突其南，與我正相植。日日對巖間，夜抱明月睡。月白風露清，桂枝拂空翠。巖空夜亦寒，終夜耿不寐。呼童使之歌，四壁雜鼓吹。山中憶棲遲，素友遠莫致。誰當共懽娱，陶然在一醉。

次天馬山人偶題

春事不可問，春山眼獨明。雲浮緑野色，石涌翠濤聲。

遊桃花溪

不見桃花發，桃溪尚有名。岸窮誰獨往，春遠汝同行。白日林中静，青烽海上生。無論秦與漢，長嘯一含情。

其二

入谷還多事，空山可卜居。緣厓行採蕨，臨水坐觀魚。淑氣生芳草，清風滿太虛。吾衰逢此地，松竹莫教疎。

虎跑寺

亭亭松翠入雲霄，隱隱鐘聲下石橋。江上煙霞長杳靄，天涯蹤跡盡苕嶤。堂虛夜對山僧定，洞古泉侵暑氣消。長嘯欲隨龍女去，蹉跎漸覺鬢毛凋。

答黄西壺先生

孤亭高敞紫霞傍〔一〕，招隱歌成逸興長。靖節早應歸栗里，龐公久不入襄陽。百年海上丹心遠，五月松風白葛涼。徙倚高臺〔二〕瞻北斗，山中夜夜挹清光。

校記：

〔一〕「傍」，《明詩紀事》戊簽卷十二作「旁」。清貴陽陳氏聽詩齋刻本。

〔二〕「高臺」，《明詩紀事》戊簽卷十二作「危闌」。

舟中别吴太守

載酒江千路，高歌海上亭。雲鴻隨意遠，堤柳向人青。

醉題洞門

洞入藤蘿暝，雲開島嶼春。遠天雙去鳥，海上一綸巾。

香積寺北牕

牕外花枝明綽約，僧家秋色亦堪憐。心期汗漫知何處，古寺淹留似去年。香氣朝升紅日上，鐘聲暮隱白雲邊。山林未說離城市，乘興還參玉版禪。

初春即事

故園春色入新年，回首江湖思渺然。疎謬自甘明主棄，孤狂寧受世人憐。病多骨比青松瘦，老至心同白日懸。彭澤但知時縱酒，子雲何用晚談玄。

再宿文峰巖

再宿已越歲，石門長薜蘿。青山似此少，古意向君多。聽雨憐春事，看雲發棹歌。不知千載下，寧得幾人過。

訪天馬山農不遇

落落長松幕翠陰，空山暇日遠相尋。逃虛似趂風雲使，乘興何知澗谷深。滿眼正悲黄葉候，三年空負紫芝心。山農何處歸來晚，幾叚樵歌起夕林。

同吳太守宿囊山蘭若

我愛風流謝永嘉，清秋五馬到煙霞。携來濁酒還今夕，坐對名山即是家。樹杪張燈雲氣亂，巖間拂石斗光斜。傍人誰解逃禪意，笑倚東林醉菊花。

種松亭獨坐

春氣知猶淺，稀聞山鳥鳴。只疑松壑泛，如坐洞庭清。朱紱緣應薄，烟霞骨已成。無人堪對語，巖草日還生。

懷詹給事少華草堂

惜别虹橋後，思君欲改顔。一堂溪雨静，六月松風寒。巖壑憐同病，棲遲老閉關。應知蘿月夜，時取玉琴彈。

答鄭司馬别後見寄之作

高竹長松薜荔深，喜陪杖履日登臨。青山盡識幽人面，白首應多故國心。野徑穿雲雙屐濕，清宵話月半庭陰。多君不淺懷人興，别後還投白雪吟。

贈丘生道明入武夷天遊觀

丘生巾冩烟霞色，扁舟别我將何適？為言脱屣避人間，尋真直上天游石。天游嶄嶄入雲端，啼猿蹴鵠天風寒。武夷諸峰總在下，自非壯士生長嘆。昔予浪跡每登涉，青天萬里擎紅日。歸來蹉跎二十年，夢中恍見峰巒出。子今獨往神飛揚，遠參寥廓駕鳳凰。三載已甘眠石室，買田更欲為齋糧。君家田園足充腹，柱史遺書差足讀。辭家長為汗漫遊，草衣木食羣麋鹿。丘生此行真好奇，長途慎保璠璵姿。神仙渺茫苦難即，大道分明無嶮巇。君不見百原深山月色好，漁郎終被桃花惱。春風候我到石門，共坐孤峰細論討。

贈王應時大參

我意日惻惻，君行何于于。終朝望白雲，隨風時與俱。聚散無定蹤，懷君重鬱紆。懷君復何道，慎保千金軀。西昆生白璧，東海産明珠。杞梓豈不用，驊騮抗長途。榮名易銷歇，碩石全其腴。抱璞寧勿毁，智者翻為愚。所以古之人，廊廟與江湖。盈盈五侯峰，秀色鐘扶輿。

答方儀部晚過野亭之作

五柳陰陰散晚凉，開樽谷口共徜徉。眼中文雅推何遜，海上風流咲楚狂。溪月醉驚林影曙，露衣隱臥石苔蒼。凌霄伏谷終同志，倚劍遥瞻北斗光。

登天遊觀

獨渺群峰霄漢間，仙人何處駐紅顔。凌風欲跨蒼龍去，盡日看雲意自閒。

秋日同林中丞以乘鄭給事九萬遊梁溪感舊

病起支離興不禁，梁溪十里共追尋。攀蘿偶信天風便，濯足何知澗水深。東海魚龍迴日觀，上方鐘磬隔雲林。棲遲忽憶他年事，惆悵重來淚滿襟。

贈蕭執夫侍御詩，有序

嘉靖甲申，余與蕭君執夫同拜御史，聯轡長安，慷慨談吐，頗以國士相期。未幾，余謬戾建言，逮繫詔獄。君抗疏力爭，復指切論朝政，濱死者數，賴聖恩獲免，而余亦得薄罰遣歸田。明年，蕭君持節按閩，枉顧山中。余方擁耒南畝，故人握手，而後喜可知也。迺出酒相勞，因憶往事，感而賦此。

伊余抱沉痾，終日閉柴門。稜稜驄馬使，訪我穀城村。披衣見顏色，令我壯心魂。搴茝締蘭芷，采澗薦蘋蘩。使君且安坐，掃石命芳樽。憶昔長安陌，雪花大如席。騎馬五更寒，共作金門客。朝市日喧喧，伊誰稱莫逆。感君國士知，肝膽傾朝夕。矢志報明時，終始介如石。共惜青陽深，常恐流光易。一疏排九天，萬死甘如蜓。故人憐我顛，叩陛爭後先。主聖臣則直，司寇免株連。君留弼天子，而我早歸田。雲壤雖軒輊，故人勞夢寐。攬轡更何方，每想澄清志。謂當久別離，忽傳旌節至。相慰情愈深，愴然傷往事。一别已經年，焉得不盡醉。揮觴灑壺山，壺山轉空翠。白日方在懷，未可促行騎。君氣横秋空，扶摇九萬風。我已甘竄伏，耕釣巖壑中。夔龍與巢許，逸駕希前蹤。比跡雖云異，要終理則同。去去各努力，貞心擬古松。

舟中偶成

回橈過清江，指點江干路。馳驅道路人，紛紛朝與暮。相彼雲間鳥，雙飛拂高樹。營營欲何為，慘不知其故。長風自南來，吹舟向前去。行止無定期，泛泛凌煙霧。

哭陽明先生

不見河汾久，今為執紼行。帆經嚴子瀨，劍掛越王城。海岳迴真氣，朝廷仗老成。封章豺虎避，節鉞鬼神驚。羽翼惟先達，淵源啟後生。中臺雲裡折，孤柱雪中傾。鐘鼎還鳴世，文章失主盟。及門多少士，雙淚獨縱橫。

別筵贈柯生

去年秋風生，送子南關路。南關松柏何青青，君行南海向煙霧。今年竹逕入秋聲，與君把袂逕[一]中行。三年喜對故人面，千里誰同[二]此日情。滄海東流去不迴，白駒過隙何易哉！世間萬事果何有，勸君更進手中杯。一曲驪歌為君別，後夜相思月圓缺。十年強半客他鄉，莫恠[三]參差鬢成雪。

校記：

〔一〕「逕」，《全閩明詩傳》卷十五作「竹」。《全閩詩録》第二册，福建人民出版社 2011 年版，第 574 頁。

〔二〕「同」，《全閩明詩傳》卷十五作「問」。《全閩詩録》第二册，福建人民出版社 2011 年版，第 574 頁。

〔三〕「恠」，《全閩明詩傳》卷十五作「訝」。《全閩詩録》第二册，福建人民出版社 2011 年版，第 574 頁。

王生俊傳景純氏術頗奇。余因洪京兆識之，稍為譚吐，大足起敬，遂為王父改葬。茲告歸，諸君各有贈言，余亦送以一律

負罪田間學偶耕，何方羽客有王生。杖頭斜拄青雲色，袖裏連携白雪聲。江左傳來多幻術，閩南别去好含情。壺山一片牛眠地，他日争誇郭氏名。

山中即事

看雲每訝出山遲，我亦山中戀故枝。日午開門披野逕，摘花泛酒獨盈卮。

秋懷

草屋青山與世同，姓名那復識龐公。孤衷忍憶十年事，四序俄驚萬木風。何事哀鴻鳴斷岸，誰家鐵笛夜吹空。泥塗一落滄州晚，漸覺浮生似轉蓬。

岊江樓觀漲，次鄭春官少谷韻

君不見龍門西轉翻北回，黃河之水天上來，飛湍激射勢難摧。東過大陸之野，雖有華山底柱失崔嵬。閩江紆迴如匹練，尋常兩岓錦帆開。胡為一雨五日屯雲雷，洪濤拍天而直下，高江急峽日夜奮迅而悲哀。吾將長乘鼇背浮四極，遨遊溟涬遵雲涯。天風萬里扶兩腋，美人邀我上高臺。洞庭彭蠡不可識，滄海桑田安在哉。與君逢時力未衰，安能坐見玉山頽。吾方向北征，君亦從茲起。共招北斗挽天河，未惜南山歌秋水。

茅洞蘭花

蕭艾為芝蘭，世人安足數。邈矣楚大夫，清風絶今古。

秋興

殘霞明島嶼，斜日照荆扉。楓葉寒山色，芙蓉秋水衣。三秋餘爽氣，萬木澹清輝。為有漁樵僻，自甘與世違。

歸途舟中即事

撥棹附流水，水流心亦閒。雖為毒熱侵，頗有清幽歡。新篁鳴佳禽，白雲綴青山。程途自不逼，職事非所關。日來坐高床，讀書且加餐。骨輕已便體，意散無愁顔。人間有神仙，何用服金丹。（《郊居詩鈔》）

歲除訪願志仁憲副

清晨扣門山色開，入門一笑空崔嵬。呼童治饌頃即具，起舞狂歌晚未回。歲云暮矣予奚適，歸去來兮君莫猜。梅峰梅花亂如雪，明日更上登春臺。（登春臺在梅峰之巔，《郊居詩鈔》）

南泉遇雨

微雨洗空山，夜深聲轉激。秋風本無心，悄此山中客。（《郊居詩鈔》）

與朱損巖夜酌

斜月高樓話三更（損巖），遲回往事寸心驚。明河半落星辰迥（師山），遠吹微聞蟋蟀鳴。萬事只贏絲兩鬢（損巖），百年已許醉深觥。青山草屋誰頻訪（師山），共是逃虚不愛名。（損巖）

其二

城山雲接塔山雲（損巖），雲外相逢每是君。堯舜巢由吾道爾（師山），江湖廊廟古時分。山深丹樹傷秋草（損巖），歲晚黄花結贈殷。愛汝風流能謝朓（師山），高樓幽思入清芬（損巖）（《天馬山房遺稿》）

附馬從甫賈餘稿

墨批：從甫、之遠宜有事略。據宗漢序、詹仰庇墓誌，從甫生平大略可考，而鄭富亦有《送從甫還莆》。

贈次游山人宗振，豫章王客也

君家多俊彦，之子擅風流。賦是青雲色，交從白璧酬。客能揚季布，世不用莊周。一別梁園後，芙蓉幾度秋。

有懷瑞應兄在會稽伯兄公廨

蕭條作客使人愁，楊柳春深可自由。禹穴風雷驕去馬，剡溪霜雪斷歸舟。夜來猶識雙龍氣，別後忽驚兩鬢秋。詩酒吾兄名不薄，會稽山水日堪留。

同佘宗漢、游宗振訪吳曰□〔一〕，曰薦隱居草堂，乃市中也

偶共談天客，來尋大隱人。招摇城市過，睥睨酒杯春。暖日喧初鳥，微飔動角巾。今朝饒

逸興，回首是風塵。

校記：

〔一〕缺字當為「薦」。

訪病僧

一僧居谷口，日抱白雲眠。老去身如木，春來藥似蓮。石牀支碧蘚，香鉢注清泉。客至疏鐘動，嘈嘈自語禪。

題望雲圖

壺山臥雲洞，陳憲副故隱處也，其令子堯勳作望雲圖。

壺山有層曲，下瞻滄海浮。大隱謝朝市，巢居晚更幽。山中足佳賞，孤遠宜清秋。清秋多白雲，日夕澹相求。托跡豈云眇，潁陽良足侔。一朝練五石，伯仲見浮丘。螭龍不可挽，白雲空悠悠。盼望愴情志，因之雙涕流。（《郊居詩鈔》）

弇州別宗振

相對居然兩鷃冠，臨岐把酒不成歡。歸來劍水鱗鴻少，別去吳山道路難。共惜寒風吹短鬢，獨懸明月夢長干。書中縱是平安語，少婦還應掩淚看。（《莆陽風雅》）

歸舟

兩岍青山水北流，東風一夜送歸舟。江蘺已結騷人怨，夜月偏懸戍婦愁。自笑明經從博士，誰憐懷刺謁諸侯。橐中不惜黄金盡，獨對寒燈擁敝裘。（《莆陽風雅》）

歸途得鄭堯鄰書

危城半是白雲盧，潮落西風兩岍虚。斜照漸移孤樹影，斷鴻忽報故人書。山中松菊歸何暮，郊外桑麻計亦疎。到日臨邛君莫問，祇因貧病老相如。（《莆陽風雅》）

仙霞道中

其一

仙嶺崔巍上插天，樹間遥度百重泉。數家烟火孤村外，幾點烏鴉落照前。楚塞千程邀去馬，春風一路響啼鵑。南來征雁知何日，故國平安信未傳。（《莆陽風雅》）

其二

迢迢古道遶羊腸，漠漠春陰接大荒。客路殘花寒食後，孤村流水小橋傍。天邊草色迷歸夢，樹裡鐘聲送夕陽。詞賦縱横君莫問，馬卿多病復遊梁。（《莆陽風雅》）

從軍行

邊地風霜易苦人，玉關榆柳不勝春。官家不為蒲桃種，漢卒何緣出塞頻。（《莆陽風雅》）

附馬之遠詩

次韻和史遽菴榕城七夕詩

漢代培榕蔭此州，金風吹葉滿城秋。滔滔劍水通江海，夜夜龍光映斗牛。斷續搗衣悲萬户，殷勤綴果説層樓。吟來郢調難為和，十日霜毫閣硯頭。（《樂圍秘帙》）

侍御馬師山先生軼文

舉盛禮以光聖孝疏〔一〕

墨批：此文宜附侍御詩后。

馬明衡

臣惟臣子之事君親，莫不願其有德而獲福，尤莫不願其有壽而享福，故歌詠慶祝，天下之至情也。國家以孝治天下，每遇萬壽聖節，則文武羣臣畢賀於外；皇太后聖節，則命婦人入賀於內，所以昭福德之休而盡臣子忠愛之極也。茲者二月三十日恭遇昭聖慈壽皇太后聖旦節，先該光禄寺請辦壽筵，陛下欣然舉行〔二〕。臣雖至愚，有以仰窺陛下純孝之心至誠至篤，上欲承歡於皇太后，下欲廣示孝愛之風於無窮也。〔三〕伏覩近〔四〕旨，復令命婦免朝賀，臣竊疑之。非惟臣疑之，在庭諸臣及衆庶莫不盡疑之矣。夫暫免朝賀，在尋常固有是事，然當議禮紛更之時，正人心匆皇之際，忽傳此報，至情所激，安得不疑？故皆私怪竊歎，以為此意若出於皇太后，則中間必有因事拂抑之懷、往〔五〕來存没之感，故情無聊賴，不〔六〕暇及此；若出於聖意，則陛下母子至情有隆無已，豈以皇太后聖旦之節而忍輟此盛禮哉？此臣民之疑所不能自已者也。況前者興國太后令旦節，命婦已行朝賀，臣見當時左右之人，宴賜之餘咸欣欣然有喜色。今昭聖皇太后聖旦之節，相去未越月耳，乃輟而不行。〔七〕前後情文相違，臣民之疑又何足怪乎？伏維孝宗皇帝臨御天下十有八年，深仁厚澤，實在人心，至今父老道及孝宗時事，甚或流涕。天下人心之思孝宗如此，則其思昭聖皇太后當何如哉？陛下仁孝夙成，恩禮之隆宜無不至，然萬一因禮文末節之微稍成嫌隙，此其關係非細故也。〔八〕夫母子之間，人所難言；人臣愛君，思杜其漸。〔九〕況孝敬難篤而易疎，讒言易間而難合，徵之往事，自古為然。其在今日〔十〕，尤不可委曲而加之意乎？伏願陛下思孝宗之仁恩，念武宗皇帝之付託，追前者〔十一〕皇太后之懿旨，體今日皇太后之深情，益隆孝養之誠，務盡惻怛之實，聖旦之期還令命婦入賀。彼此之情洞然無間，則皇太后安，陛下安，天下臣民俱安矣！雖有今日之疑，適為陛下隆孝之地耳。臣言及此，不覺痛心，伏惟聖慈俯垂睿察，則天下幸甚！〔十二〕

嘉靖三年二月二十八日

校記：

〔一〕此篇底本有數處墨丁，墨丁處據明萬曆孫句自刻本《皇明疏鈔》卷十《宮闈宗藩》補入，以下簡稱孫本。

〔二〕「舉行」，原為墨丁，今據孫本補入。

〔三〕「臣雖至」、「之心至誠至篤」、「下欲廣示孝愛之風」，原為墨丁，今據孫本補入。

〔四〕「近」，原為墨丁，今據孫本補入。

〔五〕「往」，孫本作「性」，誤。

〔六〕「不」，原為墨丁，今據孫本補入。

〔七〕「相去未越月耳，乃輟」，原為墨丁，今據孫本補入。

〔八〕「然萬一因禮文末節」、「也」，原為墨丁，今據孫本補入。

〔九〕「夫」、「臣」、「君，思杜其」，原為墨丁，今據孫本補入。「慚」，孫本作「漸」，可從。

〔十〕「今日」，原為墨丁，今據孫本補入。

〔十一〕「追前者」，原為墨丁，今據孫本補入。

〔十二〕「及此」、「不」、「痛心」、「伏惟」，原為墨丁，今據孫本補入。「天下」下，孫本有「臣民不勝」四字。

山齋先生吟稿序

馬明衡

宫詹鄭君士流手録其尊府山齋公所為詩凡若干首，蓋林都憲以乘、柯正郎奇徵评选者，間以示明衡。〔一〕明衡受而讀之，已迺作而嘆曰：「嗟乎！前輩典刑尚在茲乎？」昔先正晦翁先生序《梅溪集》，極論陰陽、君子小人之際，以為光明正大如青天白日，無纖芥可疑者，必君子也。夫論其文辭之著，乃惓惓致謹於心術之微，何邪？豈非以内外隱微之幾莫得而掩，而凡古之君子炳然於其外者，必皆有以本諸其中邪？世教衰，人懷私智，心術之隱微者既莫得而窺矣，則其見諸外，雖詭異艱深，過為矯飾，然自明者視之，若卞氏之覘珷玞也。

嗚呼！文貌勝而事實微，使前輩之風不可復見者，豈獨詩為然耶？公生于成化、弘治貞元之會，早露頭角，即知以忠厚正直自持。歷郎署，轉方岳，風節凜然。時逆濠造謀，以威利制誘守臣，公一裁以法，至蒙危禍，幾不脱虎口。家居七年，閉閤讀書，而學益大肆。今上中興，首用言者，起公江右巡撫，入大理，旋轉本兵。天下鬱於延佇之久，方慶公之復用，而天子亦且倚公以大有為也，而公復以廷議持論不合以去。於是築蒲坂梅壟草堂，翛然雲山魚鳥之間，不知老之將至者。其居家隆孝弟，惇信義，恭遜雍容，鄉人愛之。雖兒童厮卒見者，忘其為達官大老也。

公於詩無所不讀，遊情漢魏，涉跡晉唐，然卒歸於大道。每觸事興懷，脱口肆毫若不經意，而莊嚴質雅，敦厚和平，物理人情粹乎備矣，刻於辭者反無以過也。蓋公天性敦樸，絶機阱，好學親賢，至老不倦。於其光明正大之操而知其必為君子者，方諸梅溪，蓋无媿焉。

詩録自登仕至歸田，上下四十年間，畧備公履歷之槩。其立朝贈答諸篇，忠讜悃誠，溢於言外；所及地方職守，咸得樞要。熟而覆之，尤足以見公於君臣朋友之間，天常民彝其厚若此。

使世之士得是編而讀之，雖未識公儀刑，然洗濯胃腎，絶去彫飾，於以養光明正大之操而振前輩之餘風，其於君子之道不庶幾乎？是則詩之教也。余故不論其聲律之微，而著夫詩之本旨，使讀者知所求焉。爾公著述甚富，其文別自有集，詩亦有全集云。〔二〕（《山齋集》）

校記：

〔一〕首句，明嘉靖十七年刻本《山齋吟稿》卷首序作「如川鄭君泓手録其尊府山齋公所為詩凡百八十餘篇，蓋二山、石莊所為評選者也，間以示衡」。收入《原國立北平圖書館甲庫善本叢書》第730冊，以下簡稱甲庫本。

〔二〕「全集云」之下，甲庫本多「嘉靖十有七年戊戌夏六月鄉晚學師山馬明衡謹書」落款一句。

五峰壽言序

馬明衡

直東南海上有筆山，萃然高大如卓筆然，曰「五侯之峰」。大參伯王子筆峰，世居厥趾，實稟是山之靈以生，故王子亦自號「筆峰」云。筆峰生有異質，五歲能文，讀書過目成誦。弱冠登科第，為秋官郎，即有聲。擢守淮安、襄陽二大郡，凡歷五轉，公年適三十也。維刑明允，維施翕張，理劇以暇，學問用光。人樂其政，而學士、大夫誦其文章。擢陝西提學憲副，為間者所阻，浩然而歸，時予與同志數人先後謝事在山。未幾，起為霸州兵憲，朝議方大柄用，復為間者所阻而歸。

夫以筆峰之志、之才傑然，天下非不知也，而乃兩遭間阻，不盡其用，何耶？君子要在直其道，筆峰雖所遇有知與不知，而其道何嘗有不自得者哉？自是遂與予數人者不相離隔，出必同行，居必同席，事必相咨，業必相質，以至窮登覽，披雲日，偃仰嘯歌，不知其極。當其意氣之盛，若欲把握造化而凋弊之光者。

蓋筆峰少予六齡，而今年亦六十矣。令侄海豐令在曾君暨諸士夫，咸舉觴為筆峰壽，而筆峰翛然亦自壽也。明衡馳謂筆峰曰：「公之自壽也，信亦如世之自壽其身者，飲食怡愉以百年優遊暇逸者哉！天之生豪傑也，將以用於世也，匪以自裕其身也。昔者呂尚、方叔咸大年矣，而皆當國家師旅重任，詩人稱之曰維鷹揚、曰克壯，此其所以能以壽天下也。公才望燁然，臺臣論薦，茲當德成器就之時，而又年遠少於二公，其所負荷以為斯世斯民者，又豈宜居其後哉！」筆峰曰：「善！抑靈也何足以當之，而亦不敢不勉。」於是同志諸公聞之曰：「是可以壽筆峰矣！」遂書之。（《莆陽文編》）

漳浦縣重建明倫堂記

馬明衡

漳浦，海邑也。其學創於某年，久莫克修，日就圮敝。嘉靖三年，金谿黄君直為漳浦節推，大興學校，間攝事漳浦，顧視惕然，則咨諸訓導蘇藿、彭潛，撤淫祠，具材而新之，凡新明倫堂及道義門若干楹。既成，聚諸生日講學其中，士皆惕然奮興於是。林生蕡等具書弊，屬陳生亟來請記，且曰：「是惟黄君嘉惠諸生之盛心，固願有以教之也。」某辭不獲，則以所聞於師友者與諸生商之。

夫今之學者，聚之以齋宫，優之以廩食，董之以師儒，教之可謂至矣，而其學之亦可謂勤矣。然而褒衣巍冠，朝夕進退於是，亦嘗隱之於心，揆之於志，以為所學與所教者，其與古人之學之教何如也？夫規陳編、飾綺説以就有司之程，而終身之志獲焉。進於是者，挾大章、建偉節、崇峻防，則亦弗暇論其心意之實，而已足多矣。不知古人之所以教者果如是已乎？而其所以學者亦果如是已乎？而士爭趨之，窮年殫力以求其至，間有語之以聖賢之道，則赧顔縮額以為希奇曠絶，非世所宜有。嗚呼！天下之治亂視人才，天下之人才視學校，學校之所以為學者如此，則亦安望天下之治而王道之行？

夫學者，學也，學其如聖人者、去其不如聖人者之謂也。學其如聖人者、去其不如聖人者，務存吾心之天理而去人欲之謂也。夫天之降才甚厚也，人之良知甚明也，存天理而去人欲，弗借資於人也，弗援力於衆也。人皆有之、皆能之而卒不能者，始由於自蔽，終坐於自畫而已。是故莫大乎講學，而尤莫先於立志也。志也者，天地之所以不息也，人心之所以不死也。程子曰：「有求為聖人之志，而後可以共學。」夫志於聖人而學焉，則其所以致力而求其方者，自不容已矣。不然，僞焉耳，尚何以多言為哉？夫上或興之而弗能承，病乎下；下或趨之而弗能振，病乎上。今侯有嘉惠之心而多士有奮興之志，是千載一時也，其無有以明古人之學而植王教之端哉？

古者聲教行乎中都，而達之四裔。今中都之文燁焉，而樸茂淳素之真乃存于山隅海澨之民，是固進道之資而為學之器也。諸士産於斯者，其尚知所以自愛哉？是舉也，以文公嘗臨于是，復度地搆祠樓齋射圃，粲然畢舉。君固以學而知政者，故知所重云。是為記。（《福建續志》）

南洋水利碑

馬明衡

南洋自唐觀察使裴公次元始隄海為田，迨宋長者李公宏木蘭之陂成，於是始有溝洫之利。合南洋四五十里潮汐之區，今得為樂土者，緊二公之功也。自海蕩之田興，而規利之徒日益廣，競決渠溜而注之田，以放於海建瓴之勢。旬不雨而河枯，民乃艱食。大要有三害焉：章魚港，咽喉也；東山，尾閭也；各處埭涵，孔竅也。夫人自咽喉、尾閭達於孔竅，無不穿漏決裂，斃可立俟也。故夫二公之嘉惠，而其澤乃斬，於今歷百餘年，莫之或正也。

嘉靖丙申，新淦雲泉吳公以郎署之賢來守兹郡。始至，稽故牒，察民隱，究利病，釐淑慝，謂民事莫有先於是者。遂躬歷海上，風雨靡懈，或矚其要。於東山曰：「是宜錮其則也。」依舊則，甃巨石鋪之，長二丈，置閘關鑰以畀守者。於章魚港、彭家門首涵曰：「是宜為之制也。」亦以石結砌，濶二尺許，低高視洋田上下，制如東山。於各處木涵曰：「是宜損其數而高其則也。」乃量埭田之數而為之涵，視洋田之平而為之則，剔其私創者，去其不如法者。惟咨惟詢，乃謀乃度，咸祈協於中以宜於民，再易寒暑而功告成。於是克復其舊，水有所瀦。昔洋田既槁，埭田隨之；今均蒙其利，連歲皆稔。父老歌笑歡呼，謂余與聞其事者：「宜有言以紀公之績。」余乃告之曰：「甚矣，公之為吾民也！父老知樂公之績，亦知公之心乎？夫山林川澤，天地之美利也；輔相裁成，聖人之善政也。是故撙節愛養之制行，民乃衣食不可勝用也。今之耗水者，譬諸驕恣之子，縻費無度，為父兄者制欲而不敢肆，將為愛之耶，為讐之耶？」父老咸喜曰：「然。吾儕小民，所知依諸父母之懷而已爾，曷知其他？」迺為之歌，俾頌之以洩其私。

公諱逵，字近光。相是役者，貳守石川譚公鎧，别駕三榕陳公文韶，節推少坡沈公盤。歌曰：「河水清兮日洋洋，植我田疇，獲我稻秔。我思我公兮謀則臧，昔為魚兮涸且僵，今飲酺兮封我羊，我祝公兮壽而康。裴、李逝兮神曷依，匪我公兮將安歸？願公千秋萬祀兮無我違。」

（從原碑併《莆田水利志》録入，碑豎在黄石塘頭。）

明故南京户部主事翠峯先生行狀

黄鞏

公諱思聰，字懋聞，姓馬氏。其先迤北衛州人，仕宋，世為帳前撥發官。靖康間，有從南渡居泰州者，名其居為「馬鄉司巷」。七傳至昭，生二子顒、裕，俱官判院，始分東、西馬。裕，西馬也，生將仕郎延，延生知事禮，禮生縣尉良成，元季官莆田，因家焉。曾祖諱貴孫，祖諱亹，父諱洪源，行純二，敦尚禮義，樂施予。嘗自城手捧一軸歸，或怪問曰：「長者亦樂此乎？」徐展示，乃孔子畫像也，其人愧歎。妣方氏。公自少穎敏，端重異凡兒。稍長，志學聖賢，嘗有「天下曾蒙禹稷憂，此心安可付東流」之句。讀《大學》「明明德」章，惕然有感，作《心圖》以自警。時鄉先生劉公閔以德行表鄉閭，矩範嚴整，人俾不敢近，公獨樂與之遊。中年家貧甚，二親望公一旦顯遂，不得已為進取計。讀書必至夜分，其友屢從旁窺之，又見其正襟端坐。治經務本旨，不事文義，尤喜教人，遠近聞風，從者甚衆。

弘治辛酉，領鄉薦。乙丑，第進士。授象山令，復二十六渠以溉田，邑人德之。嗣丁父憂，解綬歸。服既闋，補萍鄉令。無何，流寇劉六犯境，闔邑怖恐。乃大合衆於城隍，歃血而誓之曰：「惟廟食保佑茲土者，城隍之靈，與城俱存亡者，今佐令以揚威武、全此邦百萬之命者，惟爾父兄子弟。吾民也，敢有携貳，其以軍法從事！」民莫不感激，為盡死力。於是日大閱兵，分守要害，以身先之。嘗有賊從近竟渡河，率衆追之，賊奔潰，獲其輜械以歸。一日，賊併勢來攻，將至，執寺僧問虛實，僧對以「他吾不敢知，只難為其令」，賊遂釋去勿攻。攻南和，鄰邑郛之人詣城，不得入，來走萍鄉。公開城門，令人投瓦石以入，全活數千人。有一人嘗殺賊，賊求之急，夜扣城。或疑且致寇，君歎曰：「古者一夫不獲，若己納之溝中；今人急而來奔，何忍棄之？且其力能殺逆賊，其非能有以自効者耶？」遂提入城。時城中兵食既殷，威聲大振，諸鄰邑緩急，常倚以為歸。凡他邑城守，率晝夜更番上下得息，賊至，僨矣。公獨與民約：「無事，各安爾業；有警，則鳴鐘，鐘鳴無得在城下。」賊以有備，卒不至，民亦不用。賊平，相率詣郡保留，惟恐去。他日行過詣邑，連村老稚盆香懽呼曰：「此前開門救我再生父母也！」環拜馬首，至不能行。

歲餘秩滿，有巡按御史某舊比公為邑，以宿憾憾公，掯摭無所得，竟以兵興時擅役民築城坐罪，謫判海州。公謂：「若以築城保民獲譴，吾將何辭？」竟不之辯。至海州，掌握州符，兵後民多流徙，公厚為安集，稍復，又衢濱海沮洳以便行人。未幾，以巡按都憲薦，復知諸暨。諸暨多巨室，善持吏長短，前政罔不以訟去。公為立科條，一夕具令榜於衢，皆均征役、裁冗務、抑豪強等數事。民聚觀，有躍榜下者曰：「人言吾邑難治，有官如此，更何言？」浙鎮中貴人縱其下遍歷郡邑誅求，至諸暨，公諭毋得於吾界內為擾。不從，則縛而鞭之，乃盡得其奸迹，遂抵以罪，中貴人莫敢言。後聞公入覲，稍復來；聞公至，又先遁去。未幾，擢南京户部主事。主權有三，皆利衙，而淮為最，往者多黷取。當公往，獨以疾辭。

明年己卯，奉勅江西督餉，適宸濠搆逆，都憲孫公、副憲許公死之。公與少參黃公被執，亦死焉。公之被執也，賊方盡收諸司符勅，至公，獨執不與。賊怒，與諸司同械繫，然獨善視之，冀為用公。公憤激不自勝，與之食，拒不食；與之藥，亦不食。越五日，死矣，六月十九日也，殯于佛寺。子明奇聞變，自家至，明衡自南京太常至，乃啟棺易殮，如禮奉歸。既而於分司最密處得故敕，固在。南京户部有表君保敕全節之疏，江西士民於通衢立祠祀四公，扁曰「忠節」。巡按御史唐君龍為疏於朝，又立四忠碑以紀其事，大畧謂：「大節同者，不拘小異。四子雖死有先後，身有執有弗執，首領或割或不割，要皆同於能死而已。故杲卿罵而磔，龔勝餓而殞，巡殺而遠後亡，君子不敢有軒輊者，豈非以臨難能死者皆足賢乎？」論者以其言為允。

公性孝，家居聞父母欬聲即竦然起立。晚年禄入稍豐，每念父貧養不及禄，母禄養不能久，輒嗚咽廢食。嘗讀寇萊公《六悔書》而嘆之曰：「親在不知孝，不見親時悔；兄在不知敬，不見兄時悔，蓋非苟言云。」為人夷曠正直，不苟為隨，亦不矯以異。平居恂恂卑讓，如無能人，至臨大事、决大變，議則毅然莫奪。自號翠峰，其意謂凡人柔則不立，剛則忌太刻，故人必有和粹之實，然後有特立之行。故其論人處事，必先本於慈愛怛惻，然後課其功行之低昂、條目之當否，若刻意自榜，固無取焉。公之學早有所聞，中更貧窶，涉科舉、偃蹇仕途非其志也。每欲求一水一丘〔一〕，委運自廢，以卒究其所學而未能，而不幸遂至於此，惜哉！嘗謂門人曰：「凡讀書能潛涵咀嚼，令人心地豁然，胸中自有一部全書。」又謂明衡曰：「人心本自活物，當常令其存存不失，則如化工之生物，天下事何者不可為？」槩公之學，其所得深矣。公所著有《翠峰文畧》，藏于家。

生天順壬午年二月十六日，壽五十有九。配涵江鄭氏，以明衡貴，推封得從公官階，為安人。子二，長明奇，次明衡，登嘉靖甲戌進士，筮仕南京大常博士。女一，適藍進士渠之子信。孫男二，知立、知讓。孫女三，俱幼。公江西死事曲折，二子百方咨問，不能詳，一時同繫諸人亦莫能出而為公白其事者，故竟得其槩，為予言如此。

公門人下士，達者如御史周宣、知府黄希英、進士林檣輩不下數十人，然皆散而仕於四方，獨鞏適居田里，哭公之喪，而二子見屬為狀，何敢辭也？謹撰次如右，以俟世之立言君子云。

賜進士第、大理寺丞門人黄鞏謹狀

校記：

〔一〕「丘」本作「邱」，清刻本避孔子諱而改，今復原。

明贈奉議大夫光禄寺少卿水南馬君翠峰墓志銘

林俊

正德己卯六月十有三日，宸濠反，江西都御史孫公燧、按察副使許公逵死之。吾鄉南京户部主事馬君思聰以督餉至，被執，不食六日死，參議黄君宏亦死，江西士民殯之僧寺。八月十有六日，濠平。六日，二子明奇自莆田至、明衡自南太常至，啟殯易衣冠以殮，又得所奉勑于行部承塵秘處。事聞，有贈有祭。馬君贈奉議大夫、光禄寺少卿，並祀忠節祠。巡按監察御史唐君龍疏于朝，又立四忠碑以紀。嗚呼！守臣死封疆，固也；使臣不幸而入，其執死，亦固也。君義不為子陵，為子卿亦不可得也。夫死非難，處死為難。龍逄、比干、夷、齊死一也，而餓尤從容，君子於四公之死無異論者。

君字懋聞，翠峰其號。馬迤北〔一〕，衛州人，仕宋為帳前撥發，南渡泰州之馬鄉司巷居焉。七傳為昭，二子並官判院，顒東馬，裕西馬。三傳良成，為莆縣尉，因居水南。又三傳為亹，亹生洪源，君祖父、父也。妣方氏。君清頴蚤慧，學知向趨，事父母盡孝。讀寇萊公《六悔》，足曰：「親在不知孝，兄在不知敬，悔。」一作《心圖》、《言志》詩自見。家貧，納室之期已晚而祖父母喪未葬，請先葬。慕劉孝子閔方格，時從觀禮。弘治乙丑第進士，歷知象山、平鄉，究心民隱，求病利而罷施之。旱澇、虎患為禱，民知有應，亦知有令之誠。其最大，復柄要所侵河渠，辯逆瑾偽校，寘之法。流賊熾，畫地分民，環堵並築，浹旬而城告成。誓與民守，賊無敢犯，屬之民與鄰邑逃難之民賴若更生，竟以擅役左判海州。用陶巡撫薦，復知諸暨，政不易常，而縛其鎮守狐猗私人為民戾者。既入為主事，以有今之死夷坦，有讓吾不知其勇也。在諸生，開館授徒，遠邇畢聚。嘗曰：「讀書能沉潛咀嚼，胸中自有一部全書。」材成，黄少廷尉鞏、周憲使宣、黄郡伯希英、周會魁大謨尤知名。又謂明衡曰：「人心本是活物，常令存存不怠，如化工生物，何事不可為？」明衡果留意。孤，尚從吾友新建伯陽明公遊，取進士，為南京太常博士。選監察御史未踰月，與朱御史淛以言落，民士論韙之。嗚呼！君素先定，而道又行于子矣。

生天順壬午二月，壽五十八。配涵江鄭氏，封安人。女一，藍信其婿。孫知立、知讓，孫女三，俱幼。某山之墓既卜，二子以少廷尉狀請銘。予往還京師，奪于冗、于老以病文，例辭。翠峰之死，余重；明衡，余愛也。銘曰：

成之易，有開則先；遇之晚，有兒則傳。毅狀剛態，于彼金鐵。吁嗟翠峰，之死為烈。

（《見素續集》）

校記：

〔一〕此處疑林俊誤讀黄鞏《明故南京户部主事翠峰先生行狀》「其先迤北衛州人」之句，視「迤北」為馬氏先祖之名，故云馬迤北。而「迤北」實為地名，據詹仰庇《明文林郎山東道監察御史師山馬公墓志銘》有「其先迤北人」之語，可確證。抑或祖先之名已佚，遂以地名代稱之。又按，黄鞏之狀即文中所謂「少廷尉狀」者，黄鞏時為大理寺丞，少廷尉為其古稱。

祭翠峰先生文

門人黄鞏

嗚呼！方逆藩變作，時先生不幸適在難中，余謂先生死矣。既而聞死者孫、許二公而先生無恙，私竊疑焉。既而問之，則先生死在獄中矣。越數日，則洪都破而賊平矣。嗚呼！是日不死則先生無死時，是地不死則先生無死所矣。師生之義，綱常之寄，千古一慟，已矣！已矣！

（《后峰集》）

明文林郎山東道監察御史師山馬公墓誌銘

詹仰庇

仰庇垂髫時侍家大人，家大人嘗與仰庇言：「莆馬忠節公以户曹郎督餉江西，寧庶人反，忠節公義不辱械繫，死獄中。既世廟即位，而忠節公之子子莘為御史，會昭聖皇太后聖誕節有詔免命婦朝賀，御史上疏陳不可狀，忤旨逮杖，褫職編民。忠節公以節死而其子用直諫顯，名稱忠節公子。忠節公於余同年進士，有子如此，小子宜知之。」仰庇既以諸家大人，退竊自語：「男兒儻得為諫官，義豈肯希旨苟容，獨令侍御公專前美？」後四十年，余幸叨職内臺，遂以言事觸諱放歸田。萬曆乙酉，而侍御公子從甫自莆來，手所為侍御公狀，謁余請銘。余惟先大人為御史屈強，逆瑾時既補外，竟以抗直故坐廢讉，磊磊大節於忠節公有合焉，所不同者生死異耳。余提身秉職，不敢自謂列侍御公後，而追憶先大人褒賞忠節公父子事，特恐失墜以靦先大人風教。蓋通家之誼，同心之好莫若余者，然則志侍御公之幽以無負其志，余小子何敢讓焉？嗟乎！此從甫所為請也。

初，寧庶人反時，忠節公□□龍窟，去南昌百餘里，藉令忠節公忖禍觀變，難必不及，且誰有後議？而忠節公亟欲得寧庶人反狀以聞，遂以千秋節入朝賀，卒被禍慘，其忠義固天植之哉！侍御公時為南京大常博士，聞寧庶人反檄至，哭謂鄭安人曰：「嗟乎！吾父死矣！」遂棄官，從間道走，收忠節公屍。而會庶人兵出南昌，人已先舁都御史孫公、副使許公、參議黃公及公四屍就木祠哭之，以故侍御公得知忠節公屍處，因殮櫬以歸。當是時，侍御公哀毀深切，不復戀仕進矣。鄭安人呼侍御公謂：「而父死有令名，而致身事君，而父當益顯。」侍御乃起復如京師。既復職太常，即劾大將軍某廟祀不敬。太常者，昔未有彈劾事，太常有劾章自侍御公始。既而大禮議興，兩官[二]微有間，而屬昭聖皇太后聖節事。侍御公入臺纔十日耳，上疏言皇太后宜必有拂抑之懷、存没之感，矧興國皇太后均一令誕且未越月，主上隆大禮於所生而輟成典於昭聖，情文相違，讒言易生，適以開兩宫之隙而滋臣民之疑。今其疏具在，其犯尊觸威危動明主，令今當事者讀之，誰不吐舌流汗也？

侍御公既幸不死，歸築室舍旁，讀書其中，時與御史朱公淛、參政王公鳳靈、提學顧公陽和、中丞林公大輅、尚書林端簡公雲同相過從，暇則杖屨于玉壺、天馬諸山，摸寫景光，發洩性情，蕭然世外。諸大官貴人暨諸官府事，一切謝絶，曰：「無溷山公為也。」一時意氣風節，感動縉紳大夫士間。出處語默，大節嶄嶄矣，而內行恂至，天性篤發，事鄭安人備極孝養。疾則日就子舍，嘗進湯藥，時時有憂色。鄭安人既稱無恙，侍御公猶竊從姥婢伺居起，果疾良已，乃休。其扶忠節公櫬歸時，朝夕奠祭，涕交睫間，恐鄭安人知，為鄭安人憂。安人即疾病，常勉強言笑食飲以慰侍御公，不欲侍御公知也。伯兄自忠節公仕宦，提家政。忠節公有餘俸，伯氏操其贏修業而息之，積著千里。侍御公官七品，禄入微，又亟罷歸，仰食伯氏，聽伯氏廢箸以出，不問忠節公贏羨出入多寡時何如，依依友恭，不衰白首。

御史朱公在臺諫時，侍御公既上疏忤旨，朱御史又疏上，遂並逮杖放歸，歸而家立四壁，侍御公割其橐百金，無恡意。郡有大政，關民休戚利病，侍御公不以掃跡故不復問，往往持其議請於有司，必行之。乙巳歲侵，有海舶相羊海上，窺上價。侍御公請郡公聽賈人價上下，無召以官，郡公不聽，檄之亟入，海舶遂揚帆他指，歲侵益甚。侍御公迺復請自公而下盡出所積以貸，侍御公復倒私囷鏹錢倡率之，於是民得以果腹待歲熟。莆自木蘭堰，而田高下□旱澇蓄洩，民甚便。有豪某者率更其洫便己田，侍御公力阻其議不可，木蘭自足得就故洫，如他時利。侍御公孝友仁慈，隨遇觸發類如此。

始，侍御公生而端顥不好弄，忠節公奇愛之，嘗指以慰鄭安人。及忠節公令象山，而侍御年既十四，遂辭忠節公歸，從郡丞朱公某受毛氏《詩》，文學聲籍籍出諸生上。二十三舉薦書，越年第進士，官太常。時王文成倡學東南，侍御公往從講業。及丁忠節公憂，服除如京，復取道卒業。文成所酬往問質語，具載文成籍中。墨批：《王文成集》尚可節録。其在太常時益進益，取禮官所載大典，以《周禮》參互考證之，仕學並進，而所為古文、詩歌亦日有聲。自罷御史歸田，三十年間，於書無所不窺。其學原本六經，文宗漢司馬氏，詩効盛唐人體，所著有《尚書疑義》《禮記集解》《春秋見存》《周禮通義》凡若干卷，行于世。

侍御公諱明衡，字子莘，別號師山。其先迤北人，宋靖康間王南奔，有以帳前撥發從者，因占籍于楊之泰州。傳十世，至元季良成公尉莆，遂居莆，為莆田人。又四世至洪源公，兄弟五人，三以儒著，而洪源公最稱長者，生忠節公，配鄭安人，生侍御公。侍御公生於弘治四年辛亥六月二十三日，卒於嘉靖三十六年丁巳二月十四日，年六十七歲。配朱孺人，即郡丞朱公女，先侍御公卒，繼翁孺人。子二：長朝龍，即從甫，太學生，生母林出，娶林端簡公女；次光龍，邑庠生，生母陳出，娶副使陳應魁公女，早卒。孫男五：冀良，聘靖江令張秉鐸女；遂良，聘靖安令鄭煦女；道良，未聘；潢、瀛，光龍出，潢聘舉人黄閣女，瀛聘太學生陳一豸女。孫女一，適節推林紱男翰臣。侍御公之卒也，從甫輩辟兵東西，以間葬侍御公于天馬山，負□揖□。未幾莆城陷于賊，侍御公墓銘旁皇未卒圖。及是，從甫來請。侍御公以直諫罷歸，至没身，廷臣薦剡亡慮數十，竟廢棄不復用。隆慶改元，䘏録建言諸臣，侍御公於格當贈。從甫直走京師，冀伏闕得自陳。會有詔，令所部使者上其事，子孫不得自言，從甫乃歸白于中丞塗公。將上，而塗公暴卒，至今未有以其事白于朝者。嗟乎！公報國承家，子臣之道皦皦無憾，至徵召贈䘏，責則有攸歸矣！是宜銘，銘曰：

宸濠之變，孫、許並名。同時而死，有馬少卿。肩厥綱常，河岳辰星。侍御謇謇，抗疏大廷。如彼鳳皇，千龝一鳴。兆庶奪目，萬羽戢翎。忠孝烈節，媲德齊聲。天馬之山，鬱乎峋嶙。垣墉外繚，佳木蓁蓁。我銘公室，百室不磷。

校記：

〔一〕官，疑當作「宫」。

論救臺臣疏

林應驄

臣恭惟陛下登極以來，孝養兩宫，聞於天下。近奉昭聖慈壽皇太后懿旨，免命婦朝賀，外間不知，轉生疑惑。有監察御史馬明衡、朱淛愚昧進言，上動聖心，下之禁獄。中外臣民已知辭免者非陛下之意也，若非二臣言，則外間疑惑安得而聞？且我陛下一念孝誠，兩宫無間，今已明白于天下，拓而充之，孝之至也。仰惟昭聖慈壽皇太后壽誕，君臣交慶，大廷賜麪，共効愛日之忱。惟此二臣禁繫囹圄之中，因言獲咎，情有可憫，且恐昭聖慈壽皇太后聞之，心亦惻然。況今災異頻仍，宜加修省，永言宥過，實為先務。伏望陛下念昭聖之誕晨，廣聖孝之永錫，俯賜矜宥，則為堯舜之孝，天地之仁。臣不勝激切，恐懼之至。（《夢槎遊遺稿》）

與馬子莘書〔一〕

王守仁

遹得所寄書，誠慰傾渴。諦觀來書，其字畫文彩皆有加於疇昔。根本盛而枝葉茂，理固當然。草木之花，千葉者無實，其華繁者，其實鮮矣。遹來子莘之志，得無微有所溺乎？是亦不可以不省也。良知之說，往時亦嘗備講，不審遹來能益瑩徹否？明道云：「吾學雖有所受，然天理二字，却是自家體認出來。」良知就〔二〕是天理，體認者，實有諸己之謂耳，非若世之想像講說者之為也。時〔三〕同志莫不知以良知為說，然亦未見其能實體認之者，是以尚未免於疑認〔四〕。蓋有謂良知不足以盡天下之理，而必假於羅〔五〕索以增益之者，又以為徒致良知未必能合於天理，須以良知講求其所為天理者，而執之以為一定之則，然後可以率由而無弊。是其為說，非實加體認之功而真有以見夫良知者，則亦莫能辯其言之似是而非也。

莆中故多賢豪〔六〕，若諭〔七〕墨批改此字為「論」。及志道二三同志之外，相與切磋砥礪之者亦復幾人？良知之外更無知，致知之外更無學。外良知以求知者，斜〔八〕墨批：「斜」疑「邪」。妄之知矣；外致知以為學者，異端之學矣。道喪千載，良知之學久為贅疣，今之友朋知以此事日相講求者歟〔九〕？空〔十〕谷之足音歟？

相念雖切，無因面會一罄此懷，臨書惓惓不盡。

校記：

〔一〕此篇亦見于明萬曆刻本周汝登《王門宗旨》卷二《王陽明先生語抄之二》，標題作「與馬子莘」，以下簡稱周本。「遍得所寄書」至「不審邇來能益瑩徹否」、「相念雖切，無因面會一罄此懷，臨書惓惓不盡」，周本缺。

〔二〕「就」，周本作「即」。

〔三〕「時」上，周本有「近」字。

〔四〕「認」，周本作「惑」。

〔五〕「羅」，周本作「窮」。

〔六〕「豪」，周本無此字。

〔七〕「若諭」，周本作「國英」，可從。

〔八〕「斜」，周本作「邪」。

〔九〕「歟」，周本無此字。

〔十〕「空」上，周本有「殆」字。

附贈答諸詩

聞馬翠峰先生列祀江西忠節祠，詩以弔之　黄鞏

夢斷西山轉夕陰，章江秋水夜來深。干戈北地曾流血，祀廟何人合鑄金。巡遠不緣同日死，乾坤長寄百年心。翠峰萬疊蒼茫外，風雨蕭蕭淚滿襟。（《後峰集》）

東墨批改此字为「柬」。馬師山　朱湘

歸來偪仄嘆無盧，近借山房一榻居。面勢不知多少濶，碧天萬里一塵無。

其二

自斸雲根結草盧，瀟然便號白雲居。翠峰亭子花光含，鬧市風塵定有無。

其三

已放天風掃草廬，高虛偏稱道人居。莫言天馬民貧甚，豆粥藜羹有底無。

扁舟沂水木蘭，宿西冲僧舍，同馬師山和顧頤齋韻

古寺傍巖阿，春風款碧蘿。烟霞宜野客，猿鶴訝初過。已覺諸天近，還期明月多。老僧緣不薄（底本此字為異體字，墨批改為正字。），投榻意如何。

其二

坐愛山中静，庭柯永日移。婆娑遊客影，消息野雲知。釋子何年住，溪光入畫奇。題詩鑱絕壁，應作後遊期。

天馬山莊紀興，奉懷馬君

歲月焉知漢與秦，桃花開遍武陵春。僊源莫只在平地，聖世還須有逸民。莽莽邱園三畝宅，悠悠雲水百年身。踈狂我已無心久，荷蕢從來是異人。

其二

坐愛山中白日長，毀譽不到水雲鄉。苔對石磴芒鞋滑，花撲甖瓶村酒香。老去一邱聊自足，古來萬事定何常。自憐坐久青山客，十有九番春草芳。

和韻奉招方君兼呈馬師山

移了新亭結了橋，閒中日月此中消。天晴海畔峰巒出，雨足墻陰薜荔驕。石掌横撑當酒案，松枝低亞任詩瓢。方巖野客能相訪，預報山靈折簡招。

同師山馬君入城夜歸紀興

初寒不寒氣尚暄，欲雨未雨天茫然。城市經秋試一到，野田把手以相牽。向來許國幸無死，老去為農逢有年。暝色歸與山路杳此字旁有鏟削不淨墨條，墨批標刪。，侯門松火竹籬邊。（《天馬山房遺稿》）

同馬師山、王筆峰游梁溪　柯維熊

指（此字旁有鏟削不淨墨條，墨批標刪。）爪留何處，腰圍減昔時。溪山真有待，風雨亦來茲。秋野雜花細，曉村孤島遲。一尊甘屏迹，隣父莫深疑。（《石庄燼餘稿》）

柬馬子莘　郭日休

黄石青山外，丰神憶馬周。睽違今隔歲，摇落况驚秋。得罪悲孤疏，幽棲偃壯猷。才賢寧獨愛，時事轉須憂。（《莆風清籟集》）

聞馬子莘還金陵，寄別　林大輅

病劇頻疑死，生餘祇欲狂。孤踪應似寄，萬事可能忘。雲牖明疎篁，湘簾度遠香。風塵驚倥傯，遲爾話行藏。（《莆陽風雅》）

三慰篇　林俊

吾鄉必東、子莘，入臺即論事，吾家汝桓救之。二君除名，汝桓丞遠邑，紀是篇。

窮年淹散宦，甫月侍清班。野曠雲平出，林孤島共還。買山曾有具，涉世本無官。寫易青峰下，樵流識故顏。

御風來海郡，解珮下仙班。上德乾坤大，時賢旦暮還。覔音二仲徑，過領大蘇官。終局吾流分，名高不愧顏。（《見素續集》）

重遊文峰，同損巖、師山有作

王鳳靈

山谷驚何幾，還山暗薜蘿。况兹鳴鴂後，轉覺隙駒過。月色秋逾迥，松聲晚更多。忻同伐木侶，高詠采芝歌。

還山作，次師山

菲才拙仕合投閒，蚤有移文到北山。九萬晴空孤島下，虛無巖岫一雲還。蒼松極意生秋色，黃菊輸心識故顏。寄語文峰舊仙客，清時莫遣勝遊慳。

朱必東、馬子莘二侍御過訪蒲坂別業 鄭岳

芳郊雜樹草堂深，忽枉仙舟李郭臨。別製衣巾無俗調，幽居畎畝有餘心。喜看秧稻千家緑，倦坐榕岡十里陰。正好劇談愁別去，空庭月色對誰吟。（《山齋集》）

送馬從甫還莆 鄭富

握手難為別，徘徊霅水涯。書俱題白練，酒共對黄花。歸思縣繁弱，雄心歛鏌鋣。壺公知不遠，送爾躡層霞。（《莆風清籟集》）

趙仁甫邀登越王山，同王汝存、馬從甫、林天迪賦 佘翔

東風吹微和，古道生芳草。謇〔一〕予困旅人，戚戚縈懷抱。朝來聽鳴禽，登高諧所好。柳色鬱黄金，春衣試魯縞。欵欵罄深杯，翩翩裁麗藻。握手且為歡，浮生悲易老。曼倩隱金門，安期栖海島。仙分各有宜，願言長自保。

校記：

〔一〕「謇」，佘翔《薜荔園詩集》卷一作「蹇」，清文淵閣《四庫全書》本。

集鼓山寺，仝從甫、鄭堯鄰、吳道敬、吳贊庭、陳萬里作

陶潛栖白杜，謝朓賦青山。地侶藤籮外，人多伯仲間。裁詩幽鳥下，移石暮雲還。但得如澠酒，沉冥學閉關。

秋夜月，仝馬從甫、許希旦、方子韓作

霄漢涓涓净，孤輪何處安。西風吹不墜，永夜此相看。影入疎林破，光侵草榻寒。年年一尊酒，憔悴倚闌干。

西湖，仝蔡幼公、馬從甫、馮咸甫作

湖天何渺渺，載酒鏡中遊。雙塔凌雲起，孤山抱日流。香生搴杜佩，歌動采蓮舟。更愛忘機鳥，滄波任去留。

仙霞道中，仝馬從甫作

海上仙蹤已杳然，羣峰猶自插遥天。路疑九折羊腸斷，雲自孤飛馬首懸。厭說江湖風雨

惡，愁聞吴楚甲兵連。栖栖[一]不是憂時者，訪道名山有夙緣。（《薜荔園詩集》）

校記：

〔一〕「栖栖」，佘翔《薜荔園詩集》卷四七作「棲棲」，清文淵閣《四庫全書》本。

跋语

蘇子瞻之言曰：「辨天下之大事者，有天下之大節者也。然非有高士之行，過人之識，取變之力，使窮達利害不為之芥蒂，未有不得失亂其中、榮辱奪其外而卒困也。」明當武宗之世，宸濠虎踞江右，其財賦足以雄，兵甲足以逞，意氣足以慴伏豪強、奔（底本此字為異體字，墨批改為正字。）走桀黠，而忠節公曾不受辱，械繫獄中，死而無悔。子侍御公不以父死為憾，復以議禮抗疏逮杖褫（墨批改此字為「褫」。）職，斥遣歸田，終徜徉山水間，怡然有以自適。跡其父子所為，皆扶植綱常，足炳日星而光宇宙，而爾時豈甘慘禍樂沉淪以求自棄耶？亦行其心所不忍耳。夫不忍於忘君國，斯能忍於薄身家。後之人溯其遺徽，把卷流連，何嘗不有其志？而役情簪紱，馳慕鼎鐘，將棄其所不忍而就其所忍，忠愛之忱日歸澌滅，狥於俄頃而昧夫重輕，烏覩其能辨大事之大節哉？孔子曰：「歲寒，然後知松柏之後凋也。」而其行與識力倜乎遠矣。嗚呼！此其所以為馬公父子歟？

盥誦遺編，書此以志景仰。後之覽者梓以風世焉，是又名教之幸，抑亦文獻之徵也夫！

光緒二十四年閩縣江葆熙謹識

附录一　馬明衡軼詩軼文

《同心之言詩卷》所録軼詩〔一〕

序

林先生，名達，字志道，官兵部，□□人。〔二〕

黄先生，名宗明，字誠甫，號四明子，浙江鄞縣正德戊辰進士，官兵部侍郎，又禮部侍郎。

馬先生，名明衡。□□人，官□□□。〔三〕

陳先生，名傑。字□□，□□人，官□□□，見聯句中。〔四〕

簡先生，名沛，字□□，官□□□，見聯句中。〔五〕

梁先生，名穀，字默菴，號北崖，東平人，□□□進士，官□□□。〔六〕

「同心之言」，陽明夫子贈陸澄清伯語。夫子設教金陵，及門之士言必曰國英，曰賓陽，曰誠甫，曰子莘，曰清伯。質莫如國英，敏莫如賓陽，才莫如清伯，而篤信莫如誠甫、子莘。若尚謙、希顏、德温，曰仁，則又及門久而得夫子之深者也。清伯上春官，同門有贈，夫子命以是。比曰仁考最績，德温上春官，夫子已開府南贛，贈猶屬之，尊師訓也。今賓陽君出守襄陽，獨予與國英、誠甫、子莘在焉，即席聯句得若干首，追和若干首，別言又若干首。師友睽違，感慨寓焉，非詳不足以盡也。予在門墻獨踈鄙，而年又少長，卷成，特敘其略，以弁群言之首。

正德丁丑暮春，友人莆田林達志道書

校記：

〔一〕以下九首詩據1986年重修本《汶邑路氏族譜》卷十三《附諸前輩贈遺雜體詩辭》補入。闕字不能確定字數者以「□□□」表示。聯句中「迎」指路迎，字賓暘，山東汶上人，正德三年進士，官至兵部尚書。

〔二〕林達，號愧吾，福建莆田人，正德九年進士，官至南京吏部考功司郎中。

〔三〕馬明衡，字子莘，福建莆田人，正德九年進士，曾任太常博士、南京監察御史。

〔四〕陳傑，字國英，福建莆田人，曾任廣信府推官、南京監察御史。

〔五〕簡沛，江西上高人，正德九年進士，歷南京刑部郎中升廣州府知府。

〔六〕梁穀，山東東平人，正德六年進士，官至長史。

十二日會誠甫第

其二

清論何須覓管紘（馬明衡），重盟此地是何年（迎）。湘江夢逐桃花雨（宗明），白下愁聽日夜鵑（達）。萬里長途須健步（沛），百年春夢盡浮烟（傑）。陽明洞口東風滿（明衡），到日還教一沛然（迎）。

十六日會子莘第

其一

習習東風到水涯（迎），浮雲洲渚漾晴沙（達）。故人情味一杯酒（宗明），何處飄零滿眼花（明衡）。山鳥挾春音更好（迎），江魚入饌味還嘉（達）。明朝回首斜陽外（明衡），遠嶼烟浮萬里家（宗明）。

其二

竹下相逢笑口開（迎），飛花片片逐春回（宗明）。人間白日欺蓬鬢（明衡），江上青峰入酒杯（達）。惜別重看珂馬去（宗明），望雲咸喜使君來（明衡）。斯民直道無今古（迎），試看風行草自偃（達）。

復次十六日韻二首

馬明衡

其一

柴門隱隱水東涯，緑酒平缸映白沙。晚院對君應有竹，春城無處不飛花。江山且喜諧歌宴，籩豆何嫌愧静嘉。尚欲乘舟行水外，採芳贈到野人家。

其二

浩浩乾坤向此開，狂瀾誰障百川回。襄江萬里凴孤棹，月下長吟此一杯。愛我未應辭我去，今人還見古人來。相看却憶年前事，盡日春風碧草偃。

十七日予造子莘第觀白沙先生詩集有感，遂用白沙韻賦詩四章，因以贈路子

其一

乾坤何處覓心知，踪蹟飄蓬信可疑。清漲憐渠湘水遠（宗明），閒花笑我病容衰。雲浮遠樹無心去，蝶舞東風得意遲。此日一尊還共賞（明衡），他年應憶峴山碑（宗明）。

其二

百年心事許誰知，惟有夫君更莫疑。竹裏清風時共坐（明衡），眼前霜鬢幾空衰。一尊情味還應惜，三月鶯花已向遲（宗明）。俯仰寥寥天宇濶（明衡），浮名何用寄殘碑（宗明）。

其三

柴門日日向江開（宗明），萬頃春光手自裁。閒坐白雲移兩棹（明衡），醉拈禿筆侑雙杯。

時時野鳥驚人去（宗明），點點飛花撲面來。春事共堪傷遠別（明衡），道心寥落幾周廻（宗明）。

其四

好懷今日為君開，入眼風光我自裁。得意時聞禽鳥語（宗明），高歌但覆椒蘭杯。簾通白日宜眠坐，燕拂晴波自去來。為憶明年湘水上（明衡），春風澹蕩碧瀾廻（宗明）。

馬明衡軼文

愧齋文粹序〔一〕

愧齋先生陳公以厚德聞于天下，天下之人請其文惟不暇給，平生所著不下千餘篇。後峰黄君伯固嘗即其家藏編輯得若干篇，其孫須政又即其集録其要，若奏疏、序記、誌銘之類，得若干篇，題曰「愧齋文粹」，鋟梓以傳，俾衡序之。衡自齓時聞愧齋名，恨生晚不得及公之門，得交公後，盡觀公之文章，何幸！數日披諷，若坐春風。於乎！今著述之多彌穹壤，文貌日繁，事實日晦，又競為刻畫，以艱深文淺近，甚至身不免為庸流而口談仁義，簧言綺語炫人聽聞，而氣象意趣卒不可掩，兹末世所以病夫文也。

公天性誠篤，視其外，知其中。其與人言，忠而恕，故凡見諸制作，正而不迂，通而有則，從容和粹之氣、朴實敦厚之風，藹然溢於言外。今雖未嘗識公，攬其遺篇，自足以被前輩之風流而消末俗之鄙疏，公盖不愧於為文者矣！公歿未百年，由今以往，使公遂泯而無傳焉，則珷玞炫燿，美玉沉淪，公後人之責也；使必其平生而盡傳焉，則固有一時應酬諸作，公固不欲以此自多而求炫於世，然則會其粹而傳之，盖深得乎公之心而善傳乎公者也。且吾聞之：美則愛，愛則傳。夫文不本諸其人，不可以言美；不足以動人之秉彜，不可以言愛。公所為文若是，而其傳之者又若是，雖欲不傳也，其可得乎？

嘉靖紀元歲次壬午秋七月哉生明，鄉晚生師山馬明衡序

校記：

〔一〕據明嘉靖二年陳氏刻本《愧齋文粹》卷首序補入，《原國立北平圖書館甲庫善本叢書》第713冊。

平和縣碑記〔一〕

平和县本南靖境〔二〕，去郭二百餘里，民阻山依險，當道者治〔三〕之無寧日。正德辛未，郡守

鍾公知漳事，御寇至和，歎曰：「惟先王建邦啓土，樹之州牧侯長，奚在而不欲生之？兹小民乃自戕賊如此，吾獨不能宣力綏撫，何以盡守土者職哉！」〔四〕遂申請〔五〕監司連狀以聞。上命前僉臬胡公璉督率官兵，駐師險隘，併力剿捕數月，卒殲其渠魁，撫其脅從。〔六〕東土稍寧，而又懼非久安長治之道，具詳大中丞陽明王公，請設縣治。〔七〕疏上，天子可其奏，謂地曠民悍，當設縣治控馭，析漳浦、南靖二縣邊地以畀之。〔八〕維時當道諸臣欽承制意，割靖之清寧、浦之新安二里建立縣治，又於二里之中相視可以制盜賊、據地利、協人情，則惟河頭大洋陂為勝，名其縣曰「平和」。〔九〕

南靖令施君祥奉檄委視，相度形勢，燔菑翳，披蒙茸，肇建墉垣衙署。復檄二守陳君昊賢，畫厥井疆及途道、市肆。凡庶尹諸士，亦各竭力創肇經營。民事粗立，民氣旋蘇，所謂休之否而屯之亨也。鍾公其有大造于平和乎！大令王公乞予紀賢守之功并創建之由，爰敘其語，用泐諸石。〔十〕

鍾公諱湘，湖廣興國人。王公諱禄，號一溪，建昌新城人。詞曰：「爰披溟濛，拓兹新邑。歸鍾于民，莫匪爾極。紹績咸熙，夷兹險阻。惠流一溪，實獲我所。芬為太和，裕為瑞氣。勒石鐫辭，為示無止。」

校記：

〔一〕據廈門大學出版社校點道光十三年手抄本《平和縣志》卷六補入。參校清李維鈺《（光緒）漳州府志》卷之四十四，清光緒三年刻本，以下簡稱光緒本，該版本題為「建平和縣碑記」。

〔二〕「平和县本南靖境」，光緒本作「平和先隸南靖」。

〔三〕「治」，光緒本作「襄」。

〔四〕此句光緒本為「正德辛未，郡守鍾公繇禮部郎領漳事，激此歎曰：『惟先王建邦啓土，各用樹之州牧侯長，奚在而不欲生之？兹人乪自罹戚戚如是，吾獨不能宣力於其間！』」

〔五〕「申請」，光緒本作「逼達」。

〔六〕此句光緒本為「上命前僉臬胡公璉督率官兵，屬駐師險厄，臧謀慎動，象事伸縮。如是累月，卒能馘其渠魁，撫其脅從。」

〔七〕此句光緒本為「東土稍寧，而又懼非長久之道，覆詳諸司，僉議設縣」。

〔八〕此句光緒本為「疏上，天子可其奏，謂地曠民頑，即若析南靖之半分理得人，將寇平而人和」。

〔九〕此句光緒本為「維時當道諸臣欽承制意，宰割清寧、新安二里，又二里之中相視可以梗盜賊之喉牙、制其心腹而按其衝，則得河頭大洋陂之勝，新其縣曰『平和』」。

〔十〕此段道光本與光緒本差異較大，光緒本為「始，南靖尹施君祥承委燔菑翳、披蒙茸，肇建墉壑以翰以蕃，續又分任二守陳君昊賢畫厥井疆、途道、市肆，時凡庶尹諸人士亦各得罄所力，民事頗就緒，民用更生，蓋所謂休之否而屯之亨也。顧時方經始，百度未熙，旋不數年而事之廢弛，民之凋瘠特又甚。不田不賦，不居不役，莫可禁制，窮山大盜即往往相機者乎？果如是，余將賀其見鳳而聽其鳴也已」。

少谷遺音卷跋〔一〕

嗚呼，此少谷絶筆也！少谷臨歿之時，書數紙付高子，其末篇缺數字。余諦觀之，其神妙變化較之平時之作遠甚，少谷亦甚自得也。少谷負大才，薄宦達而躭山林，其静中充養完粹，故其晚年所進如此。藏之者與觀之者，毋徒以其藝之工而已也！

校記：

〔一〕據明鄭善夫《鄭少谷先生全集》卷二十一附録補入，明崇禎九年刻本。

寄胡年兄書〔一〕

明衡不肖，辱在年末，又嘗辱為部下之民薦，受知愛至深，寤寐何敢忘德！先君忠祠寔自吾年兄起義，是後凡大巡、藩、臬諸公，若祭田、修餙之類，又增美而光大之，至今春秋俎豆，風動鄉人，為其子若孫當何如其為報耶？仰惟年兄先生名位日隆，君子道長，天下之福。譬之風霜老幹，閱歷年華，自然撐雲柱日，長在宇宙間，非可與尋常百卉朝榮夕瘁者倫也。

衡不幸去年老母大故，今年又喪家兄。歸山二十年，母子二人相依為命，今一旦有此，置身何所？奄奄餘喘，不復知有人世矣，非恃道愛，曷敢訴之？茲有僭達貴屬下：三水縣知縣朱端明者，衡之至親且友，為人忠信老成，外不華而中有制，所謂循良之吏也。茲以入覲，歸途過家訪其母，年八十餘，旦夕眷戀不能去，深慮有違公期。明衡竊以為此事操縱之權惟在年兄台下，不揣敬為冒瀆，若能察其戀母之私，免其違期之罰，是不敢妄以不肖之故，亦古人所謂可與論於法之外者。山人不知事體，惟有至情而已，伏冀照亮。外具紗帕一端，將遠敬不罪，尤荷不宣。

校記：

〔一〕據明刻本胡松《承庵先生集》所附《同心集》卷三補入，標題為整理者所擬。

附录二　馬思聰、馬明衡相關史料

户部主事馬公思聰傳〔一〕

馬思聰，字懋聞，弘治乙丑進士。初為浙之象山令，以憂歸。服闋，補平鄉。其在象山也，嘗復二十六渠以溉田，邑人德之。而平鄉則會有流寇劉六之變，思聰調畫戰守之法甚備，寇引去。後擢南京户部主事，奉簡書為主粟使者之江西。時逆濠反稍有端矣，思聰行署在安仁邑，去濠邸可三百里。會濠有千秋節，故事凡以王事至者，竝入賀。思聰將行，客有語之曰：「濠且為吳王濞矣，請敬裁一啓，託道遠為辭，慎勿入便。」思聰曰：「吾非為入賀，計欲伺其動定，亟以反狀聞，亦一羽翼也。」至湖口，有自省城出者，復語之曰：「會城人情洶洶，争為引避，君胡自投虎吻耶？幸艤舟觀變，此上筴也，願毋再計。」思聰答如前，乃趣入。

濠於千秋節之次日，鎮廵諸司咸入謝宴，乃伏兵於府内。謝未畢，濠大呼問都御史孫燧、副使許逵：「吾欲舉大事，若等云何？」孫、許力批擣，度難奪，乃罵不絶口，濠遂曳二人於惠門外害之，而以思聰為部郎，不能麾召虎符，心頗易之，因下之獄。更六日，與參議黄宏先後死。

天子嘉四人忠，詔江西立廟竝祀，賜額曰「旌忠」云。武進薛應旂嘗著《憲章集》，載思聰與黃宏為逆濠幽獄中，不食而死。蓋詳其所裁死狀，非為槖饘無具故也。往直指使者虞守愚嘗建忠節坊於通衢以表其烈，燬於火，今使者孫錝檄郡復建於故址。錝，都御史忠烈公燧孫也。思聰子明衡，字子莘，正德甲戌進士，由太常博士入為監察御史。立臺纔十日，即抗疏請昭聖皇太后壽日賀儀，疏甚懇至，因繫獄解籍，其世節如此。

校記：

〔一〕據明焦竑《國朝獻徵録》卷三十户部三補入，萬曆四十四年徐象橒曼山館刻本。

處置從逆官員疏〔一〕

王守仁

正德十四年七月二十三日，據南昌府知府鄭瓛自寧王賊中逃出投到。本月二十六日，又據領兵官臨江府知府戴德孺等臨陣奪獲先被寧王脅去巡按監察御史王金，户部公差主事金山，左布政使梁宸，參政程杲，按察使楊璋，副使賀鋭，僉事王疇、潘鵬，都指揮同知馬驥、許清，都指揮僉事白昂，守備南贛都指揮僉事郲文，并脅從用事參政王綸，及據先被脅從令赴九江用事僉事師夔，先被脅從賊敗脱走鎮守太監王宏，各投送到臣。

照得先因寧王宸濠於六月十四日殺害巡撫右副都御史孫燧、副使許逵，將各官綁縛迫脅。

時臣奉命福建勘事，行至豐城，聞變。顧惟地方之責，雖職各有專，而亂賊之討，實義不容避。遂連夜奔還吉安，督同知府伍文定等調集南、贛等府軍兵，捐軀進剿。至七月二十日，攻破省城，搗其巢穴。隨有被脅在城右布政使胡濂、參政劉斐、參義許效廉、副使唐錦、僉事賴鳳、都指揮僉事王紀，各投首到臣。彼時軍務方殷，暫將各官省候，督兵擒獲宸濠並逆黨李士實、劉吉、凌十一等，臣已先後具本奏報去後。本年八月二十三日，會集知府伍文定等將各事情逐一研審，得布政梁宸等各執稱：本年六月十三日，寧王生日，延待各官酒席。次日進府謝酒，不期寧王謀逆，喝令官校多人將前各官并先存後監。故户部公差主事馬思聰，參議黄宏，原任參議、今陞陝西參政楊學禮等，俱各背綁要殺。當將孫都御史、許副使押出斬首，其餘各官俱杻鐐發儀衛司等處監禁。王綸留府用事，知府鄭瓛先被寧王誣奏見監按察司，瑞州府知府宋以方緣事在省，本日俱拏監儀衛司，差人將各衙門印信搜奪入府。後參議黄宏、主事馬思聰各不食，相繼在監身故。寧王差人入監，竦放各官杻鐐，王疇、鄭瓛二人不放。本月二十一日，將梁宸、胡濂、劉斐、賀鋭各放回本司。本日寧王傳檄各處，令人寫成布政司咨呈備云檄文，轉呈府部，自將搜去印信、印使付與梁宸僉押，梁宸不合畏死聽從僉押訖。本月二十三日，寧王告廟出師祭旗，加授王綸贊理軍務，與劉吉等一同領兵，王綸不合畏死聽從。本日又差柴内官等帶領人衆，將兩司庫内官銀強搬入府，梁宸、賀鋭在司署印，不合畏死不行阻當。本日將楊璋仍拘儀衛司，各官改監湖東道。本月二十六七等日，寧王差儀賓李琳等將伊收積米穀散給省城軍民以邀人心，着令程杲、潘鵬監放，各不合畏死到彼看放。二十七日，寧王因先遣承奉屠欽等帶領賊兵往攻南京，各賊屯劄鄱陽湖上，久候寧王不出，自行攻破南康、九江，掠取財物。二府人民走散，寧王要得招撫以收人心，押令師夔前去曉諭，不合畏死往彼安撫。本月二十八日，寧王因要起程往取南京，恐省城變動，欲結人心，又差偽千户朱真送銀五百兩與布政司梁宸、胡濂、劉斐、程杲、許效廉，各不合畏死暫收入己。又將銀七百兩送按察司楊璋、唐錦、賀鋭、王疇、師夔、潘鵬、賴鳳，亦不合畏死暫收入己。又押令劉斐、王玘替伊廵守，并押令許效廉、賴鳳替伊接管放糧，各不合畏死守城放米。七月初一日，差人將胡濂、唐錦送還本司，楊學禮放令之任，將梁宸、程杲、楊璋、賀鋭、王疇、潘鵬、馬驥、許清、白昂、郲文、鄭瓛、宋以方脅拘上船隨行，分投差撥儀賓等官張嵩等帶領舍校看守，又將銀二百兩差偽千户吳景賢分送梁宸、胡濂、劉斐、許效廉等，及差萬鋭送銀三百兩分送楊璋、唐錦、賀鋭、師夔、潘鵬、賴鳳，各又不合畏死暫收入己。本月初八日，至安慶，見攻城不克，因潘鵬係安慶人，差令逃引禮白泓押同，潘鵬不合畏死聽從，賫捧檄文到彼招降。本月十五日，寧王因聞提督王都御史兵將至省，回兵歸救省城，行至鄱陽湖地方，屢戰屢敗。至二十六日早，蒙大兵突至，寧王被擒，各官因得脱走前來，知府宋以方不知存亡等因。

隨據布、按二司呈開布政司梁宸、胡濂、劉斐、程杲、許效廉，按察使楊璋、唐錦、賀鋭、王疇、師夔、潘鵬、賴鳳，各令家人首送前銀，各在本司貯庫等因。

尤恐不的，吊取見監擒獲逆黨劉吉、屠欽、淩十一等，各供稱相同。

為照參政王綸脅受贊理，僉事潘鵬、師夔被脅招降撫民，情罪尤重。王綸、師夔又該直隸、湖廣撫按等衙門各具本參奏，知府鄭瓛已經別案問結奏請，俱合候命下之日遵奉另行外，參照布政梁宸，參政劉斐、程杲，參議許效廉，副使賀鋭，僉事賴鳳，都指揮王玘，或行咨撫守，或盤庫放糧，勢雖由於迫脅，事已涉於順從。鎮守太監王宏，御史王金，主事金山，布政胡濂，按察使楊璋，副使唐錦，僉事王疇，都指揮馬驥、許清、白昂、郟文，或被拘於城內，或脅隨於舟中，事雖涉於順從，勢實由於迫脅。以上各官甘被囚虜而不能死，忍受賊賄而不敢拒，責以人臣守身之節，皆已不能無虧；就其情罪輕重而言，尚亦不能無等。伏願皇上大奮乾剛，取其罪犯之顯暴者明正典刑，以為臣子不忠之戒；酌其心迹之堪憫者量加黜謫，以存罪疑惟輕之仁，庶幾奸諛知警，國憲可明。

校記：

〔一〕據明嘉靖十五年序刊本《陽明先生别録》卷四補入，日本東洋文化研究所藏。

乞表異忠義官員疏[一]

唐龍

切念[二]正德十四年六月十四日，江西宸濠謀反。是日，鎮守撫按及公差部屬并都、布、按三司各官進府謝酒。宸濠羅列賊兵，分布逆刃，首呼巡撫、都御史孫燧，脅令隨往南京，孫燧抗顏正色，示以臣無二君之義。次問按察司副使許逵，逵反覆明其不可，終毅然曰：「惟有赤心爾，豈從反乎？」宸濠遂喝官校將[三]孫燧、許逵曳出，俱斬于市，將其餘各官拘執鎖禁于獄内。公[四]差南京户部主事馬思聰仰天憤嘆，絶口不食，死之，繼有布政司參議黃宏亦死。夫孫燧、許逵守正秉節，挺刃而死，雖古之忠臣亦不過此。馬思聰、黃宏雖暫就執，尋即捐生，道無辱于人臣，志終白于天下，但思聰視宏則尤烈焉。傳曰：「無仁賢則國空虛。」使當時皆如各官安意就縛、屈身苟全，而無四臣挺然於其間，則何以為國家也哉？

先是，城中有廟一所，近該南、新二縣父老[五]土佛[六]撤去，塑立孫燧、許逵二像，并立馬思聰、黃宏木主寘于其中，私號「全大節祠」。歲時朔望，相率謁禱，尤見四臣忠義之在人心者如此其深也。但事出于下而不出于上，遺烈雖存，明典尚缺，如蒙乞勑兵部查議，將孫燧、許逵俱賜謚、贈官，各廕一子世襲；馬思聰、黃宏亦量為贈官，仍襲馬思聰一子入監。行令布政司查相應官屋改立祠宇，將孫燧、許逵、馬思聰、黃宏竝祀于中，孫燧、許逵位次在上，馬思聰在左、黃宏在右之下，照例勑賜祠額，及行令本司查撥〔七〕無主官田五十畝，行南昌府收租以供祀典。如此則不惟使人臣忠者勸、不忠者戒，抑見我國家有臣如此，且俾萬世之下指此罵宸濠曰「亂臣」、曰「賊子」，則四臣之忠義不泯而宸濠之罪惡益彰矣。

校記：

〔一〕據章潢《（萬曆）新修南昌府志》卷二十五補入，明萬曆十六年刻本。參校謝旻《（雍正）江西通志》卷一百十六，清文淵閣《四庫全書》本，以下簡稱四庫本。

〔二〕「切念」，四庫本作「竊照」。

〔三〕「將」上，四庫本多「隨」字。

〔四〕「公」上，四庫本多「時」字。

〔五〕「老」下，四庫本多「將」字。

〔六〕「佛」，四庫本作「偶」。

〔七〕「撥」，原文漫漶不清，今據四庫本補。

正祀典疏〔一〕

鄧顯麒

題爲釐正祀典事：臣聞國之大事，首在於祀。竊照正德十四年藩賊宸濠謀反，一時死節封疆之臣，陛下嘉其忠節，咸賜贈録，祀之洪城，甚盛典也，但其間甄别欠明，清議不服者，臣敢言之。

同祀之臣若巡撫都御史孫燧、按察司副使許逵，赤心惟一，天日不二，有百折不回之慷慨，有再拜臨刑之從容，廟祀江西，天下之人作為《哀忠録》哭之，誠足以激勸萬世。續有布政司參議黄宏、公差户部主事馬思聰擅離龍窟，獻媚賊庭，始則丐生以就獄，終則怵禍而自盡，同祀一室，天下之人至以狗尾續貂譏之，實不足以厭服人心。臣訪得黄宏等雖有御史唐龍所奏不食憤懣事跡，實採用同獄粱辰等粧點門面之言，其事本不足據。馬思聰僅有都御史王守仁祭文一篇，亦自謂與其子有門生之雅，其意亦非至公。況孫燧、許逵精忠大節，古今所難，若以黄宏、馬思聰同堂祀之，實非所以慰忠魂於冥漠。又知府宋以方、郎中塗文祥等亦係投江而死，若以黄宏、馬思聰爲忠，則此瑣瑣者亦合一例增録同祀，臣恐朝廷旌别淑慝之典不白於天下後世也已！伏望陛下特勅禮部，亟行江西撫按三司等官多方訪議，如果黄宏、馬思聰止是如宋以方、塗文祥之死，並無孫燧、許逵忠節顯迹，徑自覆奏，乞將配享及贈録恩命盡賜削奪，庶祀事不瀆，恩典不濫，而天下人心知所激勸矣。

校記：

〔一〕據吕懋先《（同治）奉新縣志》卷八補入，清同治十年刻本。

祭馬翠峰先生配孺人朱氏文〔一〕

林大輅

某嘗聞往哲緒言矣：夫稱爲内子者，範而彝敘，相而誼秩，懿而時貞，玆謂賢，厥覯鮮矣；夫稱爲人母者，愛弗方踰，約勿度戾，恪弗耄落，玆謂賢，厥覯亦鮮矣。某之哭夫人，其由衷乎，而罔敢澤辭以耀乎！

孺人初相翠峰公，公齡方壯，粹文篤行，户外傳經之士皆鄉黨豪傑也，孺人拮据將順公爲師爲友，志崇業樹而助多矣。公登進士，偃蹇州縣凡十餘祺，孺人儉以裕匱，怡以導仁，嚴以防僻，公無閫内顧慮。逆濠之變，公以南曹管賦豫章，被械于獄，不食而死。孺人摧肝膽，廢寢食，欲嗣以没南浦西江，公之魂洋洋乎若徃將之。然公臣而忠也，舍生取義也；孺人爲公内子，百祀而賢傳之。

伯子子爲氏幹蠱用譽，殖厚施勤，裔其源而昌其流。蘭之芳，桂之叢，孺人含飴分甘，日移晷焉，蓋未艾時也。仲子子莘登進士，既十年爲御史，封事直諫，奪職，家食幾二紀矣。孺人語之曰：「而直職也。林莽憂時，而心也。君子積學以豫，閒居以兢業，訟咎以需時，老易及也。」又語之曰：「吾抱孫多矣，未抱而孫也。而早達而久窮，於物無盈也；負氣而寡黨，於世無瀆也；嚮賢而抑己，於福利無餮也。天道且定，抑予衰矣，豫章之淚猶懸也。」故年雖踰稀，病及人扶，而於子莘氏家政猶綱維焉，約臧獲、縮需費、處疏戚罔弗宜，人皆稱孺人曰賢母也。有是母則有是子，抑弗永有辭耶？嗚呼！綸綍之寵，福履之盛，鐘鳴鼎食，華屋綺裳，世之人所稀有而孺人兼之，然非孺人樂也。孺人相翠峰爲忠，教子爲以肖，子莘以直，彝倫誼道，吾黨所稀。八十五壽，生死哀榮若太孺人者，其復有遺憾耶？

某與子莘同年進者，意氣莫逆，出若處同焉，哭太孺人猶哭吾母也。荒鄙之章，蘋藻之獻，鄙人有思，涕泗曷從？嗚呼哀哉！

校記：

〔一〕據林大輅《愧瘖集》卷二十補入，明嘉靖林敦履刻本。

本朝分省人物考・馬思聰〔一〕

馬思聰，莆田人，弘治乙丑進士。官户部主事，督糧江西，與宸濠生辰之燕。翼旦入謝，度必有變，語厨人曰：「我倘不出，將勅藏於高處。」厨人未諭其意，姑如所示。及入，濠怒其不從，果遇害。配享豫章忠臣祠。

校記：

〔一〕據過庭訓《本朝分省人物考》卷七十四補入，明天啓刻本。此段記載亦見于李賢《明一統志》

卷七十七，清文淵閣《四庫全書》本。

明史父子兄弟不同傳〔一〕

南、北《史》、《新唐書》體例，凡一人有傳，則其子孫應傳者皆附於此人之後。《明史》則不然，如周瑄與其子金，耿九疇與其子裕，李遂與其子材，陳以勤與其子于陛，鄭曉與其子履仁，王忬與其子世貞、世懋，劉顯與其子綎，皆父子也，而各自爲傳。蓋分傳則時代清楚，使閱者一覽了然，此亦作史舊法。又如馬思聰有傳，而其子明衡反附于鄧繼曾傳後，以明衡與繼曾同諫昭聖太后傳免朝賀一事，同獲罪也。瞿景淳之子汝稷、汝說附景淳傳後，而汝說子式耜又另立傳，與何騰蛟同卷，則以式耜與騰蛟皆明末一大關係之人也。而張居正傳後乃又附其曾孫同敞，馬芳傳亦附其子林及孫爌，似乎自變其例，然此蓋有意附之，以見居正之有賢子孫而馬氏則三世皆死國難也。

校記：

〔一〕據趙翼《陔餘叢考》卷十四補入，清乾隆五十五年湛貽堂刻本。

皇明書・馬明衡〔一〕

馬子莘明衡，莆人也，父思聰死寧濠之亂。子莘立志精猛，深詣卓然，不惑於利害，閩鄭繼之善夫亟稱之。頗留意於文辭，文成箴之曰：「草木之花，千葉者無實；其花繁者，其實鮮。」戒其溺也。以監察御史言事落籍，士論惜之。

校記：

〔一〕據鄧元錫《皇明書》卷四十三補入，明萬曆刻本。

明詩紀事・馬明衡（一首）〔一〕

明衡，字子莘，莆田人，少卿思聰子。正德甲戌進士。（《明史》作丁丑，誤。）除太常博士，遷監察御史，以建言廷杖削籍。

《蘭陔詩話》：嘉靖三年，興國太后誕辰舉行朝賀，慈壽皇太后誕辰有旨免朝。子莘上言：「暫免朝賀，若出皇太后，中間必有因事拂抑之懷，往來存没之感；若出聖意，則母子之情有隆無已，豈忍輟此盛禮哉？」朱侍御淛亦上言：「皇太后親挈神器以授陛下，母子之情，天日在照。今乃旬月之間，一舉一罷，彼此相較形迹太分，何以慰母心而隆孝治？」疏入，永陵震怒，命捽二人至庭詰問，將置之死。蔣文定膝行泣救，乃免。子莘與父翠峯稱「雙忠」。

田按：子莘《初春即事》詩云「疏謬自甘明主棄，孤狂寧受世人憐」，可以見其志矣。

答黄西壺先生

孤亭高敞紫霞旁，招隱歌成逸興長。靖節早應歸栗里，龐公久不入襄陽。百年海上丹心遠，五月松風白葛涼。徙倚危闌瞻北斗，山中夜夜挹清光。

校記：

〔一〕據陳田《明詩紀事》戊籤卷十二補入，清貴陽陳氏聽詩齋刻本。底本《答黄西壺先生》一詩「旁」作「傍」，「危闌」作「高臺」。

附録三　贈答詩文補録

鄭善夫書信兩則〔一〕

贈馬子莘　鄭善夫

余嚮過建州，讀陶園詩，於辭氣間得子莘之為人，要之必不止以文章鳴世者，惕然存之。到京，論友於守中氏，守中首舉子莘，以為陽明之門立志最為精猛者。翼日，復為余曰：「子莘至矣！」遂與共昕夕上下議論，譚及幽玄，見其卓；譚及利害，見其守；叅其神色，見其所安，於是乎益信吾守中之不吾誣也。余嘗以文章究人底裏，今復自慶其得之子莘矣！

然人生百年，猶石火之炯然易滅也，中間惟二三十年與竟大業，前此者智不及，之後此者力不及。之二三十年能有幾何？然一念依違，遂至没世，豈不為大可哀哉？故曰：「君子疾没世而名不稱焉。」今之豪傑之士不為少矣，其能談聖人之道亦不為少矣，及觀其隱微利害之際，往往變其所守者，何哉？志不堅也。志不堅者，心不誠也。心不誠者，名不稱也。子莘才力向往，寧復有為名之病？然誠之一字，其實難識，稍有一息汨没，一毫矜持，皆謂之偽矣。故佛書有云：「求禪定，即非禪定；求解脱，即非解脱。」余無似早衰，無以與乎道德之言，然一曲之明，實猶乎維摩大士之於釋也，故為子莘盡之，幸毋以笑。

答馬子莘

鄭善夫

國賢至，承教言并惟濬遠信，惠我蒙鄙良厚也。惟濬再得遊陽明之門，觀書中所云，便大非京師時比。經此大患之餘，正古人所謂「困心衡慮」者，啟其扃而進之沛然矣。聞之國賢，子莘早晚亦欲往贛州，意思甚好。走頗有此意，但以今歲占數逢革，奉先人遺體，不敢遠出也，且赤城應、黄二兄期在夏秋到閩。無此二端，甚欲從子之往也。守中兄向遊赤城，曾與宿禹穴，甚念吾子。知吾子至贛西江未畢，事定，當作計為會耳。國賢却是法器，與論彌日，一一合意，勝友也。

校記：

〔一〕此二書分别據鄭善夫《鄭少谷先生全集》卷十五、卷十八補入。明崇禎九年刻本。

張岳書信兩則〔一〕

與前侍御馬師山

張岳

某草率為此一行，甚覺無謂，到此愈悔之。亦曾與吏部求一散地往南京，當道者拘於年資，未敢相信，不知吾人仕進，惟其才力所宜與心之所安者何如，一切格以文法，眞可笑也！向日處京師三四年，其時朝廷雖甚多故，然縉紳習尚猶頗近正，其最下不過依狥苟且、求為好官爾，固不敢文飾姦言、闔闢鼓弄、立黨相擠、顯肆無忌如今日也。彼甘心破顏而為之者，不足責矣；吾輩之中至有棄其平生而陰附之者，亦有坐持兩端、彼此觀望以為他日地。一時掩覆，初若不覺，而其心術不端、趨向不定，將積習敗壞至率獸食人乃已，甚可懼也！時事既非吾力所及，祖母、老母俱垂白在堂，石田、茅屋之間豈無可容身者？南京之志不敢中止，縱不可得，亦當別尋一事作歸計爾。二舍弟在書院，朝夕甚蒙指教，恐其不知此意，乞呼来語之，幸幸。

與馬師山

張岳

此間事不謂之難，特三省人情不一，議論多異，任事者并所任之人觀望前却，相持累年，至於紀綱日壞、盗賊驕横、民生可哀，尚復恬然以掩覆為長策也。其意念之差乃上自柄臣，其他可知也。然其為説亦無他，惟曰難耳，更有難者將如之何？某入境即力與之辯，怪怒怨謗無所不至，惟自信以待之，今亦稍定矣。秋間舉兵，約年終可畢事，然亦盡其所當為者如此，利鈍不敢預計也。恐兄為某憂，此故一及之。

校記：

〔一〕此二書分别據張岳《小山類稿》卷七、卷十補入，清文淵閣《四庫全書》補配文津閣《四庫全書》本。

林大輅贈答詩九十三首〔一〕

馬子莘博士考績來京

林大輅

昔者武林客，同君泛西湖。披襟躡雲蹬，催飲聞提壺。新詩不自識，靈境忻初徂。天竺煙霞寂，高峰南北孤。奉常試禮樂，愽士將蓬弧。别離看青鏡，晤語戾玄都。伊予秉微役，稽首瞻黄虞。顧慚犬馬力，奚期雲霄衢。嗟嗟避市虎，綿綿恚城狐。相如稱倦客，王子論潛夫。我志遷塵務，君顏娱道腴。賢智知自警，良朋勝盤盂。願言崇明德，愛兹七尺軀。

宿雞峰，顧頤齋學憲、馬師山侍御攜觴過談十首

林大輅

其一

暮春天氣暖，雨後晨光微。山翠江門合，泉聲聞竹扉。偶逢田父到，谷口耦耕歸。言念同袍者，相過日漸稀。

其二

節物欣晴旭，談農有夙緣。翠微登不極，桑柘眇蒼烟。西崦多啼鴂，東皐種石田。古人誰復達，長念鹿門賢。

其三

閒遊藉春草，冉冉原花紅。綠曌春如沸，歡呼一醉中。三芝他日長，我亦百年翁。二客來城市，殷勤問桂叢。

其四

觴咏忘吾老，流鶯復起予。龍沙望正遠，猶滯北來書。草色迎春佩，流雲白滿渠。生涯便避地，偃蹇欲何如。

其五

竹外憑闌見，小車來遠山。相看傾意氣，春事滿柴關。遲日煙霞夢，野人霜雪顏。玄談日忽暝，吹笛石門還。

其六

僊伯蘭臺老，文章絢太平。南华逸興共，剡曲野舟横。芳樹鶴雙語，閒鷗共爾盟。朅來催舉白，踈月滿春城。

其七

天路過青墅，群峰盻静佳。林幽初遲客，楊柳啼雙鴉。石竇仙源響，春湖雪乳茶。止雲苓榻淨，應似葛洪家。

其八

笠澤天隨子，江湖亦故園。卜居無定迹，幽事入琴尊。林叟昔招隱，千峰遶近村。馬卿玄覽在，拄杖欲忘言。

其九

草巖控僊宇，遺世更西洲。甲子時同紀，夷門念昔遊。陟雲蒼海上，濯足兩谿流。萬水蒸霞晚，高歌竟日留。

其十

邂逅同雞黍，驚心復暮春。王塘楊子宅，紅日卧龍津。述作變玄髮，陽山物候新。心期四十載，念爾謝風塵。

暮春訪馬侍御陽山別業六首

林大輅

其一

陽山遲送客，延佇酒初醒。躑躅明孤嶼，蘼蕪緑遠汀。行歌淹白髮，登覽眇滄溟。野老煙霞債，伊人共採苓。

其二

青山高百丈，舊日夢曾登。玉樹晴流靄，蒼松老掛籐。却疑僊子宅，宛入洞雲層。石榻誰能借，秋来欲問僧。

其三

鄭老尋真到，東山許共清。躋雲虛舊約，觀海漫多情。緑樹流鶯語，蒼崖野鶴行。馬卿應地主，惆悵隔江城。（鄭司馬道穀城佳勝，欲拉予遊。）

其四

九華清浮野，迢遥生曉雲。望之僊跡遠，佳氣何氤氳。瑶草重巖遍，天湖白石分。何時西谷子，同訪紫霞君。

其五

六十浮生度，煙花各報春。偶因適野興，言念同袍人。南水柴門棹，陽山野葛巾。蹉跎吾豈負，三隱往還頻。

其六

翠屏環晚眺，青野豁閒行。跌宕從真性，棲遲愧浪名。鹿門雲几浄，剡水雪舟横。誰愈煙霞疾，滄浪一曲清。（舊有松隱、竹隱、梅隱堂，今師山、損巖、筆峰正三隱也。）

季夏五日至七日雨不止，即事成詠，柬顧頤齋、馬師山六言十絶

林大輅

其一

天漏道中没馬，陸沉簾外懸河。下榻遲遲兩屐，年來更慎風波。

其二

爛熳朱英委地，蕭踈高柳摧風。三日人驚巨浸，愁懷欲寄絲桐。

其三

溪上乘船入市，寒聲袞袞涼雲。雷動小湖龍窟，沙黐西墅鷗羣。

其四

栗里歲華小隱，鹿門生理躬耕。苦雨秪添酒債，逢年更築詩城。

其五

烏雀悲棲灌木，蛟龍怒鬭滄瀛。鐘鼓西禪寂寞，滿天風雨關情。

其六

走石洪流旦旦，摧墻白屋村村。却飲不看翠竹，加飡還采芳蓀。

其七

風雨何心旱澇，乾坤隨分生成。閉户香清一榻，懷人夢醒三更。

其八

翦白已過十載，幽棲二紀雞峯。人報天漿潤物，石門百尺青松。

其九

望眼天門日馭，雲間不受人呼。莫問扶桑海色，江湖憂在潛夫。

其十

玉塘黄石芸閣，白袍赤舄西洲。我欲扁舟撫化，雙溪風日悠悠。

久旱喜雨，馬師山自黄石同顧頤齋過訪西源，即事十首，兼似董郡守後峰

林大輅

其一

對雨還高幘，西源翠色浮。漫郎非北海，孺子自南州。雲黯山逾暝，谿高天欲秋。農談初志喜，吾道共滄洲。

其二

四郊禾欲萎，六月望霖初。夕野蒼流闊，疎林翠靄虚。喜聞平役報，兼得憫農書。倏忽神功遠，龍宫近草廬。

其三

六十閒居者，看雲眇世寰。海門横萬壑，雨脚亂千山。野馬明還滅，沙鷗去復還。銷愁如夢醒，載酒入霞關。

其四

山邑通津遠，江城駭浪稀。餘花開欲媚，斜日澹還暉。投老疑丹液，避人臥翠微。東皐看晚熟，安穩閉柴扉。

其五

濯枝連日雨，排闥數峰新。共醉一尊酒，相看萬古春。西雲招隱榻，南畝報恩身。款語思京國，玉關静虜塵。

其六

白波驚遶屋，鐘鼓乍晴時。忽動栖山興，翻成喜雨詩。岸容藏日彩，野色逗雲枝。良晤春來隔，悠悠獨爾思。

其七

把袂看山色，淹留几杖清。千門初稅畆，二老舊躬耕。魚隊浮蒼渚，鷗羣寂翠屏。使君今召杜，虎竹重專城。

其八

穀價平俄頃，市聲散寂寥。石田還撒種，原稻已增苗。海舶鯨波闊，山笳虎穴遥。回天誰者力，河漢瀉仙瓢。

其九

近喜谿峰曲，農人治廢田。智泉分野潤，淑氣薄炎天。野語驩村舍，漁歌答晚船。白袍隨二客，樗散寄流年。

其十

老農能卜歲，分至識陰晴。欲解妻孥恨，頻聽風雨聲。乞靈喧萬井，懷惠拜雙旌。香篆郡齋裏，勤勤畎畝情。

同馬師山觴壺麓梁溪　林大輅

未到梁溪思不禁，秋風藜杖許招尋。相攜鳥道日將夕，却望龍湫雲更深。石罅雙魚浮翠荇，巖前孤鶴下青林。流觴舊約成摇落，回首松門白髮心。

陽山晚步雜咏呈馬師山、王筆峰、林巽峰六首　林大輅

其一

光禄墓田足種芝，海門歸鶴定前期。彤霞獨抱崑山玉，喜見中即有道碑。

其二

欲借蓮峰稱醉石，不嫌風景異柴桑。朝來日色暄晴野，麥酒相留興較長。

其三

王喬幽事渺荒洲，仙舃飛來不自由。漫把新詩催酒醆，風前春服碧雲流。（筆峰自耕原來）

其四

京口吳航歸歲暮，金蕉清夢定淹留。使君寶劍光充斗，看水看山念舊遊。（巽峰自鎮江歸）

其五

煙火村中只數家，老人迎客乍烹茶。雨風過盡春三月，是處天風枳殻花。

其六

劉晨顧況歸城郭，半日清尊隔翠微。試問陽山高幾許，主人雲谷有柴扉。

夏日同王櫱谷、劉約齋訪王筆峰于耕原，朱損巖來會，别去。馬師山約次日相過，遲之不至，乘舟而返，即事八絶

林大輅

其一

耕原去城三十里，相過問路初杖藜。薇花照閤山日午，野鶴迎人谿雲西。

其二

王粲南歸桂樹期，蒼梧今有使君詩。江州朔馬瞻雲地，玉笈瑶函祝聖時。

其三

十年蹤跡混樵漁，短褐風煙白髮初。晝省憐君年獨少，江門清夢欲何如。

其四

不見蘭臺柱史來，江湖懷抱幾時開。城中病客相思久，遲爾蒼霞碧石臺。

其五

文峰春樹曉氤氳，藥圃頻過麋鹿群。一榻未緣談細雨，可能相贈北山雲。

其六

嬾性人傳馬少游，閉門應自臥青丘。二毛相對鶯花媚，隔水思君一釣舟。

其七

海上群峰紫氣浮，遲廻若爲一尊留。山人莫漫悲生理，翠管當年飯五侯。

其八

豈驚瑶札遺青鳥，獨惜瓊杯散紫霞。情悄谿迴漁父棹，眼明花對野人家。

中孚堂醉别馬師山、王筆峰十首　林大輅

其一

草色尊前翠欲勾，芒鞋初探玉塘春。無情歲月閒相念，獨喜梅花共野人。

其二

中孚堂入碧霞岑，春到烟花錦作林。試與馬卿同耳熱，午時山酌暮谿陰。

其三

我愛詩人丁卯橋，白鷗無數欵芳韶。醉來朗誦閒居賦，雙珮蹣跚挾兩髻。

其四

別業年來隱薜蘿，淩霄松栢月華多。人間幽事徵君在，燕寢香清漫踏歌。

其五

春風蓬鬢木蘭舟，黄石青山歲幾遊。更遲流鶯歌調滿，爲君同卧對山樓。

其六

江門歸路海潮生，原樹谿花雙眼明。入夜玉塘思不徹，兩山春夢薜蘿情。

其七

沮溺當年亦耦耕，陽山還憶放歌行。薇花幾樹輝青野，萱草三春媚穀城。

其八

浦口長風吹水立，濤聲平楚帶雲移。肩輿徑黑吹村火，薜户何人歌柳枝。

其九

漫客歸來過十載，王維遁跡更文章。耕原早晚招耆舊，好寄雙魚到草堂。（筆峰、師山居相去十有餘里，過從必相訂。）

其十

東郊魚鑰報開門，野嘯漁歌出近村。白髮南州誰下榻，小湖風雨逗清尊。

朱守忠、梁日孚、陳惟濬同會馬子莘寓館

林大輅

春夕燈燭光，高樓歇塵鞅。四客無報書，聚樂皆吾黨。柱史氣自豪，儀曹性高朗。南北兩奉常，慷慨開函丈。緊予田野人，邂逅成孤往。詎謂燕雀棲，敢混鳳麟網。嘉言陳璠璵，新術刈草莽。穆穆冲而頤，休休容而廣。神機在虛盈，物情徒俛仰。大噐廟廊珍，休運蒭蕘獎。眷眷思古人，友朋麗澤長。明星照踈櫺，煖風吹静幌。誰云楊子雲，玄言得真象。

與馬子莘飲作

林大輅

太常予所欽，五載不相見。南來聞好音，煩抱微自湔。志士憂江湖，碩人懷京甸。蘭芬挹言辭，山立昤顏面。君有至道姿，匪直儕狂狷。別離夢寐間，淹留寒暄變。敝廬近西橋，庭草芳而蒨。攜手念同袍，俛俛談貧賤。莊喜惠施遊，嵇辭山濤薦。洗泥只濁醪，虛言張新宴。三十

漸白頭，脩名匪自衒。

詠志，同子莘作四首　林大輅

其一

束髮窺周行，蹇步懼奔佚。多岐眩復脩，徠徑蒿萊茁。生平不自強，蠹時遑予恤。揮霍競榮觀，從臾失心疾。人言徑寸珠，其價光萬鎰。至寶苟弗珍，魚目亦奚述。

其二

南北自脩程，江河杳所思。所思竟何言，令德同自怡。扳劒俱壯夫，盍簪偶兹時。鸞鷟有靈性。振翮雲霄逵。騏驥日伏櫪，塵埃詎能知。所貴辛勤心，倏然黄髮期。

其三

佩玉須璜珩，佩草須芝蘭。珷玞非奇珍，蕭艾隕微寒。卜商貌何癯，原憲歌聲歡。侯嬴老已至，偃蹇多辛酸。京洛結駟者，聯翩迅高翰。旁觀有微言，古道良足嘆。

其四

人生無百年，譬如風前樹。春陽分微和，嚴霜白彌户。清歌和者稀，瑶琴無遺譜。子來何其遲，披襟談千古。龍性不可馴，鳳文人皆覩。天倪葆其真，崆峒招道侶。

聞馬子莘還金陵寄别二首

林大輅

其一

風花看已暮，燕子正高飛。所惜故人遠，蕭然良晤稀。江舟知獨往，壺嶠未同歸。逐客甘貧病，相思晝掩扉。

其二

病劇頻疑死，生餘秪欲狂。孤踪應似寄，萬事可能忘。雲牖明踈簟，湘簾度遠香。風塵驚倥偬，遲爾話行藏。

湖上呈周用賔、馬子莘二首　林大輅

其一

雀舫清尊楊柳風，道人巾舄偶然同。湖光山色虛無裏，宋苑吳祠悵望中。話久笙歌喧夜壑，詩成燈火過禪宮。剛郎別後應相憶，萬樹松花海日紅。

其二

山日初長振旅衣，碧流芳樹啓荆扉。穿蒲野鳥栖栖下，背閣城烏欵欵飛。四海交情憐叔子，百年清興憶玄暉。清談入夜山鐘發，獨數星河淹未歸。

與子莘同作清言　林大輅

羇旅欲辭蒼水使，僊人疑在紫霞關。六年漢署三芝長，萬里滄江一鶴還。藜杖憑雲過別墅，洞簫吹月在秋山。相逢且試尋真服，不問神僊學駐顔。

馬錦衣樓上同馬子莘次杜 林大輅

客裏逢春思轉哀，江門萬里望遲迴。晴空飛鶴摩雲去，夕照棲鴉拂樹來。朱紱未歸招隱徑。素琴誰奏望僊臺。馬卿窴榻南樓上，不任狂歌一舉杯。

聞馬子莘還莆 林大輅

馬卿論事欲回天，西水朝來信息傳。梧鳳獨鳴金闕下，臺烏初散玉階前。緑疇紅稻孤村雨，黄石青山萬樹烟。莫漫離憂添病髮，栖遲應覺著書便。

出東門赴馬師山湯餅之招，道上羣山列翠，雲物競美，稻花明麗，紀興八首 林大輅

其一

曉出東門道，勤渠會友生。馬卿曾折簡，吹笛過青城。

其二

野岸分蒼水，天風漾翠楊。玉堂今獨往，遲日桂花黄。

其三

三隱松依石，五侯風出雲。山人應信息，留客有徵君。

其四

懷人欣節序，迥野稻花香。玉樹雲中長，相看柱史堂。

其五

傍竹兩三舸，沿洄出緑疇。沙明雙鷺浴，雲度一谿秋。

其六

暑塵蒼石少，年事青峯多。莫訝同衰鬢，談玄入薜蘿。

其七

行路山迎珮，看松雲溝衣。田翁頻喜雨，相語坐漁磯。

其八

短亭聊小憇，苦茗供村翁。我亦閒行者，肩輿度午風。

田希古學憲自鐔州訪朱必東、馬子莘、王應時留館，予病目，弗能往。即興成言，奉訂入城三首 林大輅

其一

希古山人來劒溪，白袍皂帽許誰攜。松雲杳靄文峰曉，竹日蒼涼野水西。草閣杜陵多舊醞，石門謝客有新題。思君欲勒沙堤馬，風雨江城去路迷。

其二

幾日青山消病渴，漫傳地主有徵君。看雲海動蟠龍窟，倚杖溪喧浴鷺群。田子不辭黄菊酒，馬卿應愛碧霞文。麥斜葵谷堪連榻，瑶草瓊芝共爾分。

其三

江州别舸寒流迥，楚柳吴楓不記年。少喜屠龍雙劒在，老慙射虎一弓懸。向平避地身尤健，楊子談經思更玄。城裹西山多勝事，相期傾倒酒尊前。

集馬子莘中孚堂　林大輅

其一

磊落百年逢此老，一廬人境夢羲皇。採芝誰復憐商皓，歌鳳吾應念楚狂。世業鼎彝矜海國，人文奎璧麗山堂。歌筵穆穆聞鐘鼓，酩酊清宵不盡觴。（忠節翠峯公死逆藩之難，子莘臺諫稱忠。）

其二

綴錦翩翩浮薜檻，連珠炯炯俯芝除。空中高閣栖鸞日，地主清尊乳燕初。黄石玉塘遲小隱，烏臺銀管静閒居。西源病叟相思久，問道崆峒一愧予。

懷馬子莘

林大輅

兩月燕臺振豸衣，十年鄉國臥荆扉。全生海上還踈放，直道人間有是非。江漢嬾予秋水棹，風煙念爾北山薇。武夷僊嶠青霞滿，何日相携話釣磯。

哭馬師山侍御四首，有引

林大輅

師山直諫削籍三十餘祺矣，臥病衰遲，醫藥罔功。予與頤齋、退齋徃問之，意氣談款猶曩日也。一宿而别，越二日，僕來報公厭世矣！復與頤齋、退齋奔哭，視殮、視蓋棺，二月望日也。夫翠峰公以忠節死，荷贈祀；師山亦以直諫淪没，至于死，皆非謂遇。臣子忠孝，道一也，心同也，惡乎非遇耶？某四十餘年老友，哭師山，奚弗慟耶？

其一

問疾探醫証，同疑生死關。僕來傳惡信，鐘盡謝人寰。三隱銷魂雨，五侯墮淚山。舊遊情惻惻，一慟更衰顔。

其二

削籍清時事，離憂淳古情。直臣吾論世，諫署爾完名。賔榻懸黄石，仙蹤秘穀城。夜來春夢短，遺恨鷓鴣聲。

其三

吾隱將三紀，君歸先十年。烟花頻對席，鷗鳥慣聽玄。晚日沉丹谷，愁雲黯碧泉。相知今有許，外史野夫傳。

其四

中孚堂不掃，青野見烏臺。藜火依誰照，臯蘭祇自開。江湖終遁叟，耆舊失英才。阿使肩垂髮，堪憐慟地哀。

校記：

〔一〕以上九十三首據林大輅《愧瘖集》卷一、卷五、卷六、卷七、卷八、卷九、卷十一、卷十二、卷十三、卷十四補入，明嘉靖林敦履刻本。

朱淛贈答詩一首〔一〕

飲黄石友人黄正可晚青亭和師山題壁 朱淛

漫影落名山，歲月累云周。如何咫尺地，兹亭今始遊。小草冒庭幽，寒花明牆陬。摵摵高樹聲，蕭然似林丘。西風天欲暮，雨意鳴靈鳩。主人有好懷，開尊更獻酬。相與各賦詩，談笑銷百憂。愛此同遊人，俱維静者流。盍簪誠足樂，萬事吾何求。

校記：

〔一〕據朱淛《天馬山房遺稿》卷之七補入，明隆慶刻本。

黄希英贈答詩三首〔一〕

復和馬子莘三雨亭 黄希英（字闕，莆田人，用晦之子，有《斗塘集》）

蕪荒一肘地，刈竹放雲來。細草知春茁，芳樽向晚開。魚歡頻噞藻，莓濕欲侵臺。如寄吾生耳，花前且舉盃。

馬子莘太常無名亭對酌

黄希英

對酌無名亭，微風入夜涼。雨醫新病草，窗倚舊移篁。逸興懸林壑，丹衷荅廟廊。居人無老幼，盡説有庚桑。

西愚詩，為馬子莘姨夫作

黄希英

茅屋斜連向蓐收，老人兀兀坐溪頭。漢陰園裏煙花静，給事庄前野水浮。夢去獨遊神灘國，詩成人在夕陽樓。嗒然得喪渾忘我，倚杖閒看人捶鈎。

校記：

〔一〕以上三首據曹學佺《石倉歷代詩選》卷四百七十七補入，清文淵閣《四庫全書》本。

林希元贈答詩一首〔一〕

黄石與陳國英、朱必東、馬子莘三侍御自文峰泛舟過青山，留宿松隱巖，紀興

林希元

扁舟共泛藺陂水，偶逐落花到虎溪。石洞雲深龍已蟄，鐵橋人斷鳥空啼。青崖白石景自好，夜雨青燈夢不迷。忽憶十年騎馬地，西風回首欲成蹊。

校記：

〔一〕據林希元《林次崖文集》卷十八補入，清乾隆十八年陳臚聲詒燕堂刻本。

汪應軫贈答詩五首〔一〕

送馬太常子莘復任留都二首

汪應軫

萍水還相會，風塵能幾人。壯懷吞海渤，爽氣逼秋旻。仕路青山舊，離樽白髮新。南雲遥指處，明月潞河濱。

又

旅邸匡時話，王臣許國心。何當分袂去，綠樹正陰陰。草閣風聲静，蘆汀月色侵。舟移千里夢，未到五湖潯。

端陽陪馬子莘觀射，泛龐公池　汪應軫

佳節尋常有，閩中客始來。天光墮湖水，山勢斷城隈。矢避斜陽發，舟迎新月開。漁歌與簫管，同起鳳凰臺。

江寺同馬子莘遊　汪應軫

濱江十里文通宅，江上寒潮日夜哀。彩筆已隨春蝶化，遺文空對野花開。山川秀色誰爲主，宇宙閑身我亦來。莫怪風流憐宋玉，夕陽千古一荒臺。

西湖同馬子莘晝泛　汪應軫

五月湖中風浪静，漫然乘興放孤艎。俯憑雲鳥竦毛骨，旋攬江山結豆觴。六橋柳色長虹

偃，十里荷花靚女妝。欲向丹邛尋羽客，先拚白幘岸空蒼。

校記：

〔一〕以上五首據汪應軫《青湖先生文集》卷十、卷十二補入，清同治十一年廣州刻本。

鄭善夫贈答詩一首〔一〕

毘江樓觀漲，送馬子莘北征

鄭善夫

霖雨五日風不迴，百川流沫連山來。洪濤拍天浩蕩而崔嵬，驅沙走石龍門開。白日不到地，滄江一何哀。三山反在八水下，一葦阻絶天之涯。與君起登江上臺，節物感我曠士懷。六龍行天太陰死，妖蛟孽虺胡為哉？蝸皇功虧禹德衰，吾恐地軸今將頹。短歌微吟為君起，丈夫壯年要為者何事？請君起長楫，共擊三千水。

校記：

〔一〕據鄭善夫《鄭少谷先生全集》卷三補入，明崇禎九年刻本。

曹弘贈答詩一首〔一〕

御史馬子竿、朱必東、季明德、陳良會、主事林汝恒俱以言事忤旨，罷職謫官，於其行，詩以送之　曹弘

海樹連雲暗，燕花帶雨飛。啼鶯三月暮，逐客五人歸。聖代昭臣直，危言犯主威。賜環應有日，留却舊朝衣。

校記：

〔一〕據朱彝尊録、汪森等緝評《明詩綜》卷三十六補入，康熙四十四年序六峰閣刊本。「馬子竿」當為「馬子莘」之誤。

李言恭贈答詩一首〔一〕

送馬從甫兼懷令兄用昭參軍　李言恭

不堪惆悵黑貂裘，酒盡孤帆下石頭。江上青山隨客去，雨中秋色傍人愁。莫論齊瑟應難

遇，翻信隋珠未易投。到日西堂池草出，羨君兄弟擅風流。

校記：

〔一〕據明李言恭《青蓮閣集》卷九補入，明萬曆十八年刻本。

梅鼎祚贈答詩三首〔一〕

金陵秋日同王仲房、郭次甫、莫公遠、孫齊之、鄔汝翼、吴允兆、姚伯道、姚叔度、余食其、王元方、馬從甫、謝少廉、謝少白、方嗣宗、潘景升、劉俠君、項仲連、陸纂甫、俞公臨、吴翁晉、張去華、趙幼安、孫子喬、許太初、叔季豹集雨花臺，分得「寒」字　梅鼎祚

鄉杖從宮後，朋簪合亦難。來游越山海，偉貌攝衣冠。陵氣霏霞曙，江光浴日寒。清秋一醨酒，行樂好更端。

其二

臺迥夕流照，林疎秋望寒。雨殘花五色，霜勁竹千竿。玉麈臨風把，金輪映日看。南都美游衍，多半在長干。

其三

清尊餘戀晚，翠袖薄生寒。腓草猶堪藉，幽蘭且一彈。醉偕興藻翰，羣不入鵷鸞。願使行光駐，長雲慧日歡。

校記：

〔一〕以上三首據明梅鼎祚《鹿裘石室集》卷十一補入，明天啓三年玄白堂刻本。

歐大任贈答詩四首〔一〕

夏日周公瑕、馬從甫、陸成叔同集悅上人禪房，得「書」字　歐大任

嘉會逢休沐，城南枉客車。竹深三徑裏，松偃六朝餘。貝葉齊詩筴，蓮花照梵書。詞華青

玉管，禪誦白雲廬。棐几涼蕉石，清齋贍筍蔬。逍遥持論後，玄度意何如。

訓馬從甫見投，因懷林邦介　歐大任

裹糧三月下江東，漫漶曾題短刺中。有道出能游太學，季長名自起扶風。家惟白簡文無害，世以青箱業更工。共識林尊經術貴，石渠高論幾時同。

次夕李文仲、孫齊之、姚伯道、羅伯符、王元方、程子虚、汪仲嘉、馬從甫、黄思素、吴大覺過集，得「逢」字　歐大任

草堂西曲白雲重，尊酒寧知此夕逢。何限歸心思息鷃，敢於詞客競雕龍。萬家明月江城笛，千里驚飈磵寺鐘。宋玉未應摇落恨，劒光秋已照芙蓉。

别吴叔嘉、黄白仲、馬從甫、余食其四子　歐大任

一時詞客起彈冠，何事交深去任難。江闊片帆瓜步遠，天高雙闕秣陵寒。歌中白雪曾同調，醉後黄花尚可看。六代風煙分手地，贈君惟有碧琅玕。

校記：

〔一〕以上四首據明歐大任《歐虞部集十五種·秫陵集》卷四、卷六補入，清刻本。

佘翔贈答詩兩首〔一〕

同游宗謙集馬從甫草堂作　佘翔

清尊開別墅，慷慨命吾徒。子夜吳歌囀，陽春郢調孤。凌雲名不薄，醉月氣何粗。栗里風流在，重過有酒無。

馬從甫招飲，病中却寄兼呈諸君　佘翔

故人春酒熟，招我醉烟蘿。不淺銜杯興，其如伏枕何？隔簾黄鳥静，當户白雲多。腸斷高陽侣，無因共嘯歌。

校記：

〔一〕以上二首據佘翔《薜荔園詩集》卷二《五言律詩》補入，清文淵閣《四庫全書》本。

趙世顯贈答詩一首〔一〕

贈馬太學從甫

趙世顯

野水千江碧，春雲四望輕。蟻浮鸚鵡勺，路指鳳凰城。佩有青萍氣，囊餘白雪聲。君王看麗賦，應識馬卿名。

校記：

〔一〕據趙世顯《芝園稿》卷五《五言律詩》補入，明萬曆刻本。

王世貞贈答詩三首〔一〕

讀馬司空侍御父子集因贈其子從甫

王世貞

死奪淮王膽，生批漢帝鱗。兩朝推父子，萬古見君臣。南浦叢祠舊，東閩汗簡新。李蘩有家傳，今爾獨何人。

再贈馬從甫　王世貞

宛爾一傖父，而無操粵音。感時多異調，折節是雄心。黯澹將垂橐，次且欲匣琴。新豐一斗酒，細與話浮沈。

馬從甫别六年矣，以詩投贈余，詩轉佳而復不第，走筆慰之　王世貞

别汝六年强，居然荷芰裳。虬髯生自赤，鯨力句逾蒼。納履烏衣巷，呼舟朱雀桁（即航）。公孫無厭苦，垂老始賢良。

校記：

〔一〕以上三首詩分别據明王世貞《弇州山人四部續稿》卷十二、卷十三補入，清文淵閣《四庫全書》本。

釋洪恩贈答詩三首〔一〕

秋日山房答柏府林公余、明府馬太學見過，分得「疎」字　釋洪恩

白露肅清景，簷雲蕩四除。那期藜藿逕，亦枉大夫車。興洽談偏劇，交深禮自疎。尊前俱

授簡，秖訝薦相如。

送馬從甫下第還閩　釋洪恩

翩翩逢旅舍，疑是信陵門。作客囊俱罄，還家舌尚存。梅花吹笛頌，桃葉別琴樽。且向南冥適，秋風待化鯤。

同馬從父、游宗振尋張幼于留贈　釋洪恩

機密愁平子，相過共長卿。辯雄餘白馬，氣冷濕青萍。題避當門鳳，呼疑隔岸聲。長安增紙價，君賦兩都成。

校記：

〔一〕以上三首詩據釋洪恩《雪浪集》卷上補入，載《四庫全書存目叢書》集部第190冊，齊魯書社1997年版。

尚書疑義

馬明衡　撰

提要

臣等謹案：《尚書疑義》六卷，明馬明衡撰。明衡，字子莘〔一〕，莆田人，正德丁丑進士，官至監察御史，事迹附見《明史·朱淛傳》。是編成於嘉靖壬寅，前有《自序》云：「凡於所明而無疑者，從蔡氏；其有所疑於心而不敢苟從者，輒録為篇。」書中如「六宗從祭法」、「輯五瑞」，謂是朝覲之常，非為更新立異；「治梁及岐」，謂為《蔡傳》勝孔氏；《洪範》「日月之行」，取沈括之説；於《金縢》，頗有疑辭，皆能參酌衆説，不主一家，非有心與蔡氏立異者。惟「三江」必欲連震澤，而於「所其無逸」之「所」字亦不從《蔡傳》，則未免意見之偏。又往往闌入時事，亦稍失解經體例，蓋不免醇駁互存。然明人經解冗濫居多，明衡是編尚能研究於古義，固不以瑕掩瑜也。

史稱：「閩中學者率以蔡清為宗，至明衡獨受業於王守仁，閩中有王氏學自明衡始。」考明衡當嘉靖三年世宗尊所生而薄所後，於興國太后誕節詔命婦入賀，於慈壽皇太后誕辰乃詔免朝，時盈庭附和新局，而明衡惓惓故君，與朱淛力争，皆構禍幾殆，坐是終身廢棄，可謂不愧於經術，更不必以門户之見論是書之醇疵矣。

乾隆四十六年十月恭校上

總纂官【臣】紀昀【臣】陸錫熊【臣】孫士毅

總校官【臣】陸費墀

校記：

〔一〕萃，當作「莘」。清乾隆武英殿刻本《四庫全書總目》所收提要已改正，並在「《尚書疑義》六卷」條下注云：「浙江范懋柱家天一閣藏本。」

尚書疑義原序

《尚書》載二帝三王之績，歷世自唐虞訖于成周，上下千有餘年。聖人不可作矣，由今可以見其行事之實者，獨賴是書焉耳。先儒謂《書》以道政事，夫《書》言政事固矣，要其至而言之，豈道政事而已哉？古者聖人窮而在下，則以其道立言訓後世，如吾夫子之所述是也；達而在上，則以其道立政淑當時，如二帝三王是也。立政者，其常也；立言者，其變也。故二帝三王之書，皆聖人達而在上，見於行事之實，與孔孟之言一揆，古今斯道之貞元會焉。然世有升降之不同，事亦推移之遂異。同一其任也，而趨舍判焉；同一其聖也，而作用殊焉。兼之記載或淆，沿習失真，故自後世觀聖人之事，必得聖人之心。不得聖人之心，而徒於跡焉求之，是猶盲者觀天地、日月、風雷之變，不眩惑而失常者，未之有也。夫事者，勢之所趨而至焉者也；心者，理之所極而安焉者也。勢之所趨而至，則有萬其無窮；理之所極而安，則至一而不變。由其不變以達其無窮，然後可以得聖人之心、觀聖人之事，而聖人之道始克有於我矣。

自漢以來，孔安國始為之傳，唐穎達復疏其義，用意雖勤，其於大道概未有聞。宋蔡氏仲默承文公之訓，義理大有發明，嘉惠學者甚溥，然以愚之懵也從而求之，謂其悉可以得聖人之心而達聖人之道，則不敢以自詭也。故凡於所明而無疑者，從蔡氏；其所有疑於心而不敢苟從者，輒録為篇，以求是正，凡若干言。嗚呼！聖人之行事，非細故也，萬古至大之公案，余何人哉，謂足以辨之？顧先儒或未有論者，余特發其疑以引其端，將來君子其無以為妄與僭而不之正，則余今日之心誠為幸矣！

嘉靖壬寅十有一月朔，後學馬明衡敬題

卷一 虞書

堯典

朱子謂《書》難讀難解，誠然。今只是習訓已熟，似乎無難，不知當初是何等生澁。今只以《堯典》言之：所謂「安安」，所謂「南訛」，所謂「敬致」。南交言「敬致」不言「明都」，朔方言「幽都」不言「敬致」，此皆難通。又言「方鳩僝功」、「象恭滔天」，又如「師錫帝」之類，若皆以字義生意解之，亦有何難？但終不是當時本意，則失之遠矣。如「師錫帝」解作屬上句亦得，若謂「明明揚側陋」，有德者則衆共與之以帝位也，然後四岳舉舜曰「有鰥在下」云云，亦何不可，但亦不知果是當時如此否？蓋去古既遠，又經秦火，在伏生者出於記憶之餘，在屋壁者出於磨滅之後，歷代傳習推測，必求其字字句句之通，無是理也，不如只觀大旨，為庶可以得聖人之心。如堯之治天下，便是「克明俊德」，便是「敬授人時」，便是咨訪賢才，任以為治，便是治洪水、為民除害，至七十載老矣，便是求為天下得人，此皆明白可見。如舜之治天下，便是齊七政、朝覲巡守、敷言試功、恤刑去罪，便是明目達聰，便是咨四岳、九官、十二牧，咸命二十二人以亮天工，亦不過任賢以為治也。如此雖遠在千萬世之下，皆顯然可見聖人之心，若同堂合席，皆以天下為一家、中國為一人，合之萬世而無弊，通之百代而可行，是非有怪異高遠、不可曉之事也。學者若能以是為心，隨其力量，見諸行事，是即堯、舜也。若得時遇主，則以是道贊其君，是即致君於堯舜也。聖賢千言萬語教人，只是如此。舍此不務，而孜孜於字句之本不可曉者，必為之說，以此為能讀古人之書，則亦何益於我哉？

先儒謂「讀《尚書》，無許大心胸難讀，為其合下便大，如『克明俊德』至『於變時雍』是多少大」，又謂「『分命四時成歲』，便見心中包一箇三百六十五度四分度之一底，方見得恁地」，此語恐亦尚就軀殼上看堯舜，非見道之言也。

蔡註「『欽明文思安安』言德性，『允恭克讓』言行實，被四表、格上下言『放勳』」，恐亦太分析。蓋至聖盛德自難以言語形容，如夫子亦只言「大哉，堯之為君！惟天為大，惟堯則之。蕩蕩乎，民無能名」。蓋渾渾無跡，不可得而形容也，此亦總贊其高明、廣大、深遠、盛德之至。下文「親九族」以下，則其化之可見者也。

先儒云：「凡看《論語》，須要識得聖賢氣象。」今將「放勳」至「格于上下」數言，靜中體貼融會之，其氣象為何如？真所謂蕩蕩難名，「惟天為大，惟堯則之」也。蓋不必言德性而德性在其中，不必言行實而行實在其中，德性、行實皆不足以形容之也。學者於此體會而有得焉，則平時私小之心、粗鄙之氣已去一半矣。「於變」，「變」字恐非變惡而為善。堯之民，何以惡言？竊意民漸化之深，天機變動，日敏德而不能自已。「雍」者，和之至也，曰睦、曰昭明、曰時雍，氣象亦可想矣。夫子謂君子篤恭而天下平，舜之恭己南面，古聖人之治大抵如此。是乃所謂以道化天下也，道極盛則化極隆，皆不見其有為之迹。後世此義湮廢，而法制百出，何能轉移毫末？號令日煩，此老氏、莊生所以有過激之論也。

命羲和者，總其事也；命仲叔者，分其目也。後世命官有總有分，亦是如此。然曆〔一〕象測候之法，蓋自古以來，未必至堯始有。羲和，世掌其事者，堯以是為民事之大，故特命整理之耳。「南交」，蔡以為「南方交趾之地」，恐未必然。孔註言「夏與春交，舉一隅以見之」，亦是强為之說。

《堯典》記事，是上下百年之事，不可認作後世文字，必上下語脉相承。「乃命羲和」，「乃」字，蔡傳云「乃者，繼事之辭」，似亦不必如此。古詞言「乃」字甚多，此總命羲氏、和氏主曆象、授時之事，下文分主各方者，即中間考測證驗以求其合之節度，或此是羲伯、和伯，下是仲叔，皆不可知。但自然有總有分，或專主於內，或考驗於外，事理自然如此，何必如諸家許多議論？羲和是重黎之後，世掌天地四時之官，故主之、分之皆不能外二氏而他有所命也。

先儒謂：「事之最大，在治曆明時。」王氏謂：「少昊氏命官，鳳鳥氏司曆、玄鳥氏司分、伯趙氏司至、青鳥氏司啓、丹鳥氏司閉位，五鳩、五雉、九扈之，上古聖人重曆數如此。」愚因是而推之，而知聖人重曆數之意蓋有在也。蓋聖人即天，天不能言，假聖人以言之，其道理皆純備聖人之身。聖人之身，即混然一天而已，其心思存主之微、精神感應之妙無一不與天合，特其運行之度數、氣候之早晚、升降消長之不齊，凡此之類，雖聖人亦必考而後知於此。若不重加精究，或致疎虞，則民事未能一與天合，則亦不可謂純乎天矣。故命官測候如是之詳，專以二分、二至考中星為準，其法甚簡明，然後天之情狀可識而人事不違。由是言之，聖人何往而非天耶？其大本大原與天合者，不可得而名言矣；其可見於事以為甚重者，惟此而已，故曰：聖人重曆數之意，蓋有在也。自堯舜禹而下，如湯武之誓師，凡諸臣之告其君，以至周公之訓誥多方、多士，無一不稱天者。後世視天為玄遠，聖人除天之外更無一步可行，故夫子贊《易》曰「先天而天不違，後天而奉天時，與天地合德，日月合明，四時合序，鬼神合吉凶」，無往而非天也。

蔡註以「乃命羲和」為專治曆，以「分命」以下四節為曆既成而頒布且考驗之，恐其推步之或差，則是兩段事。愚以為總命、分命皆一時事也。夫詳於測候者，正欲以治曆也，考驗不精，曆何由治？古昔聖人作事何等周詳，豈有曆書既成而後分官以考驗耶？且作曆非始於堯，曆書非自堯始成也。顓頊命南正重司天以屬神、北正黎司地以屬民，黄帝始作甲子、制曆象，聖人代天以弘化其道，其法未始有異，則曆法自堯以前蓋已有之矣。然堯以前皆大神聖，其法當已備至，堯乃命官測候，若堯之始作者何也？竊以為天之道亦難知，雖聖人亦有所不能盡也。惟聖人知其不能盡而見其難知，此其所以為知天之道也。蓋天，積氣耳，亘古亘今大體雖有常運，然其氣機之往來、消息盈虛，自然有遲有速、有長有短。其精微之變至於不可勝窮，安能以一法齊一，使分寸而不違、長執而不變哉？且天之體亦何嘗有度數，只是人以測候所見，立為此法。以地之十二辰為天之方位十二次；又認出二十八星為宿，東升西没，經天而轉，以見天之運行；又見日與天行一日差一度，凡三百六十五度四分度之一而會，為日三百六十五日四分日之一而成一歲；又見月與日行一日，差十三度十九分度之七，凡二十九日九百四十日之四百九十九而一會，而為一月。歲備二十四氣而為春、夏、秋、冬，月因日之離合，有初一、十五、初八、二十三而為晦、朔、弦、望，是日數常盈，月數常不足，所謂氣盈朔虛，而必置閏以齊之，此所謂常運不變者也。至其精微之變，豈可得而齊哉？可得而齊，則天是死塊，不可以言天矣。且今自中國之地所見如此，若更往西北或崑崙之頂觀之，又不同矣。故我朝太宗北征，北斗已向南看，所見不同則度數亦異，況其精微之變哉？今即人事而論之：三綱五常之大體，常運而不變者也；若其間纖悉變化，豈可勝窮，豈能以一法齊哉？大道理自是如此，較然甚明，故上古聖人雖有立法，而其時常測候以求合乎天者，自不可缺。先聖後聖，其揆一也。堯以前豈不命官以測候？然簡編無所考，而其法則猶在也。堯既命官測候，至舜又復在璿璣玉衡以齊之，何嘗有一時之放下哉？誠以精微之變必須如是節度之，始可得其平，不能以法齊一之，守而不移也。後世推曆者，歷代有人。東晉虞喜立差法以追其變，而太過、不及亦不能齊，一行、王朴之曆皆止用之二三年即差。文公謂中星自堯至今已差五十度，金氏謂堯時冬至日在虛七度，昏昴中；至《月令》時該一千九百餘年，冬至日在斗二十二度，昏奎中；至元初該一千七百餘年，冬至日在斗初度，昏壁中；至延祐間又經四十餘年，而冬至日在箕八度矣，昏亦壁中，是古今不同如是。有志者咸恨其無一定之法，豈古今聖賢哲士不能立法以齊之哉？其變動無常，有不可得而齊者也。斯所謂天道難知，雖聖人亦有所不能盡也。即是言之，惟聖人德與天合，而又加以測候之嚴，在聖人之時自無不當，若欲執以為一定之法行之後世，而使天一定不違，亦難矣。曆既不定，則作樂者所謂元聲、元氣，亦何自而求之哉？朱子謂「古之曆書，必有一定之法，而今亡矣」，恐所謂一定之法只是大體不變者，其細微變動不居者恐不可以立一定之法也，只是時常測候以求合此為法耳。蔡季通云「使我之法能運乎天而不為天之所運，以我法之有定而律彼之無常」，恐亦只是臆度之言耳。姑録所見以俟正。

命四子必分方與時者，欲專其事、致其精也。宅嵎夷、南交，宅西昧谷、朔方，與賓日、納日者，皆分方之事；平秩東作、西成、南訛，朔易日中、宵中、日永、日短與夫觀二分、二至之中星，皆分時之事。「帝出乎震」，萬物出乎震，故春曰「東作」；「說言乎兑」，兑，正秋也，萬物之所說也，故秋曰「西成」，皆通乎天下而言，非「東作」專言東方、「西成」專言西方也。「南訛」、「朔易」皆然。賓日在春，未嘗不納日；納日在秋，未嘗不賓日，特以其義各有所屬而自互見耳。

觀中星，先定地之方位，十二辰在地一定不移，然後就午位一直看，所謂中也。朱子云「天無體，二十八宿為之體」，二十八宿之行即是天行，故二十八宿為經星者，以其隨天而不移也。然天一晝一夜，繞地一周而又過一度，今不言一周者而只言過者，則是一日夜行一度矣。觀中星者必以初昏為準，蓋必當此時然後中星復至其故處，若或夜半五更時觀之，各星分布又不同矣。故古人有言兼旦中者，旦之中星則非昏之中星矣。二十八宿隨天而布，西轉不停，四分之則為四象，十二分之則為十二辰，更析而密之為二十四氣，蓋無時不有中星，但不若初昏所見為得七宿中之中星，尤為正耳。

竊謂氣盈者，日之用也；朔虚者，月之體也。日必備二十四氣而成春夏秋冬，二十四氣亦因日之所歷而有。日北至東井為夏至而暑，日南至牽牛為冬至而寒，日循黄道之中去南北皆九十二度，而東至角、西至婁為寒暑平，是二十四氣皆因日之運行而生者也。足三百六十五日九百四十分日之二百三十五，而後二十四氣始遍氣盈，非日之用乎？月之行度既不及日，而以其經行與日相遠、相近、相照、相違者為晦、為朔、為弦、為望，故初八上弦、二十三下弦、初三哉生明、十六哉生魄，皆月之行度有以生之。故二十九日九百四十分日之四百九十九為一月，不滿三十日之數是朔虛，非月之體乎？日陽也，故其數盈；月陰也，故其數縮。一聽其盈則愈進，而晦、朔、弦、望皆差，不合乎月之體；一聽其縮則愈退，而春夏秋冬皆差，不合乎日之用。故置閏者以三百六十日為中，其外之五日九百四十分日之二百三十五者，為氣盈。又因一月本不足三十日之數，遂將逐月餘分湊整六大月，而為小盡六小月，則止三百五十四日，又得五日九百四十分日之五百九十二為朔虛，內外凡年得日十日九百四十分日之八百二十七。十九年通得二百六日餘，置七閏，然後氣朔相值，同日為一番也。是置閏者，所以節盈縮之宜而調陰陽之中，是皆因其自然而然，豈有私意於其間哉？

氣盈者，三百六十日之外六日也；朔虛者，三百六十日之內六日也。外六日實只五日九百四十分日之二百三十五，內六日實只五日九百四十分日之五百九十二，然二百三十五者以實數計之而有者也，其五百九十二者以虛數計之而有者也，是亦所以為盈虛之不同者也。

「疇咨若時登庸」以下，蔡傳以為皆為禪舜張本，愚以為亦不必如是之牽合也。古史記事簡畧，只是紀其各事之大綱，不必若是粘聯如後世文字，此只記堯之切於用賢耳，至在位七十載迺始記舉舜事。

「胤子朱啓明」，「胤子」註家作「胤，國；子，爵」，似為順。蓋方求人任事，廷臣舉各臣以答，如共工與鯀皆連言之，未必是堯之嗣子，今只以「朱」字遂以為丹朱耳。然胤子、共工、鯀三人者皆當時之傑，其才想皆可用，使在當今之時可以為天下之偉人矣。惟聖人取其德，不取其才，故畢竟皆無所用。嗚呼！今之世，有口道忠信而不争辯者幾人乎？有不静言庸違而貌恭者幾人乎？有不悖戾自用、敗壞善類者幾人乎？而又且無三子之才，欲言效用於世，如之何其言古人之治也？

余觀《堯典》紀堯事似若簡，然人君之道於焉備矣：其盛德至治如此；曆象授時是體天以愛民，又如此；求賢以任事，又如此；知其子之不肖，求為天下得人，又如此。聖人之治天下何有多事，但此數事則其可言者，而治天下之瀀無餘藴矣。治之所在，道之所在。所謂繼天立極、盡己之性、盡人物之性、與天地參者，萬世之上其可見於經者，實自堯始，則《堯典》一書非道統之源流歟？

聖人只是箇天地萬物一體之心，今細觀《堯典》中所載堯之氣象為何如？「終日孜孜，惟是明德」，治民代天以弘化而已，何嘗視天下可有以為重耶？必傳於子，堯無是心也；必傳於舜，堯亦無是心也。惟其足以治天下者，而後與之以天下，而惟舜足以當之，遂以授之舜也。是真不作好、不作惡，純然天地萬物一體之心也。許魯齋論「堯以子不肖，求賢禪位，付以天民，此豈常人所能？而惟堯能之。到事行不得處，須看道理、順天命，常人便用智力，聖人則一順天命」。此論甚可愛，但只可為賢者守身之瀍，未可以言大聖人之事。堯豈有行不得處，然後看道理、順天命以安之也？堯舜之事，至三代而下已畧不同，而況於後世乎？傳子、傳賢，孟子雖有明訓，其道理所處固是，然要之時節氣象，豈若堯舜？此道理所以至精至粹而無窮，而堯舜之所以為大，雖禹、湯、武、周不免猶有所憾也。是數聖人者，其天地萬物一體之心何嘗有異，特其所處之時與力量亦自不同。力量不同，作用便亦自别矣，此孟子所以言必稱堯舜也。今學者之力量豈敢便擬聖人，但當將堯舜事仔細理會，堯舜氣象常在心目胸中，便不私小，隨其力量皆有所造矣。

「四岳」，文公以為只是一人，愚竊以為至周有三公六卿，此之四岳其即周之三公歟？

校記：

〔一〕「曆」，原作「歷」，避乾隆皇帝諱。避諱字皆改為原字，下文同此例。

舜典

梅賾上《孔傳尚書》既缺《舜典》，故篇首二十八字世所不傳，而只别出伏生所傳《堯典》，「慎徽」以下為《舜典》之初；至齊姚方興始得孔傳古文《舜典》，遂傳篇首二十八字，而《舜典》方全，似皆可疑。夫以上古之書，幾更明晦，梅賾所傳既有端緒，何尚有缺，而又直至南齊之時始獲唐虞之全書乎？今以「慎徽五典」接「帝曰：『欽哉』」之下亦自相續，且孟子引《堯典》「二十有八載」，不言《舜典》，是皆不能不致疑者也。姑録以俟知者。

「濬哲文明，温恭允塞」，亦總是形容盛德之光如是，與「欽明文思」同。聖人盛德之至，自難以言語分析形容。程子謂「凡論聖人者，必取其德之焕發者稱之」，稱文王曰「徽柔懿恭」、稱孔子曰「温良恭儉讓」亦是此意。蔡傳以四者為重華之目，又是太刻畫也。

「百揆」，蔡以為「揆度庶政之官，猶周家之冢宰」，而以百揆為官名。愚謂以百揆為官名，則承云「百揆時敘」亦不通，豈可云冢宰時敘耶？且舜時既有此官，其任又如是之重，何下文所詢所咨只是四岳，不見咨詢于百揆也？恐百揆所指之官非一，當時或令舜一一檢校之，故云「時敘」也。

「納于大麓」，如註家云「大録，萬幾之政，陰陽和，風雨時」，以見其德之動天，亦覺牽強。然馬、鄭相傳皆以「麓」為山足，自是皆以舜為入山主山虞之事，而烈風雷雨弗能迷，蔡引《易》「不喪匕鬯」之言，以為得其説。夫以不震懼於風雷之變，此常人皆能之，以是形容聖人之德亦是細事，似不足以言聖人者，而乃特言之，何耶？此皆是難曉處，或者當時偶有是事，而併敘之耳，非以是為足以盡聖人也。若必為之解，意當洪水為害之時，有大深山之中，氣候不常，風雷驟雨，漂蕩震溺，民苦其害而不能平，使舜治之而其害息，差爲聖人之事耳。

「正月上日」，謂正月之朔日也。鄭玄以爲帝王易代莫不改正，堯正建丑，舜正建子，此時未改堯正故云「正月上日」，即位及改堯正故云「月正元日」，故以異文，此自以後世改正朔之事擬議而爲之說耳。王肅以爲惟殷周改正，易民視聽，自夏以上皆以建寅爲正，二文不同，史異詞耳，此說爲是。至於「文祖」之說，關係甚大，而說者不一。馬氏以「文祖」爲天，孔氏以爲堯文德之祖廟，王炎氏以爲堯所從受天下者，而蔡氏以爲堯始祖之廟，但不知所指何人，此祖《正義》之說，若是，則文祖黄帝以上之人。如史遷之說，舜亦出於黄帝，至橋玄〔一〕，方與堯分，是文祖者亦即舜之祖也。文祖去舜雖遠，堯既立廟，在舜祖之亦爲有理。但史遷世次之說決不可信，則所謂堯之始祖者，安在其爲舜之祖乎？舜既受堯居攝之命，事莫大焉，不告祖廟，安在其爲舜乎？使舜告于祖廟而史畧不紀，獨紀其告于堯之祖者，是以堯之授天下爲重，故重堯之祖而輕其祖，將何以示天下？史臣紀録如此，又安在其爲史乎？夫事之變者，反諸心；說之淆者，折以理。萬古而上有聖人出焉，此心同也，此理同也；萬古而下有聖人出焉，此心同也，此理同也。子張問「百世可知」〔二〕，夫子謂禮必相因，其所損益不過制度文爲之間耳。夫知禮之必相因而不變，非以此心此理之根於天而決不可易者乎？夫誠知此心此理之根於天而決不可易，則可以論文祖之事矣。文祖者，不知其爲文之義，愚竊以爲舜之祖也。舜在側微，豈能無祖廟之尊奉？況至此登庸底績已三載矣，則其遡世立廟必已有加。舜有大事，不告於廟，將誰告乎？夫不告而娶者，舜權其輕重之宜，不得已也；稍有可告，舜豈得而不告哉？今受終之事，比之娶妻，則大小又有間矣，告于祖廟則非告則不得娶之倫矣。而舜乃獨告于堯之祖廟，而於己之祖廟寂然無聞，是以己受人之大恩而不敢自有其祖也；堯聽其然而安之，是以己與人有大恩而不欲使人有其祖也，是豈足以論聖人哉？聖人之心至公至大，無有人己之間，故以天下之大授之而不為德，受之而不為恩，當父則父之，當祖則祖之，當賢則賢之，當子則子之，何嫌何疑而不行其所當行之事耶？故愚決以為文祖者必舜之祖，以舜此時決當行其所當行之事，莫有大焉者也。況由此類上帝、禋六宗、望山川、徧羣神無一不舉，獨於祖不列，史氏紀事豈獨宜缺？或曰：「子之論則善矣，然亦何據？」曰：「據諸吾心與理而已。萬古之跡已不可傳，諸儒之論已不可稽，若又不據吾心與理，是又安所折衷乎？」曰：「心與理之足稽也如是夫！則往昔耳目所不記睹者，何其舛也？」曰：「此綱常之大者，非紛紛瑣瑣事跡者同也。事跡之繁亂，無預人心天理之大端，非有所據，誠亦不能知也。若事關綱常之大，則不必待有所據而後能知也。故火不待有所據，知其必熱也；冰不待有所據，知其必寒也。今試以身處舜之地，不待有所據，必告其祖也；以身處史臣之任，不待有所據，必紀其事也。子之心即舜之心也，子之理即舜之理也，求子之心與理得其安，則舜之心與理可識矣，其又非足據之大者乎？」曰：「然則堯之祖廟，舜獨不告之耶？」曰：「舜此是攝政，堯尚為天子，堯之祖廟固自若也，舜尊奉之禮豈得有間？即往告之理不可無，而史臣之所紀，猶當以舜之祖為重也。至於『二十有八載帝乃殂落』之後，舜格于文祖，是又以即位而告其祖也。當其時，堯之祖廟想應尊奉不缺，但不知當時所處之詳何如。且堯以諸侯升為天子，亦不知當時立廟之制何如。追王之禮，至周始有，唐虞事尚簡畧。或堯雖為天子，而立廟則只盡其尊奉之禮，堯崩之後則使堯之子孫尊奉之耳。若堯之自廟，又自不同。朱子以為『堯當立廟於丹朱之國，謂神不歆非類，民不祀非族』，愚則以為丹朱為堯之子，豈得不立堯之廟？然舜受堯之天下，雖非後世之比，亦安得而不祀堯乎？蓋古者道統即君統，道之所在而位屬焉，位之所在而道存焉，其相與授受其來已久，自堯以前皆然，此固非後世所可得而議擬者。故雖有天下，立其私親，而於所從受之君亦廟奉之不廢，不得以非類非族為嫌也。」曰：「在古之時，既有授受之統，而必廟奉其所從受天下之君，則所謂『文祖』者，安知其非若人耶？」曰：「若如此說，却亦有理，但祖字未安，然道自大勝於以為堯之祖也。」

或曰：「『文祖』以為舜之祖，子之論詳矣，然又是其所從受天下者之說，二者又將何所取中乎？」曰：「古人事跡既遠，不可得而知矣。所可知者，只有大道理在古今而不變者，可以據守篤信而不疑也。夫天生聖人，具聰明睿智之資而任君師之責，於是以天下相傳者有其統，立廟以祀之。雖非族屬之親，禮不可廢，以授受大事而告之，禮亦所宜，此大道理之可知者也。宗廟之禮，自天子達於庶人，雖有降殺之差，然事死如事生，有事必告，此亦大道理之可知者也。若以受人之天下為大恩而遂告其祖，既非帝統之大義，又非天性之至親，此則道理之不可知者也。故若舜之受終文祖，雖不可的知其為何人，然亦不出此大道理，可知者二端而已。禮家《祭義》又謂『有虞氏禘黄帝而郊嚳，祖顓頊而宗堯』，不知其何所本。愚觀唐虞之事，其與三代已自不同。堯、舜氣象何其宏大，觀其以天下授受，均之以一介與人，後來便有辛勤保守基業之意，至周彌文追王之典，夏商所無，況堯舜乎？由是觀之，堯舜時郊禘之禮亦與周時不同，其所謂『禘黄帝而郊嚳，祖顓頊而宗堯』者，蓋皆以帝統大義言之，而非若後世必由乎私親也。漢儒既不知大統之義，而徒以後世私親之禮膠固牽扯於其間，遂以舜告堯之祖而謂與堯同祖。大義不明，天親亦遠，蓋兩失之矣。」

「受終」者，終其命也。前堯命陟帝位，「舜讓于德，弗嗣」，其中必更有說話情節，但史畧不具，如禹則加詳矣。舜既辭，至此乃受其終命也，如今亦言乃終命之、乃終教之。受終之後，舜已許堯受天下矣，但堯尚在，故但攝耳，未稱帝，想亦未履位也。至堯崩之後，乃稱帝。

「在璿璣玉衡，以齊七政。」璣衡之說，註家甚詳，但曆家以斗魁為璣，斗杓為衡，其說恐亦不可棄。蓋斗所建之辰乃歲星與日同次之月，則為十有二歲之太歲，每月指一辰則為十有二月，指兩辰之間則為閏，日月所會則為辰，魁、樞、機、權、衡、開、摇屬九州則為星土，是皆關係人事甚重者。「七政」，註疏皆云是日、月、五星，今亦依之。但馮相掌十有二歲、十有二月、十有二辰、十日、二十有八星之位，是依常度不動者；保章氏掌天星以志日月星辰之變動，是察其與常不同以見吉凶者。今七政只云五星，則二十八星不言矣，豈五星與二十八星相為經緯，言五星則二十八星與所謂十有二歲之類者皆舉之歟？

「六宗」之説，自漢以來説者不一，當依《祭法》為得其義。「輯五瑞」者，非因舜正始而輯之，以驗其偽與否也。當時堯尚為天子，而舜特攝事耳，必以正始言之，於義未安。但舜既攝政，諸侯自當來見，諸侯執瑞以朝，天子執冒四寸以朝諸侯，乃常禮也。今諸侯既來見，則其「輯五瑞」者亦禮之常耳，非謂舜以正始為重，凡事更新一番也。下文巡守「協時月正日」之類，亦是巡守之常禮也，觀《大行人》「七歲屬象胥，諭言語，協辭命；九歲屬瞽史，諭書名，聽音聲；十有一歲達瑞節，同度量，成牢禮，同數器，脩灋則」之類，皆是一定之制。

「四岳羣牧」，是東、西、南、北四岳之羣牧也。「羣后」，即羣牧之后也。上文「所咨四岳」，是必在朝統領四岳之事者，或四人或二人，其數皆不可知，然必不止一人也，故遂以四岳名官，與此四岳連羣牧言之不同。

巡守之禮非舜始創，必古有此典，但堯既老或不行，故舜攝位，遂舉行之，想亦一年而徧。

文中子謂「儀衛少而徵求寡」，大抵唐虞之時，君臣之分比後世自不可同日語。

「藝祖」，今亦不知何人，先儒以為即文祖，云「藝」、「文」同，亦是杜撰。今當以大道理看，想亦即舜之祖，但未是文祖耳。程子謂「藝祖舉尊，其實皆告」，則亦以為舜之祖廟耳。

「五載一巡守，羣后四朝。」註家以「四朝」為各會朝于方岳之下，鄭氏以為四季朝京師，蔡氏以為「巡守之明年，則東方諸侯來朝；又明年，南方來朝；又明年，西方來朝；又明年，北方來朝」，則是以四方分四歲而來朝也。考之《周禮》：「侯服，歲一見；甸服，二歲一見；男服，三歲一見；采服，四歲一見；衛服，五歲一見；要服，六歲一見。」又天子「歲徧存；三歲徧頫；五歲徧省；七歲屬象胥，諭言語，協辭命；九歲屬瞽史，諭書名，聽聲音；十有一歲達瑞節，同度量，成牢禮，同數器，脩灋則；十有二歲王巡守殷國」，蓋皆與此不同。計周之時，制度亦稍文，故巡守之禮亦不能數行如舜之世，然其所謂間歲而見者，則量其地之遠近以為朝之疏數，理應不異。則如《周禮》四時分迭而來，歲終則徧，與此日覲四岳羣牧者亦可參互而知，而蔡氏之說恐亦未必然也。

「象以典刑」一節，文公先生解說亦明。蓋五刑即「典刑」也，謂之「象」者，如「布灋象魏」之「象」，明以示之，使人知而不敢犯也。既知而猶犯焉，則不得已而施刑，又以警其後也。是聖人雖用刑，而其心欲期無刑也。然於犯五刑之中，或有不幸而入於此，如叔向之類，則又當宥之，蓋據其跡雖麗於刑，原其心實無為惡。如《周禮》調人「使辟」之說，所以表其不能安居之意，而亦以伸孝子悌弟之情，所謂「流宥五刑」也。五刑乃肉刑也，此外又有所當懲而不可加以肉刑者，則有官刑、教刑、贖刑焉。是五刑所以待夫為惡，刑之正者也；而三刑者則以振作其政事，彌縫其教令者也。於此可以見聖人之政，無一不當其可，而又有肆赦賊刑以權之，欽恤以主之，可謂盡矣。蓋聖人之心至仁，而其流行普徧，纖悉精密，皆合乎當然之則，學者潛心而實體之，則可以知内外合一之道矣。

「金作贖刑」，文公以為贖鞭、朴二刑，非贖五刑也，愚竊詳之，或亦未然。蓋五刑是刑之正，故曰「典刑」。「流宥」，雖完其肢體，然亦重矣，是所以佐夫五刑者。至於鞭、朴、贖三刑者，則五刑正刑之外制此三刑，所以權其輕重之宜以盡夫事變者也。夫事雖當刑，心則無過，當刑則不能不麗於五刑之條，無過則不可遂入於一槩之典，即流亦稍重矣，故令出金以贖之，是聖人之心何等委曲，豈貧獨死、富獨生所可同年語哉？若以為贖鞭、朴二刑，則鞭、朴乃刑之輕者，所以警肅人心，豈可若後世令出金以贖而遂至於廢弛哉？且贖者，贖其罪之重而疑而不忍遽加刑者，故贖之為言，所以行其不忍之心也。若眼前鞭、朴輕罪，方在振作立事之時，必是事體肯綮，不可放過之際，何待有疑從容而論贖哉？此《呂刑》贖刑雖或與聖人少異，然亦未可如先儒之說全非之也。況在末世，猶有惻怛不忍之真耶？古註疏亦以贖刑為贖五刑，惟宋諸公不然，余併論之，以俟知者。

舜之流共工、放驩兜、竄三苗、殛鯀，諸家論說多端，或以堯不能去，至舜乃能去之，是以舜之才迺勝於堯也；或以堯能容之，舜獨不能容，是以堯之德為盛於舜也，是皆出於揣量事跡而不得聖人之心。聖人之心可容則容之，可去則去之，何嘗有一毫著意於其間哉？在堯之時雖知其不才，然惡跡未著，堯則容之，堯何嘗有一毫著意而恐人議己不能去也？在舜之時亦知其才有可用，但必惡跡已著，舜則去之，舜何嘗有一毫著意於其間而懼人議己不能容也？使堯之時惡已著，堯亦必去之矣，堯之不去，所以知其惡之未著也；使舜之時惡未形，舜亦必容之矣，舜之不容，所以知其惡之已著也。或曰：「若程子之說，謂堯之時聖人在上，皆以其才任大位而不敢露其不善之心，及堯舉舜匹夫之中而禪之位，則是四人者始懷憤怨之心而顯其惡，故舜得以因其跡而誅竄之，其亦然乎？」曰：「此必非程子之言，其記語録者自以其意而為之說也。程子見道，當必識得聖人之心，聖人之心不如世俗之心也。以舜之盛德而授位，天下之人皆能知之，四凶之才而有不知耶？天下皆帖然服之，四凶其有不服耶？特其恃才妄作，無能改於其德，才之大則其為害亦大，故舜不得不去之耳，然舜此時是攝政，自然稟堯之命也。大抵觀聖人之事，須要得聖人之心，不得其心而徒揣摩其跡，雖窮歲月、費辭說，何自而能明哉？今觀四凶之事，亦不必論其攝政不攝政，不必究其懷憤不懷憤，不必疑其能去不能去，不必揣其才勝與德優，只是有罪則當去，未有罪則當容。聖人之心鑑空衡平，隨物應之而已，堯固如是，舜亦如是，雖千萬世之心亦如是也。如此看書，多少光明潔浄，要於心地亦自有益，故曰『人皆可以為堯舜』。」

竊以殛鯀之事亦有可疑。先儒謂《禹貢》之書作於堯世，若果爾，則禹有安天下之大功而不保其父，豈所以為子？舜亦知其有大功矣，而不能遂人愛父之心，亦豈善處人父子之間哉？瞽瞍殺人，皐陶但知有瀍，舜但知有父。鯀之方命圮族，未至於明殺人也，殛之羽山可謂行其法矣，禹乃依依任職而不去，至卒受天下而不辭，是禹知有天下之為榮而不知有父之為重矣，其視舜竊負而逃以得全其天性之真者，不亦有間耶？而天下後世卒無以議禹者，何耶？去古已遠，此等事跡先後皆不可知，但禹之心必不異於舜之心也，使去天下而可以全其父，禹當無異於舜之竊負而逃也；禹之依依任職不去，卒受天下而不辭者，必其當時所處自有以不傷孝子之心者，而後禹始無愧於為子也。今以大畧推之，鯀之治水，禹當未任職也，方命圮族，績既弗成，顯戮之加，天罰所不赦者，禹時固不得而竊之。迨夫禹既任職之後，光昭先德，其勤至於啓呱呱而泣，弗子，惟荒度土功者，禹之心不無有所為也。既而功既大成，天下懷之，禹之孝道已顯，而元后之陟亦有不得而辭者。此時不知鯀尚在否？若其尚在則當有蕩滌之典，若其已死則當有表異之恩，夫然後禹始可以無終天之恨而安受元后之陟矣。然此今皆不可知，惟以事理推之如此，姑記以俟正云。

舜格于文祖者，是告即位也，若復以為堯之祖，是舜類後世與堯為嗣矣。必不得已，則以為所從受天下者。古人帝統相傳，立廟而祀之，故以即位告之，猶勝於以堯之祖為祖而忘其祖也。禹之受命神宗，其亦若此類也歟？大抵由今觀千古之上，何從而得其為某人、是某人？只以大段道理觀之，古今當亦不異。如受命告祖，理之正也；以天下相傳而立廟以祀之，理之正也；受命而告其所從受天下之人之廟，亦理之正也。史官紀之，必紀其重者耳。如此觀書，亦覺簡易明白。

「舜曰：『咨！四岳，有能奮庸熙帝之載，使宅百揆，亮采惠疇。』」愚意以此為命九官之綱領，蓋言有可用之才，使之分治百官之事而順成之也。是舜即位之初，即切切求賢以任事，與堯「疇咨若時登庸」、「疇咨若予采」皆是一意。聖人之治天下，無有急於此，故孟子謂堯舜急先務、親賢者，以此。「百揆」，自孔氏以來皆以為官名，是統領百官之任，如後世宰相之類。愚以為「百揆」只是百官，如下文司空、后稷、司徒、秩宗、典樂等皆是。蓋先總咨四岳以百官之事，而下文乃歷命之也。禹平水土，是百揆之一，恐非以司空兼行百揆之任也。若果爾，則「百揆」至重矣，「命之」之辭無有及百揆者，何其簡耶？觀堯舜之世，大事只咨四岳為首，則四岳者，即若統領百官之任者。若果另有百揆之任，則何不見有所咨之言耶？舜「納于百揆，百揆時敘」，只是歷試諸艱，百官之事皆能敘而和之也。《周官》言「内有百揆四岳」，所謂「百揆」者，亦是指舜所命九人之等者也。歷世諸儒相承，皆以另有百揆之任，余考於書又未見其然者，故録以俟正。禹「讓于稷、契暨皋陶」者，亦非是以水土之任讓之也，所謂讓亦是言己未賢而更有某人可用之意。

「百姓不親，五品不遜。」「親」字、「遜」字，極好。蓋人各自行其私意，故其忿厲忌嫉之心浮於惻怛慈愛之實，於是父子不得其為父子，君臣不得其為君臣，而兄弟、夫婦、朋友皆然，豈能相親相愛以歸至治？故今不遜者使之遜，不親者使之親，則是去其私意而皆真心以相與，忿厲忌嫉之私不形，而慈愛惻怛之真藹然周流矣。此纔是聖人之教，然此豈聲音笑貌之所能哉？敬敷者，端其本以先之，不敢苟也；在寬者，和其心以待之，不可亟也。是亦重責己而畧責人之意，教何患有不行耶？

「疇若予上下草木鳥獸。」「若」，順也，當去者去，當留者留，使之各若其性也。如獸蹄鳥跡交於中國，此便不是若其性。《周禮》有山虞、澤虞，乃是育養禽、獸、魚、鼈之官，其職比此較輕。上古之時，洪水之後，山林川澤皆未得所，益之為虞，蓋皆平治一番，與禹平水土相表裏。其事甚重，故孟子亦與禹並言之。

「三禮」是祀天神、享人鬼、祭地祇之禮。名曰「秩宗」者，蓋以宗廟為主，則是宗廟之重在唐虞之時固然，然則告至、告攝、告即位，安得不以為先耶？

「命汝典樂，教胄子」者，自天子至卿大夫之適子，皆教之以學樂也。《周禮》大司樂「掌成均之灋，以治建國之學政而合國之子弟，使有道、有德者使教焉，死則以為樂祖，祭於瞽宗」，又大胥「春入學，舍采合舞，秋頒學合聲」，是古人用公卿大夫之子以作樂，重樂且以成其德也。漢制「卑者之子不得舞宗廟之酎」，亦有古意可見。故此命夔典樂以教胄子，是全教胄子以樂。「直而温」四句，是使德性之和，樂之本也；「詩言志」四句，是使聲律之和，樂之事也。由其本以達於事，則「八音克諧，無相奪倫」，而可以和神人矣，是樂之大成也。竊意古人教人之法，無一不具。《周禮》大司樂既教國子矣，而《地官》師氏又以三德三行教國子，保氏又養國子以道，教之以六藝、六儀，則是所以教之者非特大司樂而已。唐虞之制雖與周不同，然周公倣古立制，要亦不至甚遠。想契之「敬敷五教」，不獨專教百姓，而於胄子亦必教之以君臣、父子、夫婦、長幼、朋友之倫，使其德行道藝皆有所成就，而於此又使學樂以蕩滌其邪穢、消融其渣滓，使之和樂鼓舞，深入其中，與之俱化而不自知也。夫五倫之與樂非有二事也，見之於事，則謂之倫；形之於聲，則謂之樂，其理一而已矣。然此后夔所教，則專以樂為主也。

舜「咨禹平水土」以下，皆所謂「使宅百揆」而「亮采惠疇」者也，或咨或不咨，不必深滯。曾氏之論，亦覺鎖碎。考《周禮》司徒、司空已見於此，「秩宗」即宗伯、「士」即司寇而其名不同，若冢宰、司馬則未之見，而四岳之職，《周禮》亦無之。又典禮、典樂分命，而播百穀、虞與共工在《周禮》皆司空、冬官之事，今亦各分命，而納言又特命一官，聖人因時為治，不必其皆同也。

「二十有二人」，蔡傳以為九官、十二牧數之共有二十有一人，故以四岳為一人，以當二十有二人之數。但四岳多以「僉曰」為答，則必不止於一人也。愚意二十有二人之數，亦有不可知處，今必因是以四岳為一人，人數雖合而大義未明。若必不得已為之說，則所謂二十有二人者，二十有二等人之職事也，則四岳人數雖多，而其職事則一而已。

舜承堯之後，天下大治，而即位之始分命庶官以治庶事，汲汲不遑若新造未集然，此所以兢兢業業而為聖人之心也。

校記：

〔一〕「橋玄」，《史記》為「蟜極」。《史記正義》言「蟜」本作「橋」。蟜極，黄帝之曾孫，玄囂之子，高辛之父，詳参見清乾隆武英殿刻本《史記》卷一。

〔二〕子張所問為「十世可知」。見《論語·為政》：「子張問：『十世可知也？』子曰：『殷因於夏禮，所損益可知也；周因於殷禮，所損益可知也。其或繼周者，雖百世亦可知也。』」

大禹謨

《禹謨》一篇，大段是敘舜禪禹之事，而及其君臣相儆戒、勸勉之辭。此今文所無，則是梅賾所上以為古文者也。先儒疑其平緩卑弱，不類先漢以前之文，今亦未見其必然，讀者仍其舊可也。但「無怠無荒，四夷來王」，「來王」字出於《商頌》「莫敢不來王」，不知唐虞時亦說「王」字否？若六府、三事以為九功，則亦非後世所能杜撰，後世只說五行，更不能添一「穀」字。又「念茲在茲，釋茲在茲」，亦難說平順。

「祗承于帝」，如孔傳「外布文德教命，內則敬承堯舜」，亦好。人能以克艱為心，常持不息，則天理精明、人欲退聽，而求賢取善以自助自不能已，此聖所以益聖也。而堯之稽于衆，舍己從人，不虐無告，不廢困窮者，非其持克艱之心乎？故堯舜之道在兢業而已，桀紂之道在放肆而已，其端係於一念之微，而其終治亂存亡由之，此豈獨為君者之所當戒哉？

「帝德廣運」，承「惟帝時克」之「帝」言之，當以贊堯為正。

「惠迪吉，從逆凶，惟影響」，只此三言說得極潔浄精神、無長語，非聖人不能道也。所行但順便吉，但逆便凶，吉只在順上生，凶只在逆上生，更無別樣門路，亦無別費心思，但當常順不逆，可以長吉無凶，多少簡易明白！今人要卜筮前知，行其私意所謂吉凶者，隨其意之所適以為趨避之方，既非古人之所謂吉凶，而其所謂前知者，即知得亦非聖人正意，此康節之學所以不同。程伊川謂「在堯夫便須推測，某則不須推測，只道起處起」一語極妙，深得聖人之正意也。

古人歌詠之意極好，後世作事只是刑驅勢迫，民不得已而從之，非有實意，又況能從容不迫入於其中而不自知哉？古人教人蓋本至誠惻怛之意，民自然感動而興起，又皆以人治人，如水、火、金、木、土、穀，正德、利用、厚生所謂九功者，只是教人務生業、行善道，皆民之所樂從，其誰不感動而興起者？迨夫生業既遂，善道皆行，民自然歡忻悅豫，或形諸聲音之間，皆以鳴其胸中之所自得，而動乎天機之不容已。如《桃夭》《兎罝》《罘苢》之詩，出作入息之詠，所謂詠歌也。是其聲音之和，出於道化洋溢之餘，則以之而被於管絃，協諸律吕，用之閨門，用之邦國，使民益鼓舞融化，固結而不可解，所以為「於變時雍，四方風動」之治。此古人之歌詩，皆至治之影子，故采之足以觀其俗，歌之足以化天下。無至治之實，又安得有《詩》乎？故孟子曰：「《詩》亡，然後《春秋》作。」《詩》之亡者，先王道化之息也。夫子之作《春秋》，所以繼周也。文公謂「《黍離》變為《國風》而《雅》亡」，恐亦未得其旨也。

「念兹在兹」四句，本亦難解，先儒皆以通指臯陶而言，似亦牽強。禹雖言臯陶之德，未必重疊若此，亦非立言之體。詳其意，當是已讓臯陶，又啓舜曰：此事至大，此責至重，帝當念之。

念之時在此事，釋之時亦在此事；言之時在此事，出之時亦在此事。如此詳審，庶可為天下得人，而詳審之實惟在念功。皋陶德為民懷，其不在皋陶耶？如此看，似覺平穩。然禹是時平成功顯，既讓皋陶，而又言惟帝念功者，不嫌於陽讓於人而默自薦耶？蓋在當時，禹之功固大，而皋陶之功亦大，虞廷諸臣德盛而功大者未有出於二人也。禹雖有大功，然聖人之心何嘗自有？況承鯀績用弗成之後，其兢業惕勵之誠，惟恐不能掩父之過而當天下之心，況敢輕受天子之位而當為天下得人之責乎？此禹之心誠有見夫功之難成，而天下之責之不容易塞也，其操心之危，慮患之深，比之他人又自不同，故爾力辭。下文又曰「枚卜功臣」，則禹之心可見矣。惟舜深知之故，卒不聽其讓而授之位也。

人心即人欲，道心即天理，人欲易肆故危，天理難持故微。所以易危而難存者，惟人怠惰氣荒而戒懼之意不立，故時常昏昧，私意任其橫流。故必戒懼之意常存，精明不昧，不使一毫私意得以萌動容留其間，而又終始如一、無有間斷、不惑他岐，則此心純乎理之發而無往非中矣。謂之「允執」者，誠心以固守之，而天下莫有違焉。夫子一以貫之，不過此理。此數言者，實為萬世道學之祖，而尊德性、道問學、博約、知行、格致、誠正，後儒紛紛之說愈多愈惑，則以詞說為之蔽也。若實用其力，反而求之吾心，如何而為精，如何而為一，亦何難明？大抵學要求其自得，不自得而較量於文字言語之間，無怪乎其辨之愈多而愈惑也。唐虞之時，君臣相與，當至治之極，若疾痛在身，每事必咨問，無時不儆戒，所謂「兢兢業業，一日二日萬幾」者，是其惕勵之意曷嘗敢有一毫之或肆？此便是惟精日用之間，只是一箇道理，一箇功夫，萬事只是一事，萬心只是一心，更無他事，更無他心，此便是惟一。學者能即諸心而求之，則堯舜何遠哉？

「正月朔旦，受命于神宗。」孔氏以為文祖之宗廟，而蔡氏以為堯廟也。但文祖者，孔氏亦以為堯文德之祖廟。大段皆主堯而言，至宋諸儒又祖承《禮書》「禘黃帝」之言，則以堯、舜同祖，故以神宗必為堯廟也。大抵「文祖」、「神宗」皆不可考，以後世祖宗之義論之，宜皆是自家祖宗之廟，但或以古人道統相傳，以天下相授受則必皆為立廟，受天下者必告於其廟，亦自相應。此則繼天立極之大義，本自光明，又不必更牽滯堯、舜同祖為言也。

「帝初于歷山。」舜既稱帝矣，而瞽瞍猶只稱瞽瞍，則未嘗有尊異之言，是雖尊為天子之父而不敢以天下私其親，蓋以天下為公器也。

皐陶謨

《皐陶謨》以「稽古」發之，與二《典》、《禹謨》同，而「允迪厥德，謨明弼諧」則遂以為皐陶之言，與上放勳、重華、文命贊其功德者不同，是皆不可曉者也。先儒吳氏謂《大禹謨》首十七字與此「曰若稽古」之言皆是後人模倣二《典》所增者，文公亦謂近之，而蘇氏又以

「禹曰：『俞』」上當有闕文，則是以「允迪厥德」二句亦為贊皋陶之德，而「禹曰：『俞』」上當有所承，故以為闕文也。二者之疑必有一得，吴氏之説或為長耳。若蔡傳以「禹受舜天下，非盡皋陶比例，立言有輕重」者，則恐失之鑿矣。

「何憂乎驩兜？何遷乎有苗？何畏乎巧言令色孔壬？」蔡註以「遷」釋「竄」，是謂能哲而惠，雖此等之人在朝同居不足憂畏也。竊意天下無君子、小人同處之理，君子固能包容小人，而小人得志未有不害君子者，然則為君者豈可恃以己之哲惠而好為包容之美，以卒至於禍敗而貽患國家，至其身亦不能免也？宋建中之事不可鑒乎？《書》意謂能哲而惠，則小人無所不容，不足以惑吾之聰明而亂吾政，當去則去之，當遠則遠之，亦何以不去、不遠為能哉？「遷」猶言「惑」、「迷亂」，失其常度也。

「亦行有九德，亦言其人有德，乃言曰，載采采。」象山謂「必先言其人之有是德，然後乃言其人之有是事。蓋德則根乎其中，達諸其氣，不可偽為；若事，則有才智之小人可偽為之」，此意極是，蓋從本原上發出根本之論也。人勉强一時行出好事，若不由中，總是無益，畢竟亦不能久。若所謂九德者，皆是天性，自然根於其心。既有是德，然後出行好事，則是實事，而於人亦有所濟矣。聖人之世，論治事須是如此，後世依稀聲音笑貌之間，偶行一善事輒以誇於人，豈可同日而語哉？

「寬而栗，柔而立，愿而恭，亂而敬，擾而毅，直而温，簡而廉，剛而塞，彊而義。」是九者，皆以氣質之美而濟以學問之成也。雖在上古之時，人不能皆全，才雖有美質，亦未有不由學以成之，而後可以成德。觀之唐、虞君臣交相警戒，兢兢業業，天理不敢一日而不存，人欲不敢一毫之或肆，學問之功比之常人更切，則其在下之人交相勉於學以成其美質者，不待言矣。故曰寬、曰柔、曰愿、曰亂、曰擾、曰直、曰簡、曰剛、曰彊，皆美質也，而未能純乎中正，以之立事，則必有偏。故寬而能栗，則寬不偏矣；柔而能立，則柔不偏矣；愿而能恭，則愿不偏矣；亂而能敬，則亂不偏矣；擾而能毅，則擾不偏矣；直而能温，則直不偏矣；簡而能廉，則簡不偏矣；剛而能塞，則剛不偏矣；彊而能義，則彊不偏矣，是皆所以濟其氣質之未純而歸一於義理之正，然後可以為成德也。朱子謂「九德十八種，每兩件鬬合將來」，蔡子所謂「皆指其成德之自然，非以彼濟此之謂」，是以上古之人另作一等異人，皆不由學問而成者。其實上古之人，此心此理皆同，天下豈有專氣質而不由學問者？有好氣質，必知學問；能自力於學問者，亦自好氣質中來。故愚於此，斷以為有美質而能自至其中以成德者，可以見古人之學問矣。若言兩下鬬合而成，是可言「栗而寬，立而柔」乎？蓋聖人更不須言寬、言柔、言愿等名目，是皆聖人以下有此九等，舉此九等則盡乎天地間之人矣。故能彰顯而用之，則亦盡用天下之才矣，此下文所謂「九德咸事」也。「彰厥有常吉哉」註，孔氏說謂「明九德之常以擇人而官之，則政之善」，亦是。

「日宣三德，夙夜浚明有家，日嚴祗敬六德，亮采有邦。」言「三德」、「六德」者，九德之中有其三、有其六，三德可以為大夫，六德可以為諸侯，孔氏與蔡氏之説皆然。愚竊以為不通，夫九德之中有其三、有其六者，豈有一人「寬而立〔二〕」而又「柔而立」乎？又豈有「愿而恭」而又「亂而敬」乎？豈有「柔而立」而又「彊而義」乎？以一人而兼數德，此甚不可通者也。且必有三德為大夫、六德為諸侯，蔡氏謂以德之多寡為職之大小，若使今有一人德性「寬而栗」者，是不可以使之在位耶？是皆不可通之甚者也，而古今無一人疑之，何耶？或曰：「然則所謂三德有家、六德有邦者，柰何？」曰：「『日宣三德』、『日嚴祗敬六德』，是九德之人各自致力於學問而不怠者之謂也。『浚明』、『亮采』，則任之以治庶政、明庶事之謂也。『有家』、『有邦』，謂任三德可以有其家，任六德可以有其邦。至『翕受敷施，九德咸事』，則是盡用天下之才，可以治天下矣，故曰『撫于五辰，庶績其凝』。『三德』、『六德』亦只大約言之耳，猶言人才少用可以小治、多用可以大治也。」

「一日二日萬幾。」「幾」者，動之微，善惡之所由分也。天子以一人而應天下之務，一日之間其幾微萌動之間，所以為他日治亂之關者蓋有萬其多也，是豈可以不時時戒懼以正其本、端其源耶？由是觀之，虞廷之上，何往而非學耶？逸欲者，兢業之反。人心纔逸樂，便放肆；纔兢業，便精明。放肆者，亂之幾也；精明者，治之幾也。

「兢業」、「萬幾」者，所以勑己；「無曠庶官」者，所以勑庶官也。上下交脩，安得不治？

典、禮、德、刑，皆天理之自然，人君所以治天下者惟此而已。所謂萬幾之兢業，天工之人代，亦寧有出此之外哉？

「同寅協恭」，謂五品之人皆同其寅，畏而不敢肆，合其恭敬而不敢慢，中心乖戾不作，歡然有恩以相接，所謂「和衷」也。

校記：

〔一〕「立」，《尚書》原文為「栗」，參見《四部叢刊》景宋本《尚書》卷一。此篇上下文亦作「寬而栗」，疑四庫館臣誤抄。

益稷

「予思日孜孜」，禹安民之心未嘗一日忘也。「洪水滔天」以下，非是自陳其功，蓋安民之事未可如是而但已也。雖曰粗有成緒，然中間尚更有多少可為之事，此禹之所以「日孜孜」者，持敬懼之心，欲使無一夫不得其所而已矣，故皋陶曰：「俞！師汝昌言。」

「予決九川距四海。」「九川」，蔡氏以為九州之川，蓋本下文「九川滌源」之言，然一州恰好一川，亦是大約言之也。觀之導水自弱水至洛，凡九州，非九川乎？川者，大水之總名也，由是知古人之言亦不可以文義執一而泥之也。

「帝，慎乃在位」者，古人終日拳拳，只是敬慎不敢放肆，所以天理常存、人心不死，大聖如堯舜不過如此，非有他道也。後世怠惰放肆而以為常，所以為小人而無忌憚也。

「安汝止，惟幾惟康。」「止」者，心之純一處；「安」者，貞固於是而不動搖也、和樂於是而無勉強也。蓋人心本體與天為一，惟為物欲所牽，故憧憧往來，摇摇靡定。聖人之心純是天理，精明純一，更無所雜，而何有於不安？禹亦以是勉之者，交相警戒之義，德愈盛而警戒愈嚴，益以見聖人之心日益精明，日以純一也。「幾」者，心之初發動處。人心常精明純一，則於心之發動處必審，皆由乎天理之正而無有蹈乎人欲之危，所謂「惟幾惟康」也。詳觀虞廷警戒，一則曰「一日二日萬幾」，二則曰「惟幾惟康」，其所以孜孜不怠，惟在致審其幾而已，後世慎獨之訓實原於此。蓋作聖希天之功，其道莫有外焉，外此則為空言，為異端之學矣。或曰：「文公之說，以存養、省察二者兩輪並行，一以存未發之中，一以達已發之和。今單指慎獨是審幾功夫，則是直言省察而欠存養也，是但知達已發之和，何以存未發之中耶？」曰：「省察、存養非有兩箇功夫，但今學者相緣以兩偶相對，又以兩配中、和，將心體、道理界斷作二物，此最害道。蓋由未嘗實體諸心，而多就文字上分疏，故支離若此，是雖文公之言，亦後人不善觀之過也。夫專言存養，則省察在其中矣；言省察者，又非所以為存養耶？故存養是統體省察，省察是細密存養。如養魚、養樹，愛護保持無一時或忘，欲其生生不已，省察則是察其榮憔，觀其得所與不得所，而時其灌溉沃以清泠，使日以暢達自得，無非所以盡愛護保持之意，非有二其心者也。且中和亦豈有二物耶？以未發而言謂之中，以發而言謂之和，中即和，和即中也，亦非有二其心者也。況中和者，皆聖人之心體，故有未發之中，乃有已發之和。今人發皆不和，又安得有未發之中？今人日間萬死萬滅，至夜間睡夢亦不得寧，雖或夜氣清明之時暫然一覺，亦不可謂之未發之中。故必戒懼慎獨之功久而無間，然後此心復其本體，所謂中和者可得而言矣。蓋聖人平時只是戒懼，而其心精明純一，其幾自明而安；學者平時亦只是戒懼，而於心之發動之微要必致敬，不使一毫放過，則所謂慎獨之功，與此如出一轍。」

「安汝止」、「惟幾惟康」，其自治可謂嚴矣，猶曰「其弼直」，聖人警戒、取善於人何有窮已？今學者自脩之功雖在於我，然無朋友交脩之益，亦不可以有成也。

「臣哉鄰哉，鄰哉臣哉。」相依相親比莫如鄰，君必依臣以輔弼，猶人必依鄰以相親也。蓋深歎輔弼不可少，甚近甚切之意，則其虛心從善之勇為何如哉？

「作服，汝明」者，非但明其采色而已，是一工之事也。蓋服以彰有德，審其德以施其服，以不失天命之當然，所謂「汝明」也。明與聽其義甚大，非但觀色察聲而已。「臣鄰」而下皆廣諭羣臣，非但以命禹也。

虞廷之治，人皆君子，而舜眷眷以「庶頑讒說」為言，上既命龍作納言矣，而此復以命禹。蓋聖人以天下為一體，元氣雖已周流，而癬疥之微亦欲其盡去然後為快，故委曲含容、教導，欲其化於善而後已也。

「工以納言」，以出納惟允之言；「時而颺之」，使入於耳感於心，庶幾其能改過而遷善。蔡氏云「以其所納之言時而颺之」，夫颺之者，欲其興起而動其天機，必善言始可諷詠也，若讒慝所納之言，其何足颺以使人而有興也耶？

「禹曰：『俞哉！』」蔡氏依蘇氏說，謂「口然而心不然」，此語亦未瑩。「帝，光天之下」雖是禹廣帝舜之意，然舜之言自是，禹豈有心不然之意耶？蓋辨別淑慝而教訓化誘之勤者，臣道之當然；合弘光大而運轉樞機於上者，君道之當然。舜之命禹，欲其舉為臣之職；禹之告舜，欲其盡為君之道，各有攸當，非舜之言有不足而禹復以是廣之也。「帝不時敷，同日奏罔功」，愚意謂「敷」字為句，謂不敷布是道也。

「用殄厥世」，蔡氏與孔註皆以為堯以天下與舜、不與朱為殄世，予意殄世是丹朱在封國之時復朋淫無度，故至殄世。若以不傳天下為殄世，則是堯之殄世矣。

「州十有二師。」註疏以二千五百人為師，謂計人工之多寡，蔡傳以「每州立十二諸侯以為之師，使之相牧以糾羣后」。愚意註疏「人工」之說與「咸建五長」不類，固不可依，但蔡傳之言亦不知其何所本，或自以己意順文而釋之也。《周禮》：「八命作牧，九命作伯。」「作牧」者，謂侯伯有賢者，加命為一州之長；「作伯」，則上公有功德者，加命為二伯，是又尊矣。又「建其牧，立其監」，則監者，監一國者也；牧則加命作州長，即「八命作牧」者也。《周禮》，周之制，或與唐虞不同，然皆未有師之名，若今以師為諸侯之長，是即周之牧為州長者也。既云州長，則是一州之長，統率一州内之侯伯，而云每州立十有二人，則太多矣。夫以為州長則一州十二為太多，以為州内之侯伯則一州十二又為太少，是皆未得其説也。《舜典》攝位巡狩之後，「肇十有二州」，意者每州立一人為諸侯長，謂之「州十有二師」乎？若是，則與周制亦不異，特其名不同耳。但説者以《禹貢》九州在堯時已定，至舜攝位二年之後，以冀、青二州境界太遠，始置十二州，此禹所述治水之時猶是九州，故不得以十二師應十二州也。予謂九州、十二州沿革先後今亦難知，禹之《禹貢》作於「肇十有二州」之前與後亦不可知。今大畧即《書》觀之，咨洪水雖是堯，然意亦是堯之末年之事，唐孔氏謂「計堯即位至洪水六十餘年」亦或有理。蓋「允釐百工，庶績咸熙」，此時未有水患，至末年忽有水患，故汲汲求賢以治之。鯀九載績用弗成，禹作十三載乃同，中間又豈無空年？以是推之，則治水當亦是舜攝位初年之事矣。孟子謂「堯獨憂之，舉舜使治，舜使益掌火」及「禹疏九河」等，皆是堯憂而舜行之也。由是推之，或舜初為十二州，而禹治水功畢，作書定貢，復并為九，亦不可知也。大抵唐虞之事跡既遠，文字不詳，先後之期安能盡考？而知只可觀其大義，而所謂十有二師者亦無大關係，特因所疑遂歷陳之，以備一說云爾。

「弼成五服」，如蔡說亦太生意義。「弼」，猶輔也。《周書・洛誥》言「四輔」，後世言「畿輔」，蓋甸、侯、綏、要、荒一服輔一服而成五服也。

「啓呱呱而泣，予弗子。」孟子謂「三過其門而不入」，亦是極言其治水之急如此，而或又疑家有父母，豈可不入？朱子又謂量緩急，若只泛泛底水，須見父母；若是甚急，不見父母亦不妨。愚觀此說太覺支離，蓋所謂一事各求一理也，夫弗子與過門不入之言，亦須會意以得之，豈可執滯以求之哉？若家有父母，便是治水甚急，豈有過門不入一見之理？而治水又是遠大持久規模，非若存亡在於呼吸之間者，過門一見豈便廢事？況過門不入亦是當時相沿傳說如此，孟子取其意以闢並耕之說，亦或非真有是事也。禹亦只言「弗子」而已，何嘗言不入門一視之耶？大抵道理自在人心，此等細瑣事跡不必刻畫為之說，為國忘家固有是事，然亦只可言入門見父母。

「皐陶方祗厥敘，方施象刑，惟明。」如註家之說，以為是史臣贊皐陶之言，與下文夔言皆是逐事記之，亦是。

「虞賓在位，羣后德讓。」舜之德化可謂神矣，然以堯之神聖不能化之，何耶？曰：「堯之時，亦不聞丹朱肆於為惡，想在聖帝陶鎔之下，安知其不能以善自治？但欲付以天下則不可，孟子所謂不肖者不能承繼其父耳，故堯舉舜而授之。及至為賓於虞，則其感創思慕，又更二聖之久，閱歷益深，則或益進於前矣，故能與『羣后德讓』，而非以堯不能化、舜獨能化之。」

夔言樂二段，史臣記之以見舜盛德之至、治化之極，故曰：「惟天下至誠為能化。」

禹於帝前自敘其治水之功，屢屢不已，自後世觀之，便有嫌疑之意，而禹之心初不以為然者。蓋禹之治水，其功實難。將天地重整頓一番，禹之力竭於是矣，又承鯀之後，其憂勤惕勵之誠日操不已，誠念功之成敗係於一念敬肆之微，故歷歷言之。如人家祖父訓飭子孫，晝夜言其所以辛勤立家之故，豈必要功於子孫？其屬意之勤、慮患之周，所以為愛子孫之至，與禹愛君之心一也。

卷二　夏書

禹貢

《禹貢》一書，是紀禹治水、制貢賦之事。當堯之前，豈無貢賦之法，至禹乃制之耶？蓋洪水為災，增損不一。禹之治水，將天下整頓一番，然大畧亦必皆因其舊瀍而折中之耳，非禹一自創為新瀍也。

「隨山刊木，奠高山大川」，是一篇之綱領。當「浩浩懷山襄陵」之時，山不得為峙，川不得為流，而九州茫茫亦莫之辨。治水之後，若下文導山、導水，則山川各若其性，而九州疆界亦因以辨，所謂「奠」也。然必「隨山刊木」者，想上古之時，民居宮室不至若是之繁，斧斤稀少，又經水患，林木蓊薉，擁遏水道，水窒不行，故必隨其水所經之山刊除其木，然後水道通流不至於泛濫矣。孟子所謂「益烈山澤而焚之」，益佐禹即刊木之事也。

或疑古今同此天地，同此山川，何獨堯舜之世乃有洪水之災？堯舜以前不可得而知矣，即堯舜以後亦不聞有懷山襄陵之事，何耶？曰：「政有亦不可曉處。或所謂『懷山襄陵』、所謂

『滔天』，亦大畧言之耳，只是壞民種作，民乃艱食。聖人憂民之深，惟恐一物不得其所，豈忍視於艱食？故汲汲思治，朝夕不遑安，而言之特切耳。」至其水患，或亦如後世之河決。當龍門未鑿之時，河自積石北行，不知亦如今南轉自龍門而過，只是石峽緊窄，故禹鑿使開濶，令水不擁遏耶，抑或自禹以前，河從北去山後入海，至堯、舜、禹時始徙來出龍門？亦未可知也。但自後世觀之，河之徙凡幾變，至今則由淮以入海。一淮水獨受黃河之流，則其變益遠矣。以《皇極經世》之說推之，今與禹同是午會，歷世方六七千年，則禹已前當有寅、卯、辰、巳四會，其歷世又何其遠耶？然則水道之改易，又安必其無耶？若果如此，則當夫龍門未闢，奔悍四出為患，何可勝言？河水既新來，則其他水道為河所衝決，皆失其舊，是以一槩泛濫。禹既脩治，則併他水皆治之，使各若其性，然意惟治河用功為多也。若如文公謂「洪荒之世，生民害多，聖人迭興，漸次除治，至此尚未盡平」，則是以開闢以來如此。意竊有疑，姑録以俟正云。

朱子謂「《禹貢》記地里、治水，曲折多不能曉，如說始于壺口龍門，不敢深信」，蓋謂當自下流始，自下流則當自碣石、九河始，此意固是。然余竊以為自下流始者，此治水之大勢；然上流亦有壅遏之甚者，則亦必先達之，此治水之權宜也。況冀州，帝都所在，吕梁河之所急，安得不先治之？凡後世觀古人之事，只當見其大綱，至於因時從宜，則去古益遠，不可執一論也。

「冀州」、「梁」、「岐」，註家以為雍州之梁、岐，蔡氏以為即吕梁、狐岐之山，皆冀州山也。

方以帝都為急，故先治冀州。然大勢當自下流始，不應即往雍州，則蔡説為得。大抵觀《禹貢》在得其大體，「奠高山大川」，此大體也。欲奠其山川，則必知天下山之始止，知天下大川之源流，然後順其性而治之，乃能各止其所而無不定矣。今天下山川，大畧論之有三條：南海與江夾一條，是為南條山也；江與河夾一條，是為中條山也；河北自為一條，是為北條山也。江、河水最大，夾來山最長，其中若濟、若淮、若漢、若渭水皆短，是其中山之分支處。支既大，故其水亦不小，然則濟雖貫河自致于海，其實是河北山之分支，至河而盡也。漢、沔、滄浪則中條向南之分支，至大别而盡，故其水亦至大别而入江也。淮亦是中條南邊分支，蓋分自桐柏山，故其水出是山，至海而盡，故其水亦入海也。瀍、澗、洛皆入于伊，伊入于河，是中條向北之分支，至河而盡，故其水亦入河也。至若渭水，則亦是中條向北之分支，至河而盡，故其水入河。若涇、沮、漆，則又是其間小分支，至渭而盡，故其水入渭耳。若北條之山，皆自北敵地面來，其水不可得而詳，然河之北更有混同江，是河與混同江夾一條，而混同江之北自為一條，則亦是有四條矣。凡此皆是大綱處，聖人固未嘗如後世之論風水以求山脉，然亦未有不知山之來歷而能治水者，故於此等去處先要識得，自然知有下手緩急，自然因時制宜，自中機會。不必册中尋求一字之間，以擬其數千百年施工之次第，是亦難矣。故余謂山名古今不同，歷世考究已勤，知其所可知而闕其所可疑可也。

「夾石〔二〕碣石入于河。」碣石之地，古今論說已多，然皆求之不得。蔡氏祖酈道元、韋昭諸儒之說，以為今海中有山而多碣石者，尚去岸五百里，遂以九河之地淪入于海。愚竊疑之。夫以古今山川少有變動，或不能無，然豈有五百里之地俱淪入于海之理？今因求碣石、九河而不得，遂以桑田變海之說通之，是不若姑闕其疑之為愈也。蓋黄河自周定王以來日漸徙而東南，已非禹之故道，則其初分為支流與貫入于河者悉皆易位矣，又豈有遺跡獨存至今耶？夫九河者，以北播為九河之義，推之則是黄河末梢之支流也。既為末梢支流，想亦不甚浩大漫渺，然以大河之分故名為九耳。黄河既改，支流必枯變為平地，理所必有，今不信枯河之能為平地而獨信五百里平地之能為滄海，是不信其變之小而信其變之大，不信其理之所有而信其理之所無也，此愚所以不能無疑也。夫行海者，有山可見，則望山為準；無山可見，則望星為準。意碣石是河之入海、自海達河所望以為準者，是固無妨於五百里之遠，豈必逼近肱腋之下，然後謂之右轉屈之間耶？若是，則入海中之山固可謂之碣石矣。然下文導山「至于碣石入于海」，則似碣石又在近岸之山，是又有不可曉者。豈禹之碣石尚在近岸，古今名稱不同，後人求之不得，遂以海中之山當之耶？抑或所謂「至于」者，亦只望以為準，以誌其入海之處耶？然九河自漢以來求之甚詳，雖不能悉得其處，當亦得其二三，其湮為平地者不可得而知，而必亦求以足九河之數，是則惑矣。若其流為他河者，則猶存其舊名，或易為他名者，漢得其三，唐得其六，宋歐陽氏得其一，雖未必盡，然要亦有的是者。今不必通得其九，若但真得其一，亦可以證九河之非湮没于海矣。若此等類，在理之大體固當缺之，今亦録之以俟知者。

「夾右碣石」，註疏以為循碣石之右，鄭氏云「山西曰右」，如此説亦覺穩帖。

朱文公謂「冀都是天地中間好風水」，蓋以山脉自北而來，前面三河環繞。今觀冀都大勢固好，然黄河既徙而南入淮，則環繞之情亦異於昔矣。若論天下之中，當以豫州為正，而形勢之雄固則猶在關中。

「九河」，意鑿殺河勢者。蓋河至末梢，衆水所凑，而又大陸四平，無名山以為之限，若不以分疏數道而行，必是衝决無常，為民之害。故云「北播為九河」，播者亦是人力分疏之義也。同為逆河者，至海則不患其衝决矣。既是人力所鑿，則非若天地生成者，古今長存而不變也。况大河既徙，則此等之河必致湮塞，千萬世而下，必欲求其一定之跡而必足九者之數，其亦未達於道之儒乎？

徐州「浮于淮泗，達于河」，以淮達泗，泗達濟，濟達河也。酈道元謂「禹塞淫水於滎陽，下引河東南以通淮、泗、濟水，分河東南流」，則是自禹時已分一派，與淮、泗通矣。

「三江」，其説多不同，今恐只作松江分流者為是。蓋震澤之底定，由三江之既入也。三江不由正道而入于海，則其漫流泛溢，震澤何以能定耶？况味其文瀍，如「彭蠡既豬」則「陽鳥攸居」、「大野既豬」則「東原底平」也，是皆不可説太遠。以岷山之江為中江，嶓冢之江為北江，豫章之江為南江，則與震澤何干耶？

有貢、有篚，又有包者，皆貢也。但其物有可以直貢者，有可以篚貢者，有可以包貢者，又必其地之所有則貢，非其地之産則不貢，故梁、雍不言篚，自揚、荆之外不言包也。

「滎波既豬」，鄭康成謂滎「今塞為平地」，在禹之時政必不然。蓋禹之治水，不過順其天地自然之性而已，大段地之峙者為山、平者為原，水之流者為川、豬者為澤，禹則山還其峙、原還其平，川還其流、澤還其豬而已。今觀九州所敘，不出四者，此《禹貢》之大綱領也，故曰「四隩既宅，九山刊旅，九川滌源，九澤既陂」。若本是澤，塞為平地，豈禹所謂順水之性哉？

導山之説，先儒論之不一，或以味别地脉為疑。愚意世論地脉者，為求葬地，逆天理、規福利，與聖人萬物一體之意不同，若味别則尤無謂。然治水不求地脉如何治得？夫兩山夾一水，兩水夾一山，此理之不可易者，故水必因山而比，山必隨水而行。今觀導山之意，禹之所謂行其所無事者正在於此，蓋皆因山川自然之勢而為之導耳。當洪水浩浩、懷山襄陵之時，山脉實不可知，鑿於智者不求山脉之自然，自作聰明，隨意開鑿。人力所施幾何？此處雖鑿得低，彼處又高，水終流不去，於是或決此水合彼水，或妄為堤防以障塞，容受不得，依舊泛溢，是皆不得山水大情之所致也。鯀之「九載，績用弗成」，未必不由於此。禹之胸中先洞見天地自然之脉絡，而必求山川自然之勢以治之，高者還其為高，低者還其為低，流者還其為流，止者還其為止，禹未嘗自作聰明而有所矯揉也。故夫偶有阻塞，水窒不行，或林木以為之障，或土石以為之梗，而其自然之勢固在也，故隨山隨水去其阻塞，而自然之勢自見，水安得不通流耶？然其所導之山，皆舉沿河一帶，不專在脊脉上經行，蓋大脊雖如是而行，自大脊上分至河又有小支，支間又有小水也，故所在沿河一帶之山，而其大脊即在矣。導山導水亦是一齊事，非先導山畢而後導水，決無是理，但形諸文字不得不分山水而各自為導也，且亦以見山止、水之源流也。

岍、岐、荆山在河之東，實為河以南之山，壺口、雷首、大岳、底柱、析城、王屋、大行、恒山則皆是逾河以北之山也。禹之治水固隨其山脉之自然，然亦必河之所經或其山之水入于河者，則隨而導之。若其山至此而盡曠為平野，而餘支又往他處，非大河所經，而其支之水不入河者，亦不之及。今觀至于荆山乃逾于河，則是岍、岐一帶至荆山而盡，而河北壺口以下諸山皆自北地生來，如蔡氏傳註之說，而其龍門石峽逼窄，則是兩邊山脚相至交牙。今山間兩山之脚交牙生石者，往往有之。如是，則岍、岐、荆山自為一條而逾河，壺口、雷首諸山又自為一條也。蔡氏謂一支為壺口、大岳，一支南出為析城、王屋而又西折以為雷首，又一支為大行，一支為恒山，其間各隔泌、潞諸川，其說固是。然總而言之，皆河北一大派，同榦異枝也。但禹所施工在於沿河一帶，故只舉沿河一帶之山以至于海，不在大脊上言也，此以河界斷言之。然山脉之生亦不可知，所謂石骨過山河者往往而有之，又安知非荆山之脉連接壺口而河流穿破其間耶？此皆不可得而詳也。而荆山之脉至此而盡，則河北諸山後面當有分脊處，當如蔡氏之說，脊以西之水西流入龍門、西河之上流，脊以東之水東流而為桑乾、幽冀以入于海矣，是兩水夾一山也。然如李復之說，禹鑿龍門起於唐張仁愿所築東受降城之東，自北而南至同州安國嶺而盡，兩岸石壁峭立，大河盤束於石峽間千數百里，不應山脚交牙如是之遠，則又疑為石脉相連而為大河穿破，又疑為大禹以前河從東北道而此為新徙，亦未可知也。凡此皆難以證據，姑以意度理會用備一說，以俟參訂云。岍、岐、荆山大槩在渭之西北、河之東南，是渭與河夾出一支也。蔡氏通以岍、岐、荆山為大河北境之山，非是。

「西傾、朱圉、鳥鼠至于太華；熊耳、外方、桐栢至于陪尾。」此河南、江漢之北一條大山，河與江漢兩水夾一山也。河之南又有渭，渭源短，漢源亦短，惟江河源長，故總其大綱則以江對河而夾之。洛水，伊水，瀍、澗之水，皆是大華一條邐迤而東，其山麓分派而中夾小水也。又邐迤而東南至桐栢，又分淮南、淮北一條，正起為泰山而分出汶水，北流入濟、沂、泗，南流入淮，皆是江河中條一大支末稍分派處。若論山脉盡處，此中條當盡於太山，而北止於陪尾者，以治水所經止於此也。

「導嶓冢，至于荆山；内方，至于大別。」此為江北、漢南之山一條短支。蓋南是江、北是漢，兩水夾一山，至大別而盡也。其山之原當與終南、太華同榦異枝，疑皆是西傾、朱圉而分也。何以知之？蓋終南、大華以南山麓之水入漢、沔，嶓冢、荆山以北山麓之水亦入漢、沔，漢、沔之源出於嶓冢山，則山亦於是而分也。此是河以南、江以北中條一大支分為二支也。蔡氏通以為江漢北境之山，恐未是。謂江之北則可，謂漢之北則不可，但地圖荆山、内方在漢南，大別則漢北，此必是誤，當再考。《史記正義》云：「大別山，今沙州在漢上〔二〕，漢水經其左。」若在漢北，則不得云經其左矣。又《左傳》「吳與楚戰」，「濟漢而陳」，「自小別至于大別」，則大別亦當在漢南矣。

「岷山之陽，至于衡山，過九江，至于敷淺原。」此是南條江以南之山，江與南邊海兩水夾一山也，其間分支擘派甚多，而又有小水出於其間。衡山與敷淺原雖如蔡氏之說，然總而言之同榦異枝也，蔡氏以此為南條江漢北境之山者，非是。

弱水西流，黑水入南海，西流則亦南海矣。大抵山自西北生來為中國諸山，積石、西傾、岷山皆自西番裏面而分，是皆同榦異枝也。河源之所始，河南北之山所由分也，而江源之所始，江南北之山所由分也，其未分時則皆共一岡脊而已。蔡氏所謂岡脊以東北之水既入于河漢、岷江，其岡脊西南之水則皆入于南海，此最為得之，然則弱水、黑水皆未分岷山榦上向南山麓之水也，此其水想不甚為中國害。但禹既治水，將天下經理一番，弱水、黑水皆九州封域所至，故亦書之。朱子所謂只是分遣官屬去理，或相視其地，歸來具規條以復。由是言之，九州山水截然整齊者，亦記載文字不得不然耳。

按《元史》，世祖至元十七年遣使窮河源，招討使都實受命，行四閱月始至其地，大抵言河出吐蕃朵甘斯西鄙，有泉百餘泓，方可七八十里，沮洳散涣，不可逼視，登高望之如列星然，名鄂端諾爾，即華言星宿海也。羣流奔輳近五七里，匯為二巨澤，名鄂楞諾爾，自西而東連屬成川，號齊必勒河。又合伊爾齊、呼蘭、伊拉齊三河，其流寖大，始名黄河。又岐為八九股，行二十日至大雪山，名騰格哩哈達，即崑崙也。由崑崙南至庫濟及克特二地始相屬，又經哈喇伯勒齊爾之地，合細黄河及克埒穆爾齊二水北行，復折而西流，過崑崙北，又轉而東北行，約二十餘日至積石，始入中國。約自河發源至中國，計及萬里云。由是觀之，世言黄河發源崑崙，非也。蓋宋以前不能及遠，至元來諸國皆屬，使節始通，所窮當得其實。自河源二十日至崑崙，自崑崙二十日方至積石，是崑崙亦黄河所經之山，然其經行之遠，衆流合湊，其源非一，不知紀極。然云由崑崙南復折而西流，過崑崙北，又轉而東北，則是崑崙者亦河北之山，而西傾、岷山又非崑崙之派矣。世言中國之山皆生自崑崙者，又不然矣。然此皆荒遠難窮，畧之可也。

「導河積石，至于龍門。」自南行轉而東，自東行轉而北，以入于海，則是禹時河自北入海，未嘗東南流也。然徐州之貢「浮于淮、泗，達于河」，則淮、泗與河通矣。水道既通，河安得不因之而東南注乎？蔡氏引許慎之說謂「汳水受陳留浚儀陰溝，至蒙為灉水，東入于泗」，又謂「泗受泲水，東入淮」，蓋以灉水自河出而泲亦可以通河，故浮于淮、泗可以達于河。如是，則自禹之時河已分入淮矣，而導河之文又畧無所見，分入淮之意何耶？豈灉與泲水雖可以達於河，然地有高下，河未嘗因之東南流耶？所謂「入于河，溢為滎」者，猶是濟水，而未嘗以為河之支流也。酈道元復謂「禹塞淫水於滎陽，下引河東南以通淮、泗、濟水，分河東南流」，亦不知其何所考也。方氏囬謂「建紹後黃河決，入鉅野，溢于泗以入于淮者，謂之南清河；由汶合濟至滄州以入于海者，謂之北清河」，是時淮僅受河之半。金之亡也，河自開封北衛州決而入渦河以入淮，一淮獨受大黃河之全以輸之海，此則今之河也。

「東匯澤為彭蠡」，文公之辨不一而足，以為彭蠡之澤無所仰於江漢之滙而後成，其說甚長。文公仕官南康軍，身所經歷之地自是實事，但愚竊詳之，「中江」、「北江」之說則有難通。若東滙澤為彭蠡，亦自無害，何可遂以為衍語耶？蓋文公於「東」字、「滙」字、「為」字看得太重，故以其言滙為彭蠡，若必仰於江漢而後成者，為不通也，其論說之富、排闢之嚴至於如此。若今平平讀之，則若云再過東去滙彭蠡之澤以入于海，亦未嘗有不通也。漢雖江北，然視彭蠡則為西；彭蠡雖江南，然視漢則誠為東耳，相去七百餘里而云「東滙」，是豈有不通耶？夫漢去彭蠡雖遠，而彭蠡之澤誠不可謂自漢而會者，然已云南入于江，則其滙者，江之水也。且番陽合諸州之水雖衆，然較之大江之水所從合而湊積者，其大小、盛衰、氣勢相去遠甚。江水大則亦必入彭蠡，及其大江入海勢迅，則彭蠡之水始出而與江水同趨于海矣，然則所謂「滙」者又何嘗有不通耶？又凡所謂澤者，以水之鍾而得名也。澤之所由鍾者，必有資於關欄壅遏而後成也。今彭蠡之水雖不仰於大江，然非有大江之水關欄壅遏於外，則必亦直出決迅而去，安能回顧汪洋、灌注瀰漫以成數十百里之巨浸乎？是亦未嘗不仰於大江，而其所謂「為」者又無有不通者矣。或曰：「文公固云湖口横渡之處，但見舟北為大江之濁流，舟南為彭蠡之清漲，則是江水固未嘗入湖也。」予曰：「此特以一時所見而言之耳。夫水之相入相會，當看水勢之大小為盛衰。若今南方溪海相會，若溪大海小則溪嚙海，鹹水不能入，雖潮汐擁上而溪流自囬環而為江；若溪小海大則海吞溪，而溪水皆變為鹹水矣，此必然之勢也。今大江之與彭蠡，其大小之勢不待智者而知，顧大江東去直流為平緩，而彭蠡南來横衝為迅急，緩急之勢江水讓焉，濁流清漲固有時而分也。然雨旱各以其方，或彭蠡所仰於諸州者雨旱不時，又烏能與大江敵乎？況冬月水涸，彭蠡之漲抑何所資乎？由是言之，則大江入彭蠡者十七，而彭蠡入大江者十三也，濁流清漲何足以限之耶？且經所謂『東滙』、『東為中江、北江』者，亦只言自西之東耳，而何嘗於入江之後又特分别一半為漢水、一半為江水，一先一後而入彭蠡，而其出也，又一為北江、一為中江以入海耶？是雖甚愚者不為是見，而謂聖經有是耶？是皆牽泥文義之過也。」惟「中江」、「北江」之説，今誠無之，不知禹時水道入海竟何如哉？或「中」、「北」字必有闕誤，今亦不敢强為之説也。

文公云：「荆陽地偏水急，不待疏鑿，當時只是分遣官屬去，未嘗親往，以此致誤。」但禹會諸侯於會稽，則已渡江而南矣，「中江」、「北江」之説是豈有不知耶？此又是不可曉處。

禹之五服只五千里，周倍之為萬里，而漢亦約以萬里，先儒皆疑禹服之狹而周、漢地廣。愚竊以為周之九畿，自蠻服而下已是五服之外，周朝覲之制止於五服，所謂「六年五服一朝」是也。九州之制止於蠻服，而文教之行亦止於蠻服，所謂「六服羣辟，罔不承德」是也。若夷、鎮、藩三服總號蕃國，《大行人》所謂「九州之外謂之藩國，世壹見」是也。大段周之制以五服為正，所謂「蠻者，縻也」，亦是縻之而已。又《王制》「西不盡流沙，南不盡衡山，東不盡東海，北不盡恒山」，是周之九畿雖遠，而其疆理之地亦與禹服相同；禹之五服雖近，而其東漸西被、聲教所及亦與周不異。蓋聖人君理天下務在安民，不在廣土，聖人之心未嘗以天下為己私有而欲富天下也。兢兢業業，惟恐不足以稱作民父母之責而天下之民不得其所，故己之所治者既安，而其聲教之覃敷，遠者亦自然向化，如天之賦物各止其所斯已矣，曷嘗欲使荒遠之地皆為吾有而富天下哉？堯、舜、三王皆是心也。後世秦皇、漢武始以拓土開疆為事，而其心與聖人公私頓異，蓋不可同年而語也，卒使兵革不休，疲民以逞，所得不足補其所失，秦遂以亡，漢亦虚耗，亦何益哉？而蔡氏以周與漢皆盡其地之所至而疆畫之，竊恐未然。我朝近歲用言者欲征交趾郡縣，其他好事者奮勇争先而殊無折衝之具，止之者宴安自便又不聞其有安民之圖，愚以此說示諸人，皆笑以為迂濶。此無他，學廢不明，皆不能得聖人之心故也。嗚乎！心之公私毫釐千里，今人誰復辨之？卒而耗費一番，竟亦無補，然則謀國者舍堯舜其君之心，亦何以事君而治天下哉？

校記：

〔一〕「夾石」，《尚書》原文為「夾右」，疑四庫館臣誤抄。參見《四部叢刊》景宋本《尚書》卷三、清嘉慶二十年南昌府學重刊宋本十三經注疏本《尚書注疏》卷第六、清文淵閣《四庫全書》本《尚書全解》卷第七。

〔二〕「在漢上」，《史記正義》作「在山上」，參見清乾隆武英殿刻本《史記》卷二。

甘誓

觀《甘誓》之言，可以見啓能敬承繼禹之道矣。說者以為啓雖承禹傳道之後，而干戈行陣之事亦曾從學家素講明來，又以為禹固不以天下為無事而不訓以兵，啓亦不以天下為無事而不習於兵，此皆不知本原之論也。倡「平居習兵」之說為害不小，聖人豈如是哉？蓋聖人之治天下固自有體，觀《周禮》大司馬春蒐、夏苗、秋獮、冬狩之法，皆非無事習兵，而習兵之法未嘗不在，此有國之大體也。啓既能敬承繼禹之道，大體豈有不知，豈待拳拳於家庭而專以講習兵革為事哉？此說愚懼其失而貽害也，故為論之。

「三正」，蔡依馬說子、丑、寅三正，故以為夏前三正迭用。今詳五行、三正皆是切於民事者，而有扈全不著意且有戕害，民無所措手足，故征之。如是，則三正只依孔註作「天、地、人之正道」，亦是皆金、木、水、火、土，民生之所急。天、地、人之正道，則民不可一日離也。

五子之歌　胤征

《甘誓》《五子之歌》《胤征》，夫子録之者，啓能纘承父道，大康雖尸位，猶賴有厥弟少康之賢，蓋以見聖人之業幸有所托，而諸人者亦能不墜厥緒，為世道生民之幸，為萬世人君之大監也。聖人之意淵矣！然少康能復禹之績，季杼亦能戡定寒氏之亂，意當時告戒辭命當必有可録者，而今不復見，安知非在百篇之中而亡之耶？

卷三　商書

湯誓

征伐之事，湯以前未始有行之者，行之自成湯始。蓋當時夏桀暴虐，湯有聖德，其責在己，不容有辭。使湯避放君之名而坐視其民之罹其毒，即是私意，故曰「余弗順天，厥罪惟鈞」。所謂天者，亦只道理之當然、無所私意之謂也。當時天下之人雖皆信之非富天下，然民可使由、不可使知，況道理心術之微，亦安能一一皆曉？此誓告之所不能已也。一則曰天命，二則曰上帝，以見己無一毫私意而事之不可以已，而又反覆曲譬，務盡人情，湯之至誠惻怛之真藹然於言外矣！商民狃於一己之安，便是私意；聖人以天下之心為心，故其責不容逭也。

湯武誓師皆稱「王曰」，孔傳以為「湯稱王，則比桀於一夫」，是以伐桀之時即稱王矣。蔡註以為「『王曰』者，史臣追述之言也」，然《武成》「有道曾孫周王發」，亦以為追述之言則不通矣。夫以為追述之言者，蓋嫌於後世故主未滅輒自稱帝之說，聖人固不若是之汲汲也。然後世規取天下者徒以力為勝負，勝負未可知而輒襲尊號，幸而成，不幸而敗，其心曰：「非如是不足以取富貴也。」是其所謂尊號者，以為富天下之樞機固在此耳。嗚呼！此豈可以語聖人哉？而亦何足以為湯武之嫌疑哉？夫名者，實之標也；實者，名之本也。既有其實，何嫌乎其名？既有其名，由於有其實。湯武之以作民父母為己任，夫既有其實矣，而又欲避其名乎？善乎張子之言曰：「當日未絕則為君臣，當日既絕則為獨夫。」桀紂既已為獨夫矣，則湯武之稱王又何疑焉？且今既稱兵以伐之矣，而猶逡巡不敢當其名稱，則所謂伐之者抑何義乎？兵可舉也，則名可稱也；名不可稱，則兵亦不可舉矣。此於天命人心之際、間不容髮之幾，聖人體會斷制何等明白，而又豈為含糊委曲，如後世不由道理只是較量於事勢之間？是則反為私意而已矣！是故同此放伐也，在湯武則為應天順人，在後世則為欲富天下；同此稱號也，在湯武則為順承天命之公，在後世則為壓服人心之私。廣而言之，同此去也，在微子則為存宗祀，在後世則為忘君事讎；同此禪授也，在堯舜則為公，在唐宋以下則為私。天下之事無有不然者，而何於此獨疑之乎？故竊以為湯武稱王，或未舉兵之前而已稱之乎，或稱之而後以舉兵乎，皆不可得而知，但於天命人心之際已審已決，而非若後世僥倖於成敗之間者也。

仲虺之誥

「成湯放桀于南巢，惟有慙德。」竊意湯之伐桀，見之既明、行之既遂矣，而乃有慙德，是不安於心也。理既當行，何不安之有？有所不安，孰如勿為之為愈乎？然則成湯於所謂慙德者，豈猶有未的然之見、不自信之心耶？蔡氏謂「承堯、舜、禹授受之後，於心終有所不安」，是猶似以迹論也。夫惟道理斷之於心，則迹異而心同，聖人豈暇形迹之計哉？湯之慙德，湯既自言之矣，曰：「予恐來世以台為口實。」此則湯之意也。蓋天聰明聖智之資既生，不能不任天下之責，此固無俟於言矣。然幸而當其盛時，如舜之於堯、禹之於舜，責任之副既足以滿天下之心，而揖遜之容又有以起清風於百世；不幸而遇其變，欲辭其責既所不可，欲任其責未免以征伐而有之，此則聖人之不幸也，成湯於是將有所不得而逃矣。湯非不能如禹之受舜，然禹之所遇者舜也，湯之所遇者桀也，湯之慚德其亦自傷其所遇之不幸耶？其為後世慮至深遠也。周公之誅管、蔡，周公豈樂為之？亦所遇之不幸，周公亦有所不得而逃矣。孔子作《春秋》乃自謂「罪我」，孔子亦豈樂有是哉？蓋皆所遇之變，夫子將安所免於人之罪己哉？故惟聖人而後有大過，惟聖人而後有大憂，湯之慚德、周公之有過、孔子之罪我，皆所不能無也，此惟知學者方能識之。

湯之所謂「慙德」者，蓋反之於心，有不安於是耳。不安於是而猶為之，何耶？曰：不得不為。「時日曷喪？予及汝偕亡。」湯可一日安耶？不為不安，為之又不安，此湯所處之時是至變者，聖人之不幸耳。夫道理至大，無有終窮，故雖聖人有所不盡者，能如湯武之放伐，周公之管、蔡，孔子之《春秋》，皆是也。夫堯舜為天下得人，此道理之正也，亦堯舜之能盡也，然堯舜當天地中和之會，故有堯舜之聖，亦惟有堯舜之時。至禹之傳子，時已不同，而聖人因時而處之各異。湯之時又不同矣，況望其處之如堯舜乎？不能，故不免伐夏救民，其為天下得人之意則同，而其迹則以臣逐君，恐啓後世奸雄之心，揆諸道理亦未能盡，不可不以為過也。孟子曰：「周公之過不亦宜乎？」聖人特權輕重而行之，而其心亦豈安於是乎？故克盡道理如堯舜者，湯之所願也；不得堯舜之時、不能如堯舜者，湯之甚不得已也。故愚於湯之「慙德」，蓋有以見湯之聖德有得於堯舜之大，而非武之所及也。伐桀、慙德各有攸當，而說者以為湯伐桀之時顏忸怩而心不寧已久者，豈足以知成湯之心哉！

古人動以天為言，蓋古人終日欽欽、對越上帝，視天真如臨之在上，而心之所安即與天合，心所未安即與天違，不敢少肆。自誓誥之言未有不稱天者，仲虺釋湯之慙，表明天意尤自明白。天以乂民為主，一則勇智，一則昏德，伐夏救民非湯而何？是雖釋湯之慙，非以為湯也，所以告天下與來世使不得藉為口實也，仲虺之意其亦遠矣！

「以義制事」，事之所行無一而非義也；「以禮制心」，心之所存無一而非禮也。只是此心時時純乎天理之中，而見諸行政事之間，莫非此理自然。存諸心而言謂之以禮，自其見諸事而言謂之以義，一以貫之而已，非制心、制事有兩樣工夫也。先儒陳氏櫟謂「以義制事，即義以方外；以禮制心，即敬以直内」，亦是。

湯誥

天降衷于下民而皆順其自然之常性，如父之慈、子之孝、兄之友、弟之恭，不待學而能，不待慮而知，所謂恒性也。作之君師以治教之，而後能循其常性而安行於父子兄弟之間，所謂「克綏厥猷惟后」也。湯之誥、武王之誓同是一意，於以見聖人之治天下真是代天以行事，而為民之主決少不得，此湯武所以為應天順人也。

余觀湯之誥，三復其義，只是欲天下同歸於善而已。其詞旨温厚，至誠惻怛之意藹然可見，與武王《武成》之言覺有不同。又合《仲虺之誥》而觀之，君臣之間所以相告戒者無非身心兢業之言，與唐虞君臣警戒未始有異，此聖賢先後一道也。

伊訓

此篇「祠于先王」與「祗見厥祖」，孔安國皆以為湯，而以十有二月為湯崩之踰月，奠殯而告。以祠為奠，是蓋與周康王受顧命冕服之事同。朱文公亦謂人君自有一段居喪之禮，與常人不同，但今不存。如是則太甲即承湯，而所謂外丙、仲壬者固不復論矣。然以十二月即為湯年之十二月，而遂以改元為太甲之元年，則天下之人得於視聽之下者，將以為湯之年乎，將以為太甲之年乎？以嗣王方纔一月而滅先王十有一月之年，縱使古人禮質，稽諸人情亦不若是之舛且亟也，則以元年為繼湯者，繆說也。蔡氏以為繼仲壬之後，則以外丙二年、仲壬四年皆為所立之後，而所謂「元祀」者，太甲之元年也；所謂「十有二月」者，商雖以為歲首而未嘗改月也；所謂「先王」者，商雖未見追王，然所謂玄王者，亦皆先王之列也，如是則以事體為宜。竊意《孟子》外丙、仲壬之年，或以為年，或以為歲，朱子兩存之，然下文即云「伊尹放之於桐三年」，連上三箇「年」字不應有異，則以為二君所立之年，如《史記》之說，亦為有理。但蔡註復言「大甲嗣叔父而王，為之服三年之喪，為人後者為之子也」，此則大謬。嗣王即為之子，則商家以弟繼兄者何其多也，而皆以弟為兄之子可乎？即不必為之子而但嗣其王，又不可以服三年之喪乎？禮「為人後者」，大宗無子，族人以支子後大宗，此為宗法而言之。宗法之立，豈所以為天子諸侯設乎？故曰：「別子為祖，繼別為宗。」別子者，諸侯之庶子也。

一篇之中，只要大甲敦愛之實，去淫僻之風以敬其身而已。人君所以治天下，寧有外於是道哉？至下文「不惠」其言，乃便有痛切之語。

大甲

「先王顧諟天之明命。」天即理也。明命，理之昭昭不昧，若命在我者。人常存敬畏之心，則此理昭著而益嚴；稍入放肆，則於明命何有？故非有明命一物在眼前也，吾心即天而已矣。

「慎乃儉德，惟懷永圖。」人能自持其心，則其心精明，自然不至侈肆而思慮深長；不能自持其心，則日益昏昧，放肆邪侈愈入愈深，圖於何有？故儉則不放，「永圖」則能思，不放、能思道理自見，此尹之告語最契緊處。大甲雖一時未通，然「克終允德」畢竟由此而入。蓋居桐而近湯墓，則自然起其思慕，而亦無由以侈肆，心油然而生、憣然而悟矣。是伊尹既有以知太甲受病之處，而又得所以處之之方，非聖人之實學其孰能之？故人臣不可不知學，若使不知學者當之，縱有伊尹之忠亦無所濟也。

「若虞機張，往省括于度，則釋。」是即慮善以動，不妄動也。人惟不思而侈肆，則任意妄行，生於其心，發於其政，害於其事矣。惟知不放而思，豈敢妄動而不敬乎？所謂「儉德」、「永圖」者，此其實功也。

「茲乃不義，習與性成。予弗狎于弗順。」所謂習與性成者，匪性本如是也，由習而化焉。狎于不順之人，所以習也。故使居桐，以遠小人而親聖祖，以進善道也。觀是，則伊尹一念懇切之誠，謂太甲天資猶可以為善，惟為富貴在前，小人親近，使非密邇先生，如是以處之則無克變之理。處之而克變，則湯祚永延在此舉也；不處而不變，則湯祚遂絶在此舉也。存亡之機係此一舉，伊尹之心蓋亦三復於是矣。況當其時，湯在位方十三年，大丁未立而死，外丙、仲壬皆幼，此其變故，故危疑之秋、一髮千鈞之時也。猶幸有太甲者，天資可以為善而惟習之移，伊尹之屬意當何如耶？與湯共大命集，天下方安，湯之聿求元聖，則其所屬望者何如，而忍棄之，不一膺於懷耶？尹之心，公天下之心也，其誠意相孚、德望係屬已非一日，天下信之有不足言矣。非惟天下，雖大甲亦信，特不勝一時縱欲之私耳。使伊尹一有避嫌疑畏之心，則置天下於不安。昔日與湯僇力以伐夏救民者，亦以其責不容辭也。夫不以辭於伐夏更革之大變，而辭於嗣王轉移之一幾，是豈聖人之心哉？吾意伊尹於是亦自不可得而辭矣。今觀「密邇先生〔一〕其訓，無俾世迷」，則伊尹未嘗有一毫怨憾廢絶之意，而冀望之勤如此，豈曰放之云哉！下文云「王徂桐宮，居憂」，是亦大甲猶在諒陰、百官聽於冢宰之時也。上文云「伊尹祠于先王，奉嗣王祗見厥祖」，不知大甲所居之喪是成湯，是仲壬？皆不可考。但可以見其未免喪之時，是又何妨於處桐耶？後世不明聖人之心，併亦不識聖人之事，見其事迹奇異，遂承襲以為放大甲也。孟子亦言「伊尹放之於桐三年」，又曰「放大甲於桐」，蓋孟子論事最活落，只論其道理之大者而不屑於其事跡之小節，但云有伊尹之志則可，無伊尹之志則篡，便自明白無疑。承襲之言，何必較也。

校記：

〔一〕「先生」，《尚書》原文作「先王」，參見《四部叢刊》景宋本《尚書》卷四、清嘉慶二十年南昌府學重刊宋本十三經注疏本《尚書注疏》卷第八、清文淵閣《四庫全書》本《尚書全解》卷十六。

咸有一德

大甲既能悔過，處仁遷義，所以脩德矣，然又猶恐其間斷不常，不能純一，則復如前日之為，無以保厥位也。蓋人心操舍無常，不純一則二三，此伊尹所以尤惓惓也。

「惟尹躬暨湯咸有一德。」此告大甲之言，而直稱湯者，如益贊于禹直稱瞽瞍，此等處皆不可曉。「一德」，純一無間斷之謂。純一自然無間斷，纔有間斷便不純一矣。

「今嗣王新服厥命，惟新厥德；終始惟一，時乃日新。」云「新服厥命」者，謂居桐三年，免喪，復政而即位，是「新服厥命」，非前日之廢、今日之復位謂之「新」者也。蓋前日雖已即位，猶百官聽於冢宰，未親政也。今免喪始親政，而適值悔過遷善之初，安得不謂之「新服厥命」而「惟新厥德」耶？古今皆謂伊尹放大甲是廢之也，今詳《書》所載，伊尹何曾有一毫廢大甲之意？古之人君居喪，三年不親政，百官聽於冢宰，其常禮也。然只是居諒陰之中，大事或咨命而行，如高宗三年不言，何嘗一一親政？惟大甲則因其有敗度、敗禮之事，伊尹乃營桐而使居之，此為異耳。伊尹聖人，豈看大甲不出？亦諒大甲必能改，以為不使居桐更無他法，未易以口舌爭也。故味其營桐之意，則所以致意於大甲深矣，伊尹何更有他意哉？後人不曉三年不親政之禮，失百官總己之制，見大甲嗣位而使居桐，張皇其說以為伊尹之廢之也。嗚乎！使聖人之心不明於天下後世者，皆大道之湮、傳習之謬也。

「日新」者，日進而不已也。惟終始惟一而無間斷乃能日新，一日不新則舊矣，一時不進則退矣，所謂學無止法也。

「任官惟賢才，左右惟其人。」大甲之病全在與處匪其人，為所誘奪，故纔勸以「新厥德」而遂以此語之也。當時伊尹為元老，即有近習倖進之人，伊尹豈不能去之？但大甲之心未明，雖暫去之，能常去之乎？故必使居桐者，所以格心也，此便是聖人學問。

「德無常師，主善為師；善無常主，協于克一。」伊尹此篇致重全在「一」字上。「一」者，此心純一而不變也。伊尹既喜大甲之能遷善改過，惟欲其此心始終純一而不變也，故切切言之。德者，大總而言，德之可師法者何常之有？惟其善則從而師之。然日用之間，事變不同，善之所可取者亦何常之有？惟合乎純一不變之理而已。蓋人能學問不息，則此心精明而純一不變之體瑩然常存，見人之善若己有之，好仁者無以尚之，有維日不足之意，豈不「協于克一」

耶？

「協于克一」，「協」訓「合」字未切。協，猶「協助」之「協」。「克」，能也，謂取善無定在，惟其可以協助我之能。「一」者，使我之意思常惺惺而不息、昭昭而不懈，斯足以為善矣。若其令人涣散懈怠，何善之有？蓋人之有純一不已之功者，其於善者，若飢渴之得飲食，而惟慮其不我足也；其於不善，若芒刺之在躬，而惟望其速去之為快也，此伊尹告大甲最切處，豈獨大甲之所宜服哉？

盤庚上

遷都之事在後世是極重大，不可輕議。古者風俗質朴，至商雖非茅次土階之時，然禹尚卑宮惡食，商亦想不甚相遠，大抵崇高富貴不如後世之侈麗，名分體面不如後世之尊嚴，故遷亦尚易。然亦用許多委曲告諭，務求民心之達，不肯直行己志。若後世事體自不同，豈可容易？平王東遷，浸以微弱；宋不守李綱之策，遂至於亡，可不鑒哉？

「重我民，無盡劉」者，謂祖乙自相都耿，豈樂於遷哉？蓋相都不便於民之甚，先王固重民命而不使在耿之盡死也。孰知于兹又不能胥匡以生，稽之於卜，乃曰當如我之所圖也。

「非余自荒兹德」，謂非我不能如先王圖任舊人而丕欽之也。「惟汝含德」，胸中不能如舊臣之「不匿厥指」而不知警懼，以承我之一人耳。「含德」，「含」字疑作「舍」字。

「若網在綱，有條而不紊；若農服田，力穡乃亦有秋。」謂上可以率下，不一勞者不久逸也，是全責在位之意。「汝克黜乃心」云云者，承上言上既可以率下、勞乃可以致逸，如此汝能黜汝之私心，不以浮言悦衆為德，而必求其民之安為德，則是施實德于民，如是乃可大言汝有積德，則我當如先王丕欽之也，而下文乃言其不然焉。

「乃不畏戎毒於遠邇」，承上謂施實德乃可謂積德，今乃不然，不畏大害于遠近之民，如「惰農自安」，不敏於勞則不能有秋矣。「汝不和吉言于百姓」至「非予有咎」，則謂汝今如是，非惟害人，惟汝自害耳。自害者，謂將有罰及之，是汝自作弗靖，非予咎也。故下文云「不敢動用非德」也，是其意甚嚴、其詞甚婉矣。

「制乃短長之命。」註家、蔡氏皆以為我制生殺之命為可畏，恐非語意。大意謂君者，民之司命，命之短長君實制之，則利害之實當以告我。今不以告我而動以浮言，恐沈于衆，勢焰若火之盛，不可近，其又可撲滅之耶？

「無有遠邇」至「罰及爾身，弗可悔」，則是明告之以賞罰也。上文許多委曲開譬，至此乃明告之，盤庚忠厚盡人之情豈後世所能及哉？

盤庚中

盤庚上篇全是戒責之辭，故以罰德相並而言，然藏嚴恪於從容之中，不甚峭露。此篇只反覆告以所必當遷之意，無違意也，其懇惻之真有以益見於意言之表。至云「崇降罪疾」、「自上其罰」、「乃祖乃父乃斷棄汝，不救乃死」，皆是即其平日之所嚴事而畏信者以開悞之，非即以刑罰加之也。惟「亂政」、「具乃貝玉」之臣則必欲加之以刑，而亦出其乃祖乃父之意，非一人之私也。先儒謂上篇告臣之詞，中篇告民之詞，意或然也。

盤庚下

此既遷定衆志之詞，末乃切切於「貨寶」、「生生」之致意，其真重於民矣。篇中有數處難曉，若逐字生義亦解釋得去，然終是不可知。如「適于山，用降我凶德」，如蔡註雖亦稍通，余疑字必有缺誤者；如「弔由靈」，以靈為善，指當時衆謀有善者，則亦不可解；「用宏茲賁」，謂衆人惟欲宏大此大業，辭亦不順；又如「鞠人謀人之保居，敘欽」，此等皆不可解，意皆當時口頭之語，今皆不可知也。

民之不欲遷者，惑於大家之言，亦苟目前之安，小人之性大抵然也。當其未遷之時，未免有責讓之言；及其既遷之後，猶慮其未審利害之實，且或恐上之責讓未已而不安也，故復開誠以告之，期於遷而獲安而已，豈復念前日之浮言耶？此盤庚之於民，真有保護赤子之意。

說命上

《說命》三篇詞皆易曉，無難讀者，惟「夢帝賚良弼」一事古今難言。雖先儒、伊川皆有論說，大抵謂人心虛靈，善不善必先知之，此亦以理度而然。至於審其象貌，以形求之惟肖，則亦大奇矣，安能免後世之疑耶？夫天地之道，易簡而已矣；聖人之道，亦易簡而已矣。求賢人之事不必易簡，而必曰聖人與人不同，而其所為之事皆有異於人，故求之必於幽深玄遠不可知之地、恍惚怪誕不可信之理，以是為聖人之高妙絕世。嗚乎！此豈所以論聖人哉？夫聖人亦人耳，而其所行之事亦人之事耳，但聖人能盡道理而衆人則不能盡道理，此為有異，豈以事之不可知、不可測者以為聖人之高哉？高宗之夢傅說，即如書中所言是明有是事矣，然亦後之人以為上古聖人當有不可知、不可測之事，只據書上傳說，更不敢致疑其間，則亦無由考論思索，以求必可信於己而取快足於心也。夫上古至今事跡簡畧，高宗雖言之止此，而當時事跡之詳又豈數言之所能盡哉？夫立一相以天下為，非易事也，顧乃徵諸一夢之間而遂置諸左右，所謂卑踰尊、疎愈戚如不得已者，豈宜然耶？蓋麒麟、鳳凰人皆知其為瑞，甘露、醴泉人皆知其為澤，豈有聖人在下而徒隱於工傭之伍，名迹不彰，世無知之而主上莫之聞焉？愚意傅説之賢，高宗聞之久矣。「有鰥在下，曰虞舜。帝曰：『予聞』」，則舜之名，堯亦聞之久矣，特舜則四岳共舉之，殷時人心不如古，有傅説之賢而在位之臣無有舉之者。高宗欲即求而加之諸臣之上耶？則商之大臣如盤庚所告「亂政同位，起信險膚」者不少也。欲且任之以一職以漸而致之耶？則非所以待傅説與己之本心也。商俗尚鬼，以神言之，則崇信之心生而無所拂矣，故「帝賚」之言一出，在廷之臣莫有違者，非惟高宗得以遂其納誨之益，而諸臣亦皆興觀感之心，此其運轉之機，高宗最為神速也。商人告語臣民多託諸神，觀盤庚之言，即若有神真在其前而禍福之者。高宗天資雖高，先儒蔡氏謂其或亦未能免於流俗，故傅説以黷于祭祀告之，理或然也，若是聖人作用又不必如此。録之以俟正。

上篇大段有三節：自「朝夕納誨」至「作霖雨」，望其納誨而所賴之切。「啓乃心」至「厥足用傷」，則欲其所納誨者竭盡無餘藴，而不惜苦口以進諫也。「惟暨乃僚」以下，則不惟説一人如是，凡在廷之臣皆欲説率之「同心以匡厥辟」，則舉朝皆以善道事其君王，誰與為不善乎？蓋一節深似一節，於以見高宗好善之誠、納諫之勇、一念乾乾不息之心、精進無已之意，非聖人之資其孰能之？

「啓乃心，沃朕心」，「啓」、「沃」二字極好。人臣之於君有上下相臨之分，而以得盡其情為難。今曰「啓乃心」者，則忠誠惻怛無有不盡其情，須有此心始可以謂之忠，便自責難於君，便自「予弗俾厥后為堯舜，其心愧恥，若撻於市」，而所以納誨其君者無不至矣。凡人秉彝好德之心其孰無之？惟奪於習染，日漸昏昧冥頑，而善無由入矣。今曰「沃朕心」者，則常誠意以動之，善道以開之，不使一時間於小人，不使分毫惑於異說，使吾心之間明者日益開明，潛涵浸灌，日動於天機而不容自已，所謂「江海之浸，膏澤之潤」，其進善有窮乎？

說命中

「惟天聰明，惟聖時憲。」此開端是就本原上理會，最可尋玩。人君一心，萬化從出，用其聰明則好惡必有所偏，而所害者廣，故惟以天聰明之為聰明也。天聰明者不作好、不作惡，一循天理之自然而已，故曰「惟聖時憲」也。人君於此而能知所從事焉，則本原澄徹，而天下萬事又孰有出此之外耶？故「臣欽若」而「民從乂」也。《詩》言文王「不識不知，順帝之則」，此最是大根本處，於此可以見傅說聖人之學也。

「慮善以動」，則動無不動，其可乎？「動惟厥時」，即動其可之謂。蔡氏謂當理而又欲以「時」作兩層說，非也。

「慮善以動」則皆動於理，「惟厥攸居」則皆安於理，此皆心體上工夫。伊尹告大甲云：「若虞機張，往省括于度，則釋。」又曰：「欽厥止。」雖因人而告，詞意不無淺深，然皆如出一軌，聖賢之學豈有異同？又合堯、舜、禹、湯之言而觀之，心心相孚，默相傳授，即今千萬世之下忻然仰見於千萬世之上，然後知道無二致，聖人之學真為心學也，而又以見夫子之書真為載道之書也。

「非知之艱，行之惟艱。」傅說因高宗「旨哉」之言，故以此答之，蓋以勉其見於施行，此意極聳動警發，何等是好！先儒南軒張氏堅以「知」字泥之，謂「高宗舊學甘盤，故知〔一〕得這說，若常人則須以致知為先也」，此未免牽纏。知、行先後之說，將古人緊切之言特地扯放寬來，似覺最為害道。且宋儒知、行二字纏倒一生，蓋不於心體上求自得而惟於文義上費分疏，年時有限而辭說無窮，亦甚足厭。是非獨立說之過，亦傳習誦說之徒務持勝心，有以亂之也。今與人講學，只依本經體帖，或意思融會，不勞緊切數語即暢然明白；稍交知、行二字，其間則紛紛不了，何耶？蓋此心即已墮在文義上分疏去矣。然則知、行二字豈能無哉？蓋人心體，自其靈明處而言，謂之知；自其篤實處而言，謂之行，道理須說此兩字始盡。然靈明者，必篤實；篤實者，必靈明。譬如火然，其光照處可謂屬之知，其實有此光而無虛妄處謂之行。然火必實火而後能光明，而其能光明者又安有不實？光與實又安可分為二耶？天地間凡事可說得此兩箇道理，非但心體為然。然真實不可分為二，故亦有单說知而行在，单說行而知在，有並說知行，而道理皆無不足。蓋道理活潑，豈可纏綿？故愚為統論：道理可安知、行二字於其間，《中庸》「或生而知，或學而知」是也；若說工夫次第先後，則不必以知行膠於其間。《大學》首章言知而不及行，《中庸》首章言行而不及知矣，是蓋雖不必言而知行道理自寓其間，不患其或遺也。若如宋人之說，則知、行二字是入門大關捷，《大學》《中庸》首章何不明言之，而使後世之人以意會誠正為補行，而會密察以補知耶？故愚敢以為南軒牽纏之意反掩傳說警切之詞也，其統體言知、行功夫次第，不言知、行之說。謬妄獨見，古今未有與同者，反之心以為甚愜，擬之迹敢以為安，亦附求正於來之君子。

校記：

〔一〕「知」，黎靖德《朱子語類》卷第七十九作「使」字，明成化九年陳煒刻本。

說命下

此篇語意道理本甚明白，但因「知行」與「學」字自此始發，故宋儒諸公於此便要扯來作宗主，以「學于古訓」至「匪說攸聞」為說「知」字如此之重，遂謂而今人只管說治心、脩身，若不見這箇理，心如何地治，身如何地脩？以此為要學于古訓，而事要師古也。若是，則傳說所謂學于古訓而師古者，只是去讀書懸空講解，以為心如何治、身如何脩，未敢即下手用工去治、去脩，恐一時錯了無及矣。然則傳說之所言者果如是乎？前篇言「匪知之艱，行之惟艱。王忱不艱，允協于先王成德」，傳說之言何等緊切，而今乃顧欲寬慢之，懸空思想然後去下手用工，豈傳說告高宗之意耶？不惟匪傳說之意，抑豈學者切實之功夫耶？夫仁、義、禮、智，非由外鑠我，固有之矣。善知其為善，惡知其為惡，父知其當慈，子知其當孝，君知其當仁，臣知其當忠，雖至小人皆能知之，極至如盜賊，亦豈不知？本心之明昭如日月，所謂人性之善也，惟不能勝於情欲之私，是以冒為之而不顧。大人君子本心分數所存又多，雖至於節目之詳，或亦不能無待論究，亦須依本心之明者，只管精明、只管奮勵學將去，中間未嘗不論究也。論究，所以精明、奮勵此心也，蓋以精明、奮勵此心為主，而討論窮究自在其間，未嘗廢也。古人之學，如堯舜之兢業、精一、執中，成湯之建中、檢身若不及，皆是如此，所謂古訓也。今亦學其所行，如是所謂師古也，必如是方為有力，是道理之正、學問切實工夫。今若只以討論講究為師古，則一生精神墮落在是，是不為末重而本輕乎？蓋討論講究未嘗無，特不以討論講究即為師古。如文公云或索之念慮之微，或求之講論之際，或辨論人物而取其當否，或窮究事體而別其是非者，皆未嘗無，特不以此即為之窮理、即為之格物致知也。不以此即為師古、即為致知，則雖時或從事於其間而未嘗墮落，只用以隨時維持警策，求精明奮勵吾心而已矣，而未嘗有貪多務得之病；今以此即為師古、即為致知，則謂師古、致知大事也，而其功全在是，遂終身墮落其間，豈更有閒暇功夫及其他也？雖亦嘗曰知行並進、一邊知一邊行，依舊是不能行，併其所為知者亦鹵莽而非本源之知，而於討論講究之際亦貪多務得，疲精竭神而無優游厭飫之實，引得心愈放、意愈勞，務外而遺内，末茂而本微。是與前所為時從事不廢者，實内外賓主之辨，同形而異情，不可以不辨者也。蓋精明奮勵此心者，如種樹之根本生意；討論窮究者，則如灌溉、栽培、藩籬、鋤理之而已。灌溉、栽培、藩籬、鋤理之無他，惟欲使樹之根本盛大、生意日滋而已矣，故當灌溉栽培之時而灌溉栽培之。或灌溉之太甚、栽培之太勤，亦足致悴，則亦未嘗於必灌溉栽培而不知變也，取足而已矣。今以討論、窮究論即為師古、即為致知者，則不以是為灌溉栽培而直以是為樹矣，故枝葉茂而根本微，資禀好者、意氣堅者尚自支持立得住，否則終亦必倖而已矣。大抵當初立為此説只是毫釐之差，信心不過，謂若不去考究則手便胡做、脚便胡行，是亦不信人性之固有矣。「民之秉彛，好是懿德」，人心豈全一土塊耶？知善知惡，與聖人不争毫釐，只是不能體帖依他所知而行，故併其知者而失之耳。今既云人心若是不可信，則去討論者，誰别其是非？去講究者，誰分其可否？無星之秤以知輕重，無寸之尺以較長短，是庸夫而使聽聖人之作，用稚子而使理千古之紛紜，不其惑哉？此實毫釐千里之分，為學入門之所係，且聖賢君臣千古相傳之旨，要不容以弗論也，君子幸其正諸。

傅說所謂學古者，即學堯、舜、禹、湯授受之心法也，猶今云學者當必求為聖人也。事必求堯、舜、禹、湯之心法以見諸行，所謂學其如聖人者、去其不如聖人者，是何敢一肆其欲而不惟理之循哉？此古人所以學也。

「說曰：『王！人求多聞，時惟建事。』」是傅說恐高宗徒欲聞其言而未能見施行，故呼王而警覺之也。於高宗曰「予惟克邁乃訓」，高宗之求言可謂切矣。傅說察於人心幾微之間，不肯輕易放過，遂曰：王！人所以求多聞於善言者，豈以得聞為貴哉？正欲以建立乎事而行諸施為之實耳，故事必學于古訓乃為有得。古訓如堯之「克明俊德」、舜之「重華協帝」、禹之「祗台厥德」、湯之「建中于民」皆是也，學之者非徒誦說其義，蓋每事必效之而行也，此所謂建事者也。如其不然，何學之有？故曰：「事不師古，以克永世，匪說攸聞。」然學之道何如？必遜志以為之地，必時敏以求其功，則天機自不容已，「厥脩乃來」矣；又功夫不可間斷，「允懷于茲」而不忘，則日新月盛，「道積于厥躬」矣，此則學古之節度也。傅說又慮高宗徒知資于人以為學、不知責諸己以為學也，故復勉之曰「惟斅學半」，謂不可專恃其在人也。惟「念終始典於學」，則優游涵泳，有不知其所以然而然，所謂「厥德脩罔覺」也。此意思一段深似一段，蓋皆就人心幾微上細細檢點防閑。夫人易於聞見而或不敏於事也，則即戒之以「時維建事」；人事建，或欲自作聰明而怠於師古也，則即戒之「以師古人」；師古或又泛而未切也，則即戒之以「遜志時敏」；人為學多待人而興，無朋友則放倒，則即戒以「終始」。此大段人之通病，在高宗之賢未必有之，而傅說亦預戒之也。陸象山曰：「老夫無能，只是識病。」傅說亦可謂善識病矣！此非有聖學體驗之功，安能到此？監于先王成憲，則戒以專學湯而已矣，此師古之實也。蓋湯之道即堯舜之道，學湯則堯舜在其中，與其遠引而多說，孰若近取為有徵乎？君之於學，能自責成於己者如此，然後親賢為有益，則說當更廣求賢以為助也。此篇蓋因高宗「舊學于甘盤」，學之一字生起，又說「厥終罔顯」，故傅說承之皆論學也，意若謂學必如是而後可以顯矣，如此看來似覺有脉絡。

高宗「既免喪，其惟弗言」，即有深意。免喪之後宜有言矣，若不得夢，其將終無言乎？此高宗必待羣臣之請而後語之也。嗚呼，其幾微矣！

高宗曰：「惟不良于言，予罔聞於行。」而傅說即曰：「非知之難，力行為難。」信之不難，惟力行「允協先王成德」乃為貴耳。高宗曰：「予惟克邁乃訓。」傅說即曰：「王人求多聞，時惟建事。」語意大抵相同。蓋皆劈頭轉換，不以高宗所能者為已至，而促進之於實地工夫，使高宗不可有一息之放下，是何等緊切！看來傅說是箇樸實頭做工夫底人，無許多閒話，後儒將來擺布牽演文義，俾緊切意思汨没不明，讀之何補於學者？故傅說之言，非獨為人上者所當知也。

「遜志」者，謙虛之志；「時敏」者，精進之功。蓋道體最大，學問無窮，人惟有乾健不息之心，則其志自虛而其功自不已，故時敏者必遜志，遜志者必時敏，其心一也。顏子之「有若無，實若虛」，文王「望道未見」，禹「拜善言」，湯「檢身若不及」，舜「聞一善言見一善行，若決江河，沛然莫之能禦」，只是如此，無後世許多閒話。文公謂「遜志者，捺下這志入那事中，子細低心下意與此理會，若氣高不伏，不能入細」，如此說遜志則又失之遠，豈或者記録之差耶？

「惟斆學半」，蔡子以教人居為學之半，欲高宗自學又以教人，為終始之義，愚竊以為難通。方傅說勉高宗於學，詞尚未竟而遂告以教人，無是理也。自堯、舜、禹、成湯以來，君臣告戒之言惟恐在己之未盡，而何有遽告以教人為急哉？又以教人為學之終事，將傅說緊切之言又失之遠，其為深巧亦已甚矣，而又或者新巧之尤耶？蔡子之意本於吕伯恭之言，謂曾有學中一事，解云「傅說與王說，我教作者只是一半事，那一半要你自去行取」，以為深險。不知此說於義理極正，於語脉極順，何深險之有？然竊謂「斆」字當兼教人、受教二義，謂人所以教、己所受教只是居為學之半，其實要自去實用其力，始能得其全也。故必一念乾乾不息，終始守于此學，則「厥德脩罔覺」矣。如此說來自是平順，不知先儒亦何故倒說，想亦胸中有舊說纏繞也。

「監于先王成憲」者，此又終學古之義。傅說此篇全在師古，遜志時敏、終始不怠亦惟古之師而已，而此復結之曰但能法于先王，則古人之道亦即此而在矣。蓋聖聖相傳，一心一德，法先王即所以法堯舜也。

傳説告高宗以師古，而終之以法先王，故高宗引伊尹「予弗克俾厥后惟堯舜」之言，而又望其克紹乃辟于先王，皆語意相答如響應聲。夫人以善道相責而無吝色者，世有幾人，况君臣之間乎？伊川云雖痛責，猶懼在己者重而在人者輕也。今高宗於傅説之言惟恐不足，其精進學古之誠與日俱新，非聖人其孰能之？

高宗肜日

此篇詞語隱約，有難盡知者，細詳其意全在「王司敬民」一句。蓋商人尚鬼，高宗之豐于祀，或時因民庶有夭折札瘥之事祀以求福，非自祈年如漢武之為也。但高宗平時黷于祭祀者又不止此一事，是亦高宗之病痛，故祖己因其雊雉之異而箴之，而專以民事一事為言也。語意謂天監下民，所典在義，「降年有永不永」者亦以義不義之故則然。民之夭折者，非天夭之也，民自絶其命耳。故民有不順其德，不知其罪，夭。但信其命以正其德而已，信其命者即降年永不永也，天之命如此。今王乃曰「其由我祈請之力」，豈有是哉？於是歎息而言：王為人君，所司者敬民之事而已，民事大小無非所以繼承天意，而當行者何待祀豐于昵以求之耶？後世言

「代天理物，繼天立極」，即「天亂」之義。大抵祖己之意，欲高宗盡其民事之當為，而不求諸幽冥之不可必，所謂「君相不言命」也。

西伯戡黎

戡黎之事，先儒論之多，而蔡氏猶以為文王之事者何耶？夫文王伐密、伐崇者，亦非如《史記》所言因崇侯虎之譖而伐之也，是專以為己也。司馬遷，不知聖人者，特以楚漢之際事跡揣量，豈足以見聖人之人與楚漢用兵者不可同年而語哉？蓋文王既得專征伐，則凡諸侯之為民害者皆王法所必誅者，故文王伐之，欲使奉王瀍、去民害，非收邑以為己貳也。今「戡黎」至「祖伊恐而奔告曰：『天既訖我殷命』」，則其勢已逼矣，豈得謂「三分天下有二，以服事殷」乎？其為武王無疑。吳幼清謂「黎，畿內之國，文王決不稱兵於紂之畿內。武王嗣為西伯，其事殷猶文王也，其伐殷在於嗣位十有二年之後。蓋天命未絕，則為君臣，一日命絕則天行罰，此事間不容髮。今兵既逼王畿，祖伊恐而奔告，則震撼甚矣，豈得戡黎之後班師而去，復就臣位，而紂恬然不以為意哉？當是武王伐紂之時先戡黎，而遂乘勝以伐紂都也」，此說為得之。

「今王其如台」，謂民之欲喪，至欲天之降威而受大命者亟至如此，今王之所為，其曰但如我而已，謂畧無一毫警動脩改之意。觀下文「我生不有命在天」之言，則真以為但如我而已。

季世之主拒諫以自是而自取滅亡者每如此，可不監哉？

《商書》言「其如台」凡四，蓋商之恒言也，註疏皆以正言之。於《湯誓》「夏罪其如台」則云「其如我之所聞」，於《盤庚》則曰「其如我所行」，於《彤日》則曰「天道其如我所言」，於《戡黎》則曰「其如我所言」，是以正言之。惟蔡註皆以反言：「其如我何哉？」今看來依正說為長，而其義則各依其事之語脉，各有攸當也。

微子

微子、箕子、比干三人者，當國事至此，蓋以無可為矣，故相與涕泣、論議，所以為不得已之計，皆以為宗國之大體，而非以為一身之私議也。三人者，皆商之宗臣，與異姓者不同。異姓者，盡一身無愧斯已矣，其責為易；宗臣則有宗國宗祀之責係焉，其處之為難，故於議論商量所以處之也者。後世只以商量在己之去就，使必合於天理為言，此其義甚小，非所以論三仁也。古之聖賢所以存諸心者，非有沾沾自好之私也，其所具者大，其所處者遠，死生去就之間何足深以為異哉？惟其宗國將亡，救之不可，棄之不可，祖宗盛烈至是將無所託，此其無以處之，其責委之何人？三子者，其哀甚矣！夫人臣之於君也，當其國家盛時，脩政立事，上下交修，其忠誠懇至之心所以為國家也；不幸而遇其變，或直諫，或存祀，其忠誠懇至之心所以為國家也。想微子之在平時，豈無化導箴益之方？顧紂剛愎之性難悛，至此極矣，故不得不有以處之。使變不有以處，則紂必駢殺之，既無補於殷之存亡，將又何忍於宗之遂絶乎？故三子之所以相顧議處者，愚謂皆所以爲商，而匪謀一身之私議也。譬如人家覆敗已不可支，至親老成之人相與謀其家事，汝能此則爲此，我能此則爲此，無非欲以存其萬分之一，無非所以爲其家也，是時豈有自念其身之謀哉？蓋其平時意念已乎，爲其家則已忠於家矣，爲其國則已盡忠於國矣，是雖不謀一身死生去就之義，而其義未嘗不在也。若但以爲謀一身死生去就之義爲言，則是猶爲私意也。夫微子，帝乙之長子也。古人重宗，微子死，則湯祀其誰奉之？故微子者不得不去。箕子、比干則皆不去，以諫紂，庶幾冀其改，卒之比干被殺、箕子囚奴，亦偶所值之不同耳，箕子豈固陽狂以求免耶？所謂「自靖，自獻於先王」者如此。後世議論深求其説，率以己之見而度古人之心，愈多愈亂，惟有問於朱子「諫行而紂改過者，二子之本心；諫不行而或殺、或囚奴者，所遇之不同」，此爲最善，然又以爲「使紂而囚比干，則比干未敢即死」，此恐未知三仁所行各隨其力量，若比干中心，則以必死爲是。三仁中間力量多少不同，然其心則皆無愧，所以謂之仁也。

微子之去，其義甚微，有難知者，故後世傳習多爲異説。《左傳》謂「面縛輿櫬以見武王」，司馬遷又謂「抱祭器歸周」，此皆以後世之事而論古人也。論古人者，須得古人之心。後世不能得古人之心而徒擬其跡，遂以為「窮迫卑辱之事，古人亦不恥為之」，而蔡氏亦以引於《書傳》。何耶？夫微子之心，自以身係先王長子，烈祖成湯德業不可由是而遂泯也，事勢既已不可為矣，殺身以成一己之名而殄湯之祀，可乎？故不得已而逃遯于外，亦若耄之遜于荒也，然其心亦甚有所不忍也，遲囬不決，訪於箕子、比干，微子至誠惻怛之心可見矣。特其事執如是道理，不得不然耳。若至面縛、含璧、輿櫬以見武王，則辱已甚矣，是後世畏死偷生、祈哀請命者之為，而謂聖人為之乎？又先抱祭器以歸周，是導之也，人臣至此，縱事勢不可為而為不得已之計，必不忍導之以速其亡。夫天命去留之機，聖人亦知之矣，觀其問答之言，畧無一毫咎周之意，固已可見。然子之於親，當其正命之時，雖知其無可奈何，然豈無有眷戀、悲哀、躃踴、哭泣之理？三仁之眷戀、悲哀可謂至矣，即無可奈何，亦先抱祭器而往歸之耶？凡此皆不足深辨，而後世亦謬相傳襲不已，有乖聖人之道而遺害後世之深也，故論之。或詰曰：「面縛、含璧、輿櫬，亡國之禮皆如是，不然安知其不殺之耶？微子不死於紂者，欲以存宗祀也。欲存宗祀而不隱忍以為是，是不死於諫紂之時而將死於見周之日矣，惡在其為存宗祀乎？」余答之曰：「存宗祀者，事之至重也；面縛輿櫬者，天下之至辱者也。聖人慮事自有幾先，而其處之自有法度，豈至犯至辱以全其事之至重乎？夫君子但順其理之當然，而不為非義以求必得；但行其心之得盡，而不肯枉尺以直尋。且微子其知武王為何如人耶？微子亦聖人也，其不知武王為聖人耶？知武王為聖人，則各行己志，不如是而後可全也。如不知武王為聖人，而以為如後世更革之主，則縱犯至辱，又安知其不殺之而必祀之可存乎？其為計亦愚甚矣，而謂聖人如是乎？況二說自相矛盾，既云抱祭歸周，則何面縛之有？既面縛含璧，而又先抱祭器以歸周耶？迺知此言皆季世不達道之儒以意而謬說也。」

卷四　周書

泰誓上

此篇《書序》以為十一年觀兵、十三年會孟津，通以文王九年數之為十一、十三，《蔡傳》深辨其非而以經文為主，《經》云「惟十有三年春」，即為武王即位之十三年也。夫虞芮質成、西伯受命稱王，此司馬遷不達理道之舛，後儒因祖其說，《孔傳》又證以「惟九年大統未集」之言，而亦以文王為改元也，歐陽修亦深辨其妄說。夫改元之事設或有之，非因斷虞芮之訟，然至武王不改元，則惑矣。蔡氏以《書序》「十一年」「一」字即「十三年」「三」字之誤，謂無有觀兵復退之理，犯於兵以脅君，而引張橫渠之言「當日命絕則為獨夫，天命未絕猶是君臣，豈可以兵脅之耶」，此論極正。然《戡黎》又為文王稱兵畿內至祖己〔一〕奔告，又非脅之耶？即以西伯為武王，《通鑑》係年謂在於商紂三十一祀丁丑之歲，而大會孟津為己卯，則亦先二年，不能無稱兵震動之嫌，凡此皆可疑難曉者。豈當日命絕已在於戡黎之時，而武王特未即大舉，先剪其助紂為虐者，至十三年始會諸侯以伐之耶？而武王當時服從者衆，紂之離心離德，亦不畏其圖己耶？朱子謂繫年至共和以後始可考，故若此者亦但當觀其大義，其實不可得而詳也。大抵共和以前繫年亦只憑《皇極經世》遡而推之，以至於堯之甲辰，驗之後世人事與數相當，故今以為邵氏之曆，然以前安有史籍可考？《經世》以己巳周文王没、武王即位，己卯周武王伐商，是伐商乃正武王即位之十一年，是亦或即《書序》之文而推繫之耳，而亦未嘗以文王九年通武王而數之為十一年也。然夷齊叩馬而諫，謂：「父死不葬，爰及干戈，可謂孝乎？」無有即位十三年文王未葬之理，是又近於孔氏不改元之説。意史遷所撰夷齊之言，亦只得秦漢之傳聞而未足以為據耶？愚以為凡此姑當缺之，而惟論其大義可也。論其大義者，必知文王至德，必不受命稱王也；必知武王非富天下也；必知天命未絶，決不以兵脅君，黎之可伐必是天命已絶也。如是觀之，則聖人千古之心可以近見於千載之下，而千載之下可以仰合於千古之上，其於改元不改元、十一與十三何暇計哉？

「惟天地萬物父母，惟人萬物之靈」，文公謂湯武征伐皆先自説一段義理，愚竊以謂聖人除却義理更無事。

「命我文考，肅將天威，大勳未集。」觀武王此敘，則似文王時已有意伐紂，但未舉耳。而《蔡傳》以為敘文王之辭不得不然，而文王實無意也，如是則為誣文王矣。夫謂文王先有意則不臣，謂誣文王則不孝，先儒於此論之多矣，而皆未能使人心之快然者。文公謂：「若使文王未崩十二三年，則孟津之事文王亦豈得而辭哉？此見文、武之心未嘗不同也。」愚以謂文、武之心未嘗不同，然文、武之作用自别。同一聖人也，堯、舜自堯、舜之作用，湯、武自湯、武之作用，文王、周公自文王、周公之作用，作用之别則以其力量有不同耳。千鈞之任，烏獲舉之而不難，次於烏獲者稍難矣，又次者則又難矣，雖同曰舉之，而其所以舉之者作用自有異耳。文王之力量恐亦非武王之所能同也，當其三分有二之時，《關雎》《麟趾》之風，《漢廣》《汝墳》之化，如陽春之生物，物無不應，豈待以兵戈而勝之哉？雖伐密、伐崇文王所不免，然亦如舜之有苗耳。而天下大段日歸之，所謂「綏之斯來，動之斯和」，聖人至德感通之妙自是如此。使文王未崩，紂惡愈盛，三分之一又自然歸之。紂雖尚在，然天下之人既通歸之矣，紂亦若之何哉？至此之時，或紂自逃走、或人殺紂皆不可意度，然決不以兵戰而取之也。夫任天下之責、以安天下為心者，聖人之所同也，而其所以任之、安之作用，聖人不能無異也。作用雖異而其心則同，所以同謂之聖人也。所謂「肅將天威，大勳未集」者，武王以得安天下之民為大勳，文王三分有二，其尚未得安，為「未集」也。「天視、聽自我民視、聽」，天既怒，商民皆歸周，天威之將非文王而何？

武王開口便説「亶聰明作元后，元后作民父母」，又曰「天佑下民，作之君，作之師」，武王分明以父、母、君、師自任，如此則視紂之惡，天下之人受其暴虐，武王豈能一日安哉？於此可以見武王之心矣。

有罪無罪，一聽於天，武王何心哉？「受臣億萬，惟億萬心；予有臣三千，惟一心」，則天意可見矣。故承之曰「商罪貫盈，天命誅之；予弗順天，厥罪惟鈞」也，言一聽於天而已矣。「予小子夙夜祇懼，受命文考。」所謂受命者，只告諸文王之廟即為受命，非真文王密有所命也。蓋時既當然，即道理當然，不越乎道理即不違乎文王矣。文王、武王作用雖有不同，然其安天下之心一也。後世曹操自擬文王而使其子丕取漢為武王，嗚呼，是豈可同日而語哉？聖人之事，乃為姦宄欺世之資，兹故不可不論。

校記：

〔一〕「祖己」，《尚書·西伯戡黎》作「祖伊」，原文為「祖伊恐，奔告于王」。參見《四部叢刊》景宋本《尚書》卷五，或清嘉慶二十年南昌府學重刊宋本《十三經注疏·尚書注疏》卷十，或清武英殿聚珍版叢書陳經《尚書詳解》卷十九等。

泰誓中

《漢·律曆志》曰：「周師初發以殷之十一月（亥月）戊子，後三日得周正月（子月）辛卯朔，至戊午渡孟津。」夫以十一月為亥月則是商亦改月矣，此恐未然。先儒林堯叟謂：

「孟津去周九百里，師行日三十里，凡三十一日渡河，三日三誓師。上篇不言日，以中篇考之，當是丁巳日在河南將渡孟津，誓而後渡河也；中篇是既渡而次河北所誓；下篇戊午明日將趨商郊，誓而後行。三令五申，謹之至也。」此說固為有理，但湯之誓師未嘗至再、至三，豈湯之致謹又不如武王耶？此等皆有不可曉處。意者武王從容而行，先後來附而至者日衆，故武王因其後至者而復告以伐商之義也。諸侯不期而會者八百餘國，豈無道里遠近、先後之差哉？

泰誓下

六軍者，天子之制。今稱「大巡六師」，蔡氏以為史臣之詞，亦是。《大雅·棫樸》是文王之詩，亦曰：「周王于邁，六師及之。」文王、武王尚為諸侯，不應便有六軍，或是史臣從後詠歌紀録之時既稱王，遂亦因稱六師耳。但湯武誓師皆稱「王曰」，或如愚所論，舉兵之時已正天子之禮，遂稱「六師」，前後足相發也。且其言已曰「奉予一人」、曰「獨夫受」，他復何所嫌乎？然《周禮》萬二千五百人為軍，二千五百人為師，則五師乃為一軍，六師未可謂之六軍也。又《常武》之詩「整我六師」，《瞻彼洛矣》之詩「以作六師」，孟子云「六師移之」，是皆天子之制亦稱師者。豈未有《周禮》之先，天子六軍之制未立，諸侯稱六師者亦舉衆之通名耳；至周制天子六軍，其後因習，亦以六軍為六師耳？春秋之兵雖累萬之衆亦稱師，可見。

「天有顯道，厥類惟彰。」謂作善降祥、作不善降殃，此理昭然不可得而昧也。紂之所為如此，安得不奉天命以行天罰哉？

武王誓師必稱「文考」者，蓋文王在位五十年，其德入人之深，天下之歸周者寔皆由於文王。武王之意，以為今日終文王之事而又懼其為文王羞者，此聖人至意惻怛之心也。

牧誓

司徒、司馬、司空、亞旅，此皆《周禮》未定時制，或猶仍其舊也。雖稱王以誓衆，而於此等制度未必盡備。但《周官》「六卿」，周公所制，亦不知殷人之制何如。《甘誓》「乃召六卿」，孔註與蔡氏皆以為六鄉之卿，非各率其屬之六卿也，不知夏制亦六卿否？《洪範》「八政」只有司空、司徒、司寇，則商時亦未必是周之制也。《周官》云「唐虞稽古，建官惟百」、「夏商官倍，亦克用乂」，至周有三百六十，則周制與夏商不同多矣。孔氏以時已稱王而有六師，亦應已置六卿，此特以司徒主徒庶、司馬主軍旅、司空主壁壘，蓋特呼治事之三卿耳，是亦未可知也。

此篇專指妲己而言。蓋紂之惡由於妲己，廢宗廟、棄宗族、任罪慝以暴虐百姓，只此數言已足以致天討矣，何必多哉？觀此篇，與《泰誓》之言真有不同。

武成

《武成》之書，諸家多所更定而各有不同，或以日辰之先後，則云「既生魄」當在丁未之先；或以行事之重輕，則云未祭告不敢發命。蔡氏集諸家所長而考定之，今行於世。愚竊以為《武成》之脱誤固不能無，必欲更定，以為此條係於此條之下，則又安可知是不若因其舊之為愈也？今觀古本如初敘「于征伐商」，遂敘「王來自商」、「偃武修文」，遂敘「祀於周廟」、「大告武成」，遂敘諸侯「受命於周」而斷之以「王若曰」，皆辭意相屬，是古人敘事之體。惟其「承厥志」之下則似有缺文，「底〔二〕商之罪」以下皆是史臣敘其禱神立政之事，不可屬其「承厥志」以為皆王言也。大抵去古既遠，復值簡編斷蝕之後，欲細細必求得其一字一句之不差，斯亦難矣。惟大義昭如日星，未嘗以簡編斷蝕而不可知也。學者不惟大義之沈潛理會，而必欲細求之字句之間，以為悉得古人之舊，是皆宋儒著述之説有以起之也。况孟子已「不盡信《書》」，於《武成》取二三策」，何嘗悉以為武王之世之舊文哉？而孟子未嘗筆削而更定之，是知古人觀《書》與今人觀《書》大不同也。今如所定新本將「底商之罪」云云至「萬姓悦服」敘於「厥四月，哉生明」之上，次第擺布將來，真是後世文字也。

《武成》月日，如孔疏亦自明白。「一月壬辰，旁死魄」，謂伐紂之年周正月辛卯朔，其二日為壬辰。「翼日癸巳，王朝步自周，于征伐商」，謂正月三日發鎬京始東行也，其月二十八日戊午渡河，二月辛酉朔甲子殺紂，其年閏二月庚寅朔，三月庚申朔，四月己丑朔。「厥四月，哉生明」，謂四月三日月始生明，其日當是辛卯也。「丁未，祀於周廟」，四月十九也；「越三日庚戌，柴望」，二十二日也。此說與《漢書·律曆志》所引不合，而孔氏以為漢因偽書而為志，而朱子亦言《漢書》之誤，則如此說亦歷歷可推，似有依據。但經文「既生魄」，孔傳謂魄生明死，當是十五日之後，而穎達以為丁未已是此月十九日矣，不應生魄倒在後，遂以受命為祀廟之前，惟此有疑。竊以「既生魄」，「既」者，盡也，當是晦日，昔人有問於朱子者亦然，正與余合。《顧命》云「惟四月，哉生魄」，以「哉」對「既」言之，其義又自明白矣。

武王告諸侯，敘后稷、太王、王季、文王相承以成王業者，蓋太王、王季、文王但知修德而人心自然歸附，至後人推王業之所由，姑自不得不如是立言，非太王、王季、文王先有代商之心也。若文王伐密、伐崇，當時文王得專征伐，密、崇當時無道害民，故文王伐之，意在安民，非伐其不貳於己也。文王既有聖人之德，又有如是之威，四方歸附自不容已。文王何心焉？惟斯民得其安，君心之或悟則亦已矣！所謂「大邦畏其力，小邦懷其德」者，亦當善觀之。

「惟九年，大統未集」，註疏皆以為文王受命改元至九年而卒，史遷則直以文王受命而稱王矣。殊不知所謂「誕膺天命」者，亦自後言之，文王何嘗自以質虞芮之成為己之受命，而即改元以應之哉？如是則又何有於稱王哉？蓋文王改元與否皆不可知，即有改元之事亦是偶然，決不以己之受命而更端也，況未必有改元之事耶？「九年」之文亦自後人追溯諸侯歸服文王之時而言之，蔡傳之説是矣。

《武成》如「有道曾孫周王發」及「昭我周王」之語，皆有難曉處。夫武王告神之時，紂尚未斃，武王豈遽先稱王耶？若後世起兵亦有先自稱帝者，是蓋欲以繫屬人心，豈武王舉兵之時諸侯亦即尊武王為王，而武王亦遽受之耶？蔡氏以為史臣追增之辭，豈録其當時告神之語，而輒加以追增之稱耶？朱子釋《孟子》謂「商人而曰『我周王』，猶《商書》而曰『我后』也」，則是當時武王雖未稱王，而天下之人固以王歸之矣；武王自言「天其以予乂民」，則武王亦固任其責矣，非若後世「舍曰欲之而又為之辭」者，此皆大義所在。讀者須求此而得其心之安，而拘於字句之末不足為重輕也。余姑發其疑如此，而俟識者考正焉。

周王之稱，予既發其疑矣，後再觀之如《湯誓》等篇皆即稱王，《泰誓》稱六師，分明是已正名位矣。

校記：

〔一〕「底商之罪」之「底」字，他本作「厎」。參見嘉慶二十年南昌府學重刊宋本《十三經注疏·尚書注疏》卷第十一、文淵閣《四庫全書》本蔡沈《書經集傳》卷四、嘉慶四年刻本宋鑒《尚書考辨》卷三等。又本章所引《尚書》作「底」之處，他本皆為「厎」。

洪範

《書序》云「武王勝殷，殺受，立武庚，以箕子歸，作《洪範》」，則《洪範》是歸鎬京之日即為武王陳之。所謂「惟十有三祀」者，即《泰誓》之「十有三年春」也。一說箕子走之朝鮮，武王即而封之，後來朝，周武王訪以天道，迺陳《洪範》，則謂「十有三祀」者是箕子受封之十有三祀矣。夫以箕子自言「殷其淪喪，我罔為臣僕」，今既受其封又自來朝，安在其不為臣僕乎？然則武王既釋箕子之囚，加以賓師之禮，就而訪焉，故箕子陳之。若云箕子不忍周之釋其囚，走之朝鮮，是雖未知其說之所本，然意朝鮮在萬里荒服之外、山海極邊，今箕子舊國在焉，酋長來朝者皆習箕子文教之古風，當時若非逃竄避周，何至如此之遠？是亦猶太伯避季歷逃之荊蠻也。但箕子聖人，至則自然人歸宗之，如麒麟、鳳凰人爭快覩，故箕子自撫其衆，得其地而為君耳。若說武王封之，必有命辭若《微子之命》者，夫子必録之。即《書》亡，序篇亦無有，是未必武王封之也。若陳《洪範》，則大公道理自是不妨，武王不臣箕子而問道，箕子傳道武王而不臣，各行其本心之誠，然而無所愧焉耳矣。

《洪範》之書，註疏以為是箕子告武王之後，歸而次敘成篇以為典教，如是則是篇通是箕子之筆。《蔡註》亦云箕子推衍增益以成篇，故謂稱「祀」者，不忘本也。夫以稱「祀」為箕子不忘本，是矣。然所謂「十有三」者，抑武王之紀年耶，商之紀年耶，抑亦箕子朝鮮之紀年耶？以為箕子朝鮮之紀年，則武王須遣人訪之，篇中詞氣非遠隔之體，且武王即位七年崩，此其不然，明矣。以為武王之紀年，則箕子不忍「祀」之一字而忍於襲商未殄、周未王之紀年，安在為不忘本耶？此等皆重有不通，而先儒亦無有明辨之者，何耶？愚反覆思之，沈潛其義，是篇蓋武王既訪、箕子既陳，周之史官次第其語而成篇也。稱「祀」不稱「年」者，則武王重箕子之不臣、尊箕子之道，故特以商之舊稱之，此聖人大公無我之心也。箕子、微子之事皆古今大公案，故特論之以俟知者。

《易》曰：「河出《圖》，洛出《書》，聖人則之。」當時水患既平，至和之氣融會浹洽，故神龜出洛，背上具此自然之數，亦天地至和之精也。然背上亦只有點數，自一至九而已，非如班固輩所言有文字也。聖人道理具足於心，因感而見，故因其九數而即繫以九事，以備治天下之大法也。使洛不出龜，禹之治天下何嘗無法？然觸類而通，若或啟之，聖人何嘗恃己而忽乎天哉？繫疇如畫卦，伏羲分明見得天地間道理不外一陰一陽，有春夏必有秋冬，有明必有暗，有盛必有衰，有高必有下，有雄必有雌，有奇必有偶，至於細微纖悉無物不有、無處不然。於是畫一奇以象陽之純而健，畫一偶以象陰之順而靜，而陰陽又非判然為兩物也，故又畫陽中有陰、陰中有陽，蓋相涵相生至於無窮，具三才而止，而成八卦。伏羲亦是道理熟於胸中，故畫出以示人，使人觀其象而盡人事以法天也。文王重之以盡天下之變，為六十四卦，於是取每卦之象而繫之以辭；周公加之為三百八十四爻，於是取每爻之象而繫之以辭，無非使人觀自然之象而盡人事以法天也。伏羲示人只有八字，文王六十四字之外加詳矣，周公則益加詳矣。今禹於九疇，亦是觀天地自然之數而繫之以九者之辭，無非盡人事以法天而已矣。禹之辭止於九者，至箕子則亦加詳矣。疇與卦之用雖不同，然其理則一。理者，天也。在天則為天之理，在人則為人之理，盡人之理以合天之理，疇與卦之用皆如是也。非特九疇、八卦，雖聖聖千言萬語未有不如是者也。今欲畫卦亦甚易，眼前不拘器物、花木、土石之類，即其象皆可以起義而畫卦，只是道理不純熟，徒為空言，亦不透徹。若聖人觀一物便發透許多道理出來，是足為萬世之大法也。

細玩終篇，箕子專就人事上體貼，後世專就數上推測，始知聖賢法天之學與術數不同。

九疇之序，文公謂「因《洛書》之位與數而為之，如《洛書》一位在子，其數則水之生數，氣之始也，故為五行」，以下云云甚備。愚竊以為不必如是分配亦自可通，蓋皆以人事施為先後之節次而繫之也。惟五數居中，則取象人君立大中之義，此不為無意，其餘者或亦未必牽泥如是也。今觀九者，備天地間之事矣。五行，萬事之本，故首之以五行；其見於人則五事，為人事之本，故次之以五事；先自治而後治人，於是有政事之施焉，故次之以八政；為政必順天時，故次之以五紀；五為中央土，四方歸向而取則焉，故為五皇極，而兼統乎四維；然皇極立中於此，天下之人有不齊之等，則不無抑其過、引其不及之權衡以齊一之，故次之以三德；欲盡其道理，質諸鬼神而無疑也，故次之以稽疑；人事雖盡於己，而天人感應之理如響應聲，欲奉天而不違也，故次之以庶徵；使天下之人皆知趨吉而避凶也，則民皆躋於福祉仁壽之域，所謂「於變時雍」、「天地位，萬物育」者，至治之極功也，故以福極終焉。此其治天下之大法，又安能有出於九者之外哉？考之《周禮》，大段不外乎此：如建極之事，則武王、周公躬行心德之餘無非大中至正之矩，如三公論道、師氏、保氏之類皆所以飭王躬者也；五行、八政、食貨，則冬官之「居四民，時地利」者所不能外焉；五事、三德，則司徒所教者不能外焉；至如稽疑，則龜人、筮人具焉；五紀、庶徵，則馮相氏、保章氏具焉；五福、六極之嚮威，則周行於其間，不能一一枚數。是雖武王既聞箕子之言，然大段治天下之道率不能外也，雖堯舜《典》《謨》考之亦皆備具，所謂千聖一心也。學者能求之吾心，根本已具，則以之而用於世，又豈有他道哉？

五行之生成，雖有陰陽先後之次，然其意在乎審其性以別其用，要宜於民、順乎天而已矣。聖人之治天下，聰明睿智雖無所不周，然未嘗不用天之道、因地之利。蓋道理本自合一，聖人惟無所違，故感通無間，至於位天地、育萬物亦惟此理之極耳，此《洪範》所以生五行、《禹謨》所以生六府也。《周官》之辨土壤、測日景、致日、致月、觀妖祥、辨星土雲物、十有二風及草人、稻人、仲冬斬陰木、仲夏斬陽木與夫藏冰、發冰，無非五行之用，此古人之治所以與天合而嘉祥至，後世無一而不與天違也。

聖人之治天下無有不本諸身者，故五行之下即以五事為先。五事克備則人道盡於己，以之而治人，又孰不以為則、孰不敬應哉？

人莫不有貌也，貌而暴慢，不可以為貌矣。恭者，貌之本體，故「貌曰恭」。人莫不有言也，言而鄙倍，不可以為言也。從者，言之本體，故「言曰從」。人莫不有視也，視而邪僻，不可以為視矣。明者，視之本體，故「視曰明」。人莫不有聽也，聽而淫哇，不可以為聽矣。聰者，聽之本體，故「聽曰聰」。人莫不有思也，思而不正，不可以為思矣。睿者，思之本體，故「思曰睿」。謂之「曰」者，謂此名為此，是即其本然之體也。人徒謂己具是人之形即以為人，不知不能踐其形，雖名為人而實非人矣。學者反之於身，可不求其本體之實乎？箕子之言可謂至深切矣！

恭、從、明、聰、睿者，五事之本體；肅、乂、哲、謀、聖者，五事之致用。自漢以來，五行、五事分配相屬，各各不同，《素問》五行又不同矣。愚意配屬雖有此理，然亦看得活落，不要粘泥。聖人相授受之意不專在此，只要實體之於心身便是，何必只管代他分疏，何益之有？

八政如食貨為先、賓師為後，固有内外先後之差，其餘亦大段歷而序之。若必一一求其次第，亦恐太鑿。八政雖與《周官》不同，然其承天意以厚民生若民性，則千古聖賢無二道也。

古之聖人知天人合一之理，故於人事不敢不盡，而於天之道亦不敢不謹。堯之羲和、舜之七政、《洪範》之五紀、《周官》之保章氏，皆所以致謹於此，蓋一以敬授人時、一以敬天而不敢忽也。吳幼清氏解「五紀」詳細。

五為九疇之中，故又取象為建極之義，而其所謂建極者亦不外五事道理，非五事之外又有所謂極也。聖人之言與後世安排布置不同，隨事立義而道理自相貫通，不待牽附之使合，亦不能分析之使離也。「皇極」二字，自漢以來訓「皇」為大、「極」為中，謂為「大中之道」。至宋諸公始異其說，以「皇」為君、「極」為至，朱子蓋深論之，而尤謂「極」字不可為中。愚竊謂此皆未免專就文義上理會，然其實道理亦不能離乎「中」之一字也。《洛書》東、西、北、南橫縱，五數皆居中，大禹分明取象「人君中天下而立」、「立大中之道」之義，而苦苦要辨其不為中者，抑亦似戾禹與箕子取象之本意也。況中為至極之理，天下道理至於中而止矣，「中」又何嘗不兼「至」字之義乎？若徒至而不中，則「至」字亦有何好處，而又烏可謂之極耶？然則即訓作「至」字，亦不能離乎中之理，孰若訓中之為盡乎？又古人「皇」字極重，如云「惟皇上帝」、「皇矣上帝」、「皇天」之類，皆以加於天帝之上，謂惟天足以當之。三代稱王，未有君稱為「皇」之語，況箕子不臣於周，篇中曰「而」、曰「汝」不一而足，豈遂加以天帝之徽稱，又勝於周之臣子之美其君耶？文公謂：「『皇』若為大，不成『皇則受之』為『大則受之』、『惟皇之極』為『惟大之極』乎？」愚意此二句者，舊註解得自好，亦曷為不通？若必以是為不通，則「五皇極」亦不成謂「五君極」乎？上「次五曰建用君極」，尤不可通矣。《無逸》篇「皇自敬德」，「皇」又豈可訓為君乎？今似只依註疏舊解，以「皇」訓大，以「極」訓中，謂天之大中之道也，此其道理自正。然建之者，自是人君之事也。人君繼天立極，盡天下大中之道，為四方之所取則，所謂「皇建其有極」也。

「五福」即次九之五福。福者，德之安裕。人能盡大中之道，則至和咸萃，五福斂聚於身，自然之理。今立大中於上而庶民咸化於下，是聚此五福以「敷錫庶民」也。建立之幾不息，涵濡之化益深，惟時時使庶民在汝極之中，是民亦與汝共保此極也。《詩》云「羣黎百姓，徧為爾德」，蓋亦「錫汝保極」之義，此數語言人君當如是以建極也。「凡厥庶民，無有淫朋，人無有比德，惟皇作極。」此數語者，言使天下之人皆如是，則可以謂之大建極矣，此即所謂「明明德於天下，篤恭而天下平」之義也。「民」、「人」二字，先儒陳氏分作民與有位者而言，古註、文公皆不分，只總統說以上文用「敷錫厥庶民」，只說庶民耳。若分說，道理亦自無妨，然不若統說更覺無破碎耳。

「凡厥庶民，有猷、有為、有守」至「其作汝用咎」，皆言化道勸教之方，以謂必如是使天下之人皆歸此大中之道也。大略作三段看，首段至「時人斯其惟皇之極」，言人之資質有此三等，皆當隨資質而成就之，以進於大中之道也；二段「無虐煢獨而畏高明」，言人之所處有此二等，不可以微賤而忽，不可以貴顯而避，咸皆抑其過、引其不及而齊一之，以進於大中之道也；三段「人之有能有為，使羞其行，而邦其昌」數語，言於用人之際皆當盡其才而不濫，恤其私而不薄，如是以勸勉之以進於大中之道也。蓋聖人以萬物為一體，天下之人無不欲其入於善，故既立大中之本以為觀化之則，而又盡時措之宜以盡曲成之方，天下之人其孰有不協於中者耶？

「煢獨」者，孤寒之極，無所資而不能為善者；「高明」者，賢智之過，有所恃而不肯為善者，世間人亦有此二等也。

「無偏無陂」以下，則協為歌詠之辭，以使人感動興起而自得之，所謂「皇極之敷言」也。詠嘆此言，箕子所以致意於皇極者深矣。

「會」者，合而皆同也；「歸」者，安而不返也。上言人之資質、成就隨其等第區以別之，至此則皆趨向而同來矣。浹洽既久，厭飫日深，自然安固，止於是而不遷，所謂「會其有極，歸其有極」也。

「以近天子之光」，謂親被其道化之光。蓋民之與君有上下之分，勢不能不隔絕，今皆敏德歸於皇極之中，則一德一心感通無間，故曰「近天子之光」。為人君者必能如是，則可謂作民父母，以為天下王矣。然則為王之義，其重如此，當其責者寧有幾人？蓋數百年始一見焉。湯、武生當其時，天豈無意，而其責又奚容辭乎？箕子之陳《洪範》，其微意亦可識矣。

「三德」，聖人所以齊一天下之權。蓋天下道理自有是三等，非聖人齊一之則不能歸於中。「惟辟作福」以下，箕子所拳拳者，必是殷末習於紂惡，服食無度，感於當時之事，故欲君德以剛為主，而所以操夫齊一天下之權者也。

卜筮之法自古以然。舜命禹曰：「官占，惟先蔽志，昆命於元龜。朕志先定，詢謀僉同，鬼神其依，龜筮協從。」是古人之大事未嘗不卜筮也。古人事天，終日欽欽，對越上帝，動必以天，而其所謀之事本無不與天合者，又詢諸人，而又以為恐有適莫之私，則質諸卜筮以決之天何心。為卜筮者，天之命也，至是則與鬼神合其德矣。故卜筮者，聖人所以齋戒以神明其德也。由是觀之，聖人舉事何者而非天耶？故古人動稱天者，非虛言也。

卜筮之兆有方、功、義、弓，不詳其義。有體、色、墨、坼：體為兆象，其象有金、木、水、火、土之異；色為兆氣，其兆之氣色似有雨、霽、蒙、驛、克之異；墨為兆廣，正釁處也；坼為兆釁，正墨旁有奇釁罅者也。體有吉凶，色有善惡，墨有大小，坼有微明，皆以為占。而此只是五者，則五者之中亦不專指氣色，而釁罅大小微明皆兼之矣。其經兆之體百有二十，其頌千有二百，則其占視之法亦多，而今皆不傳矣。

左氏云「筮短龜長」，疏家以為無是理，乃是當時有為抑揚之言，此意亦是。或者以筮尚由人扐揲之，而龜由於灼，其兆自見，人更無所預也。

「庶徵」，雨、暘、燠、寒、風五事之應，求之太泥固不可，全然不信尤不可。蓋天人感應分明道理，豈可誣也？自鳳凰圖書之瑞，桑穀雊雉之異，雷電大風之災，皆感應之速，至遠至近，但漢儒道理不實體，求之太淺耳。夫水能勝火，理不可誣，一杯之水勝一車薪之火則不能矣。《五行傳》云：「貌之不恭，是謂不肅。厥罰恒雨，惟金沴木。」夫一不肅其貌，即罰常雨，今人君不肅者未必即罰以常雨也，如此則人君將玩而不信矣。此蓋求「肅」字之意太淺耳，是謂一杯之水也。夫箕子所謂「恭作肅」者，豈但容貌一時嚴肅而已耶？聖人之恭，盛德之至。肅者，恭之妙用也。恭而作肅，必其自一身以達於朝廷，天下無一而不肅，其為用大矣，又豈不足以動天耶？雨、暘、燠、寒、風皆然，況聖人五事一齊備具。至於感應者，皆極其功效而言，如是則善從善、惡從惡斷然不虛，非責備於一事之間而取效於旦夕之速也。是故為人君者，為善而欲極其善，必勉而後成；為惡而遂極其惡，其勢所必至。休徵難致，咎徵易來，可不懼哉？

「曰王省惟歲」以下，蔡註以雨、暘、燠、寒、風貫之，有係一歲、一月、一日之利害，固是道理。然以「庶民惟星」例之，則不可云雨、暘、燠、寒、風有係於一星之利害者，文義似為窒礙。

竊以「徵」不言「數」而云「庶」者，天道無窮而難知，人君無時不致謹，故又察於歲、月、日與星以考究其得失，亦所謂「庶徵」也。王之體大，必一歲之利害乃可以當之；卿次於王，師尹次於卿，則當一月、一日之利害也。歲、月、日、時無易者，謂一歲、一月、一日之間無有變動僭易之事也。星者，民之象。星有好風、好雨，則民亦有所好、所惡矣。為人君者，民之所好好之，民之所惡惡之，則亦「月之從星」矣。「日月之行，則有冬有夏」，只是起下文「月之從星」之語，此「日月」字與上「惟日」、「惟月」「日」字恐不同。上文是一日一月之「日月」，此指日月之本體而言。若以上文「日月」皆為指本體，則「歲」當為太歲一歲移一辰之「歲」，然以卿尊當月、師尹卑當日又不通矣。

文公因「庶民惟星，星有好風、好雨」與上面不貫，故謂「家用不寧」以上自結上文了，下文却又說起星之意，愚竊不然。蓋王惟歲、卿士惟月、師尹惟日、庶氏惟星，立言一例，豈有不同？是皆所謂「庶徵」也。但歲、月、日之徵，徵在王與卿士、師尹有以致之；星之徵，徵不在民有以致之，而視在上有以從其欲也，此為有異。亦可見聖人為政，只厚責於在上之人而不徙責之於民，此所以相戒兢業而不敢有一毫之或肆也。

天有黄赤二道，日月有九道，周天有三百六十五度餘，皆是後人推步之法作名以加之耳，非實有也。沈存中之說最善。

五福者，謂使天下之人皆臻五福而不至於六極也。使天下之人皆臻五福，此為治之極功，故以居九疇之終焉，皇極五福即此五福。但彼因皇極言之，重在皇極之建；此則專言之，重在五福之全，五福全則皇極在其中矣。聖人之言自是混融無迹，不似後世比對擺布、牽繫纏綿，功夫益多，義理益晦。今因皇極有五福遂生許多說話，不知九疇雖有施為次第，而道理自相通，豈一件既畢方又起一件，在彼無與於此、在此不宜有與於彼耶？先儒又以五福、六極次第不相配，如「富」應配「貧」、「凶」應配「考終命」之類，皆是太拘。

旅獒

《旅獒》之書，先儒皆以為既克商之後，王心亦有少懈，故召公此訓若嚴父師之訓子弟，又云如教小兒相似。此論固好，然詳味召公之言，亦只是平實道理，何嘗有過為激切之論耶？大抵古人言語皆是事實，自當照依道理說去，非有加也。但不知當時武王受獒之意若何？武王聖人，豈有懈怠之心？不以為當受而受之，於此自有道理。而召公大賢，只守規矩，遂以獒為無用之物，不宜受，而極言之。蓋召公賢者，自不能識聖人之作用也，然召公之言自足為後世法，故夫子録之。後世之人自當守召公之經為正，不宜妄擬聖人之作用而貽害無極也。

「畢獻方物，惟服食器用」，此是召公主意。古之王者無非事者，故所貢之物皆惟切於民用。若獒則是不切於民用，所謂「不足以利器用，則君不舉焉」，而武王受之，召公遂驚駭似有狎侮之意、似有役耳目之意、似有玩人玩物之意，故於下歷言之。

「人不易物，惟德其物」，此極是挈緊之言。蓋不以物觀物而以德觀物，則覩是物者思其德，而皆務於修德矣；不以德觀物而以物觀物，則覩是物者愛其物，而皆競於玩物矣。此實天理、人欲之分，成敗之幾皆決於此。孟子謂「先生以義說秦楚之王，秦楚之王說於義，以利說則說於利」，一字之間而治亂興喪由之，聖賢致謹於幾微之間每如此。

卷五

金縢

《金縢》之書大有難曉，周公代武王之死，此事終有可疑，而又言其「多材多藝，能事鬼神」，自是鬼話。後世相傳皆以為周公至誠惻怛、欲輸危急，余反之於心終有所未安也。又以冊書納之金縢之中，王他日啟而得之，似若預為己地者；又二公亦且不知，至問諸史與百執事，則皆曰「信」；又云「勿敢言」，周公至誠懇惻之事不係宣洩機密利害，又何不敢言之有？即非周公命之不言，而史與百執事之不言亦又何故乎？且聖人舉事自是光明俊偉，為武王而請，所宜請也，則周公自明白為之，何至深密，必使人皆不知而惟己獨知以為異者？今觀其問諸史與百執事，其當時之人亦云衆矣，周公何嘗欲深密，令無人知以為異耶？乃云不敢言，雖二公亦怪問然後得之，何耶？凡此皆反之於心有未安者，故未敢苟信。今皆以為聖人之事、夫子所定之書，反覆委曲以求其解，不知夫子當時所定果如是否？然《武成》之書，孟子亦疑之，在孟子之時亦未經秦火，豈非夫子之所定耶？余姑缺之以俟知者。

「我之弗辟」，「辟」字蔡音「避」，以為周公遭流言，成王疑之，故避居東都以俟成王之察。古註作「法」字說，謂致辟三叔，先儒亦多從之。愚竊以為避居之說只可以語後世之為臣者，豈可以語周公？周公所當之任，在後世不可同日語，周公焉得逡巡而避之以俟察耶？當時管叔已叛，淮夷、徐奄之屬皆已附禄父而起，非但流言而已也。使非周公制叛，則叛者必制周公矣，周公又可空手避居以坐待其斃耶？故致辟之說在周公自不可已。先儒謂「豈應以斤言半語便興師以征之，聖人氣象不如是」，此皆懸想氣象之言也。或曰：「成王既疑，安所請命？周公將自誅之耶？且身既在外，權已去矣，王疑不悟，讒間日深，如後世之事，身尚不保，又欲從容察其罪人而辟之耶？」曰：「聖人聰明睿智，豈有作事若是之愚！夫使權柄一失，不保其身，則周家之業必墜，聖人豈無所見於是而漫然以為之耶？蓋當是時，成王尚幼，陳氏梅叟謂武王有疾之年是克商之二年，成王生纔五年，比武王之喪則成王方十歲耳；《通鑑纂要》以為成王即位時十三歲，此皆不可刻畫。大約言孺子則是幼穉未成人之稱，成王當時尚亦未能省事，而國家政柄全是周公主持，二公輔之，周公以人臣而代行天子之事。伊尹之任商、周公之任周，皆非後世人臣之所得比。由此言之，周之基業非得周公何能定乎？故成王後來賜魯以天子禮樂，蓋亦念此矣。管、蔡流言，正以其跡之近似，亦易使人信。聖人之作用，人亦豈能盡知？況又有殷民之遺，有武庚為之主，又有王室至親為之嚮道，此間不容髮之時，天下安危之所由分，而天下之柄又既在於己，周公安得崇虛避之名而辭其責耶？世皆言成王重疑周公，成王方在沖年，未省事，豈遽能知疑周公者？考之於經前後，亦不見成王大疑周公之意。如《歸禾》《佳禾》，《書序》之言尤足以見成王之未嘗疑也。惟為二叔所惑者，或未能知周公忠誠之心，二公豈不知耶，在朝之多士豈不知耶？以聖人盛德，其孚於人亦非一日矣，故周公得以居東，而所謂誅管、蔡者又安有不得請命者哉？又安有大權一失不保其身者哉？然則誅管、蔡者即居東之時，《詩·東山》『自我不見，於今三年』者，蓋罪人斯得之後又一年耳。朱子謂『殺武庚、致辟管叔於商、囚蔡叔於郭鄰、降霍叔為庶人、命微子啟代殷後，皆此時事』，又云『周公乃告二公曰「至告我先王」，作《大誥》，遂東征』，得其實矣。若云成王既迎周公歸之後，方更命周公誅管、蔡，則是周公二次往東山矣。夫周公惟其主少國疑，大難將起，故不得已權其輕重而誅管、蔡。若成王既長，君臣既皆相洽，流言外侮何足忌，而獨不能委曲處置容一至親耶？故誅管、蔡之事決非迎歸之後，此不可不明辯。又云成王重疑周公，若周公無所自容者，愚敢以為皆非也。」曰：「於後周公作詩以貽王，豈非亦因其疑而欲開其惑耶？」曰：「周公居東既久，成王漸長親政，既未知周公之勤勞王家，豈能無間隔之意？故周公作詩以貽，亦因王知識漸長，使歌咏而自得之。但成王天資亦高，容易開悟，又以周公盛德、二公贊翼，即非雷風之變亦必迎周公矣。故周公東征，後來事體皆已瞭然胸中，非倖而成者。其曰『盡其忠誠，成敗、利鈍不能逆覩』者，又不可以言周公矣。」曰：「如子之説，以成王尚幼，未疑周公，故周公得以遂其東征之舉。若成王既長，亦遭流言之變而重疑之，不知周公何以處之？」曰：「事亦難以逆料，但聖人至誠動物，若成王既長，自知周公矣。萬一昏愚之甚如紂者，然後微子、箕子之徒始為不得已之計耳，然至此極者甚少，聖人力量自是感格不同。」

「我無以告我先王」者，謂我若不辟罪人而得之，則恐終為摇惑，致危王室，先王其謂我何？蔡説恐未見下落意思。然居東二年之久迺得罪人，以聖人之兵，豈不能即克之耶？遲迴至於二年，則其初豈有誅之之意？中間無限委曲、開諭、化誨之不悛，故卒不得已而誅之耳，於是尤見聖人天性之至情。而《春秋》「鄭伯克段於鄢」之書，與此正相反矣。王肅謂管、蔡與商奄共叛，故周公東征鎮撫之，案驗其事，二年之間罪人皆得者，亦是。

大誥

此篇蓋周公東征，以誅叛之義告天下也。其云「殷小腆誕敢紀其敘」、「曰：予復！反鄙我周邦」，則武庚已叛，難已作矣。周之致討自不容緩，而成王尚幼，周公其將委之何人乎？而又豈容空手避居東都三年之久，直至迎歸之後乃奉王命以徂征，則其叛者將不四出滋蔓，而三年之内將何以待之耶？蓋《金縢》所謂流言於國者，非只是流言也，古史記事，文不必具，自是如此。後儒不能深考其義，而謂以片言即興師以誅之為非聖人氣象，將天來大事看作閒言語。嗚呼！豈有此等言語可作等閒看了？蓋「不利孺子」一言，是構禍發難題目，兵出無名，事固不成。後世起兵舉事，皆要提一大題目以聲其罪，以為名耳。管、蔡發端如此，即周公不為一身禍福之計，不將為天下安危計耶？故謂迎歸以後方始東征者，考之於此，其不可通益顯然矣。

大誥東征，周公之舉。成王尚幼而皆稱王言者，可見周公自武王崩，雖有攝政，而其正名出令未嘗不以成王為主，此於義理、事體甚正，亦何可疑？特管叔造流言以為名耳。周公之征，非避流言致討其叛也。既造流言，必不得不叛；既已叛，必不得不致討也。

「洪惟」字亦是古話頭多如此，如《泰誓》「洪惟作威」亦同。蔡以「惟」字訓「思」，謂「大思我幼冲人」。《書》中言「惟」者多，如云「惟皇上帝」、「惟其克相上帝」等類不計其數，何獨此專訓「思」耶？

「矧曰其有能格知天命。」蓋下文將言不敢閉天威用及大龜紹天明，故先謙言，亦以見非己一人之私意也。語氣謂予實不知天命，但予小子夙夜危懼，若涉淵水，惟求所濟，實欲敷陳增光前人受命，於此不忘其大功，然則武庚今日倡亂，天實誅之，予不敢閉於天降威用也。

「寧王遺我大寶龜」至「越茲蠢」，此言即命於龜曰：「有大艱於西土，今西土亦不得安寧，於此蠢然而警動也。」「蠢」者，無知而警動不安之意。此篇「兹蠢」、「今蠢」并「允蠢鰥寡」三「蠢」字皆是百姓驚動，非謂武庚蠢蠢而動。蓋四國作難，百姓自然驚動不安。

「殷小腆」至「周邦」，聲武庚之罪；「今蠢」至「并吉」，言得人心之應而卜兆之吉，以見皆天意所當征也。但「今蠢今翼日」，雖依《蔡傳》今解，終有難曉。

「肆予告我友邦君」至「不違卜」，承上謂殷罪如此，人心、卜兆如此，故告汝以伐殷，而汝不可也。其言曰「艱大，民不静」，推原其故，亦惟至親倡誘之，故於此謂：「予小子當考正而安定之，不可即往征之也，卜雖得吉，王何不違卜而勿征乎？」蓋友邦君諸人之意，以為作亂者是管叔，為王室之至親，非他人比，是可以恩意呼之使來，可以不煩兵力而定。此意固好，然不知其不能而怠緩玩寇，時不可失也。厥後周公亦至二年而罪人斯得，豈無是意行於其間哉？上言「有大艱於西土，西土人亦不静」，故此云「艱大，民不静」，正以應上文也。

「肆予冲人永思艱」至「乃寧考圖功」，承上言汝意欲違卜如此，是以我亦長思此大難，非不思而妄為也。思之則尤見痛切於身，曰：「信驚動此鰥寡之人為可哀也！予之所役，乃天役也，蓋天遺大事、投大艱於我之身，我於是不能自恤矣，汝當勸勉我也。」「義爾」，猶言汝等皆義也。

「已！予惟小子」至「丕丕基」，言天意見於卜決，當從卜以東征也。

「王曰」凡四，每「王曰」為一節，皆更端以告之，以盡其義也。「寧王」，舊註作「文王」，蔡傳作「武王」，然意以安寧天下故稱「寧」耳。「爾惟舊人」至「攸受休畢」亦作三節，皆稱天，稱寧王、寧人，以見承天意、紹祖業在此舉也。「天棐忱辭，其考我民」者，謂天輔我有誠信之辭，其以成我民也。「忱辭」，化誘邦君之辭也。

「王曰：『若昔朕其逝。』」至「其勸弗救」，則皆喻其當紹祖父之基業以伐殷也。「嗚呼，肆哉」至末，復反覆歸於天命而見於卜，決意東征也。周公將東征，而告諭天下勤懇切至如此，蓋亦伸大義於天下以曉示人心，然後從而征之。聖人舉事，豈是草草一聞謗言，遂避居以待主上之察耶？

此章誥語多主卜者，蔡以邦君、御事欲王違卜，故以卜吉之義與天命、人事之不可違者反覆告諭之。竊意以古人作事動歸於天而已，未嘗有一毫私意也。卜者，所以紹天之明。龜筮既從，天命之矣，卜與天命非有二也。故此篇拳拳於卜者，正在敬承天命以從事，非徒以卜而解諸人之惑也。又朱子謂：「周公在當時，外有武庚、管、蔡之叛，內有成王之疑，天下岌岌然。此誥當以聳動天下，今乃意思緩而不切，殊不可曉。」愚竊以為此正周公所以為周公也。學者未有聖人之根本，安識聖人之氣象？聖人遇事，正不如是周章。今人處些小事便自狂奔盡氣，欲求聳動乎人，便是伯術用事。聖人只平平說去，誠意自至，且亦足以見當時成王未嘗大疑周公也。

微子之命

《書序》云：「成王既黜殷命，殺武庚，命微子啟代殷後，作《微子之命》。」其傳云：「啟知紂必亡而奔周，命為宋公，為湯後。」古今皆云微子抱祭器歸周，至云面縛之事，如《左傳》《史記》所言，予前已辨之矣。今觀是命，是即殺武庚之後，成王封之，武王未嘗封之也。而諸傳引《樂記》之言云「武王克商，既下車，投殷之後於宋」，謂武王已封宋，但未為殷後，今因武庚之黜始為湯後，蓋只申命之，非至此始封之也。愚竊以為微子若封於武王之時，則當時封命之辭何無所見？不特其辭無所見，即其已亡之序亦無所見也。說者又以為既封箕子於朝鮮，豈有不封微子之理？嗚呼！箕子之封又將何所見乎？是并其引證者尚非也，而況於其本然之事實乎？箕子於朝鮮亦已有論於前，而此云「微子之命」者，不改其舊爵之名也。不改其舊爵之名，是微子前此未嘗封也；箕子亦始終只稱為箕子，是箕子亦未嘗封也。武王訪道尊賢，豈不欲封之？意必二人不受，武王不得而封之也。夫國破君亡，不肯為臣僕，宗臣之義在微子者，猶其在箕子也。微子懼宗祀之無所託，故去之而遁於野，其心豈得已乎？此時宗祀為重，君為輕，故雖流離荒落之中，而先王祀事不泯，精神有所棲斯已矣。若必以爵禄為榮，非其志也。既而武王封紂子武庚，微子之心可以少釋。使武庚能賢，克紹厥猷，一王典章不至淪没，微子又何求乎？不幸武庚又敗，則續其緒者非微子而何？蓋去就輕重之義，於是亦可以出矣。故微子之就封，其義有二：一以存聖人之宗祀，一以備一代之典章。是微子之封由武庚之敗也，其封命始於此也，非申命之云也。武庚不敗，則微子決不就封，豈有宗國方没、宗廟播遷、人事變易之形方在目擊，而二三人者相效而襲大封，尚可謂之「自靖自獻」而又謂之仁乎？且其辭亦自可見，云「庸建爾於上公，尹茲東夏」，豈非始封之辭乎？《書序》雖云不可信，然亦有可信者，秦漢之時去古尚近，不如今更遠，只是懸想無所據依也。凡此皆是大公案，古今皆相承襲，未有以為非者。予不諱論之，以俟知者。

康誥

《康誥》《酒誥》《梓材》三篇，《書序》以為成王時書，而胡五峯、吴才老、文公皆以為武王時書，蔡子因之，其考證亦明，不復可疑矣。成王雖君，其在康叔豈有專稱「小子封」之理？古者君臣之勢，不至若後世之懸絶。《詩》：「王曰叔父，建爾元子。」周家辭命，稱尊行皆云伯父、叔父、伯舅之類。此篇辭氣亦可證其為武王言也，但不知是初封之誥否，或封來朝又以誥之也，或入為司寇而後往國，今皆難以臆度。但篇内「明德慎罰」雖是綱領，而獨詳於用刑者，蓋殷民化紂之惡，如微子所謂：「卿士師師非度，凡有辜罪，乃罔恒獲，小民方興，相與為敵讎。」又紂作炮烙之刑，則是邦之人其遭刑罰之不中，極矣。故指事歷條丁寧而告戒之意，其蓋有所為，此亦可以見紂惡之極而武王愛民之深也，如《酒誥》亦是此意。

細觀《康誥》，發首即曰「孟侯」，則已為諸侯之長矣，又曰「肆汝小子封，在茲東土」，推言其所以有國之由，則非始封之辭矣。篇内固以「明德慎罰」為綱領，然大約明德慎罰不可作兩股兩事，蓋慎罰必由於明德，德之不明，罰何由而能慎乎？皋陶「邁種德」故能「方祇厥敘，象刑惟明」，此拳拳所以告之者，欲其先務明德於己而後致謹於用刑也。《蔡傳》以「汝念哉」以下言明德，「敬明乃罰」以下言慎罰，「爽惟民」以下欲其以德行罰，「封，敬哉」以下欲其不用罰而用德，似太分析破碎。夫心不敢有一毫之或肆，則見於事不敢有一毫之或苟。罰之所以慎者，德之所以明也。所謂「敬典」，所謂「敬忌」，皆一而已矣。

「今民將在祇遹乃文考」，《蔡傳》謂「今治民將在敬述文考之事」，愚以為「今民」即作「今治民」於文義不通。又「遹」字古註訓「述」不知何所出，《大雅·文王有聲》「遹」字甚多，朱子以為其義未詳，疑與「聿」可為語助之辭，亦是以意會之。大抵古字不可解者亦多，今必欲隨字生義，釋之亦有何難，但終不是古人意思，只當大段會其大旨為是。此句謂文王之德入人之深，今民將在敬念乃文考，汝當斷前聞而服行其德言，則可以慰民而安民矣。

「弘於天」與下「乃服惟弘王」，意亦同謂「弘乃天道」。古人終日只是事天，故無時不言天，天道即王道也。蔡說「天者，理之所從以出」，似太拘，亦太深求耳。

「天畏棐忱」，「棐」字以上通改作「輔」字。文公謂《漢書》顏師古「棐」、「匪」通用，如是則此當云「天可畏而難信，民情可見而難保」也。

「乃服惟弘王」，語意當承上，云乃服行此言，惟恢弘王道保殷民也。

「外事汝陳時臬司，師茲殷罰有倫」，竊謂此是欲其勑用法之有司，當「司」字為句；下文「陳時臬事」則戒其自用法也，當「事」字為句。語意謂汝陳列是用法之司，當令其師殷罰之有倫者，汝自家陳列用法之事則當以義行之，不可用汝之私意又有自矜之心也。

「要囚」，作獄辭之「要」，恐未知《周禮》「異其死刑之罪而要之，旬而職聽於朝」即此事也。

「爽惟民迪吉康」者，謂當明其道民於吉康者。夫在上者以德化民，民化於德，乃吉康之道，故我亦惟殷先哲王之德，用以康乂其民，作而求之而已。況今民皆染紂之惡，無有迪於吉康之道者，故皆不知所適。然則為人上者，不有以迪之，則何以為政哉？

「今惟民不靜，未戾厥心」，亦宜就康叔說，謂今惟民未能安靜，未止其心，雖屢有迪之，未能同歸於善，則明明上天以為其責在於道民者之罪，其罰殛我，我何敢怨乎？故罪不在大與多，小有違天之事，亦即是罪而罰之矣。況使民不静、不從化，則愈積愈盛，其醜穢之德顯聞於天，是其罪大矣，罰殛安可逃乎？蓋深念商俗之惡，欲康叔盡反其舊俗而導以從善，至於大同而後已也。

酒誥

「肇國在西土」者，周家自后稷封國，至文王而人心歸之，三分有二，其國始大，故曰「肇」。「惟天降命，肇我民」，謂惟天降命於周以始有此民，即「肇國在西土」之謂也。天之降命如此，是以有大祭祀而用酒也；「天降威」者，德不若天而天降威，亦無非由於酒之過耳，蓋言酒以報本，亦以召亂也。古今儒者皆以「天降命」為天始令民作酒，殊不通。

「爾大克羞耉惟君，爾乃飲食醉飽。丕惟曰：爾克永觀省，作稽中德。」「羞耉」，蔡以為「大能養老」，固好，但爾克飲食醉飽則非老者之飲食醉飽矣。上言養老而下即承云自家醉飽，不通。又「克羞」之「羞」作「進」字解，二羞不同。又「克永觀省，作稽中德」，先儒皆以為德全於身，庶幾可以交於神明而與其辭，意與饋祀相屬。夫古人重祭祀，葛伯不祀，成湯伐之；商紂弗祀，武王征之，故「克羞饋祀」其職已盡、其義自足，何必又加以「克永觀省，作稽中德」之意冠於其首哉？愚竊反覆其義，以「羞耉」為大能進於老成之道，而齒德為老成之人，稱其居民上者，則可以飲食醉飽矣。禮：居喪，自六十已上食肉飲酒如故。《詩》云「為此春酒，以介眉壽」，則古人於老壽之年不惟有肉而又有酒也。爾能如是，大可謂爾能長自察省，作而稽乎中正之德矣。蓋人若一時為善，未可卜其終也；一事合義，未可信其他也。人至於老成，則其平日所以致謹於身而克成其德，非特一時一事而已，故曰「克永」、曰「中德」，斯可以取信於人而視法之矣。又爾尚能進其饋食，爾乃可以自介而用逸也。大約二條：一進於老成之時，可以飲酒；一祭祀之時，可以飲酒。古人於酒，其重如此，後世此義不可得而言矣，其安能不蹈危亡之轍哉？

「矧惟若疇，圻父薄違，農父若保，宏父定辟。」此數言者，古註皆「父」字為句，王荊公始讀「違」、「保」、「辟」為句，而朱子深有取焉。大抵古書字義多不可通，今以「薄違」為「迫逐違命」，亦只是以意臆度。若以為不違農時，夫豈不可即如古註釋謂「矧汝所咨問之圻父，不可有違之農父，汝所保安之宏父，皆所賴以定其君者，可不謹於酒乎」？亦未嘗不通。《蔡傳》以「薄違」為政官之職，而「迫逐違命」固若可通，然以定辟屬宏父，為「制經界以定法」，則亦牽強甚矣！且司空居四民、時地利，豈但定經界之一事耶？竊意如此之類，只當會其大義，則道理自明。若必細細以為盡得其義，則於胸中亦未免破碎，而又鄙笑前人，以為惟我獨得，此蓋宋儒承襲之病，亦不可不知也。

梓材

此篇反覆詞氣，不似武王告康叔之辭，故其名篇亦不稱曰「誥」也。惟篇首有「王曰」二字，故以為武王之言，其實「王曰」以下皆似同列之辭，意周公稱王之意而告之也，自「王啟監」以下更可見。若必以為武王之言，亦只至「戕敗人宥」為君告之，後面即為周公告之也。古人記《書》，多將前後事合成一篇，加以中間一二殘缺，遂有難讀。今只會其大意如此，蓋周公秉國之鈞，康叔至親，以理論之，豈無相告之情？故但以為周公之辭，則一篇皆通，而其數稱王以告之，要在以德輔王而保民也。若下文「今王」以下，蔡以為臣下進戒之辭；「欲至於萬年」，以為祈天永命之辭，皆隨文而求其義，以為錯簡在此，則余未敢信其必然也。

「汝若恒越」一條，蔡傳、朱子皆以為不可曉。愚竊以為《尚書》之辭摠是難讀，而前後解釋不過隨文生義，何獨於此而不然乎？今亦以意解之，蓋承上文邦君所係於民其重且切如此，則汝可不自其身而謹之乎？汝若常於言我有師師之三卿及尹旅，曰「我罔猛厲以殺人」，是無罪不可妄殺，固為是矣，然亦汝為君者先敬慎而勞來乎民，於是彼為臣者亦往敬慎而勞來之也；其於姦宄、殺人、歷人者合有罪而反宥之，固為非矣，然亦是見其為君者所行之事，或戕敗乎人而亦反宥之，故其臣亦效而宥之也。是則刑罰之當與不當，上之所好，下必有甚焉，康叔當正其身、端其好惡以為臣民之軌則也。

「王啟監」至「攸辟」，大約欲其以德化民，又引古義而戒其所其監之者不至於邪辟也。「惟曰：若稽田」至「丹雘」，則戒康叔以慎終如始，不可有始而無終也。「今王惟曰」至「丕享」，則推言先王以德懷天下，故今王設監立牧，亦是既用明德之君以綏集天下，故庶邦大來享也，汝可不知此意而用德乎？「皇天」至「先王受命」，則言先王所以用德者，蓋天以斯民命先王，使司牧之，故今王惟欲用德以「和懌先後迷民」，正以慰先王受命之意，我之體先王者如此，汝又可不知此意而用德乎？「已！若茲監」至末，則欲其用是道以監其國，惟欲助王子孫以保民也。蓋惟德之用則慰先王，慰先王則當天心，庶邦效之，四方則之，邦不期昌而昌，天命不期永而永矣。《秦誓》曰「以能保我子孫黎民」，是亦本於休休有容之量。為人君者，其可以刑威立其國而望其祚之久長哉？

召誥

此因營洛之事，召公訓成王之辭。古人因事納諫，况親政之始、宅中圖大之大事耶？周家以鎬京為根本，屹然不動，建洛邑於土中以臨諸侯，是洛邑者，乃其施政之地。自武王、周公規模久定，特自今日始成之耳。蔡氏謂周公本欲成王遷都洛邑，而成王則未欲捨鎬京而廢祖宗之舊，此説非也。然營洛雖周公之規模，專董其役者，召公也。想周公攝政事大，其至於洛，只是祭告、頒書命即歸，故召公因其歸而即陳戒耳。「取幣」者，蓋當時庶邦冢君以宅洛大事而至用幣為享，而召公奉以達王，故末云「惟恭奉幣」也。

「越若來」三字蓋有難曉，蔡註亦未是。既以此例《堯典》「曰若」，則是助語之辭，而又解云「迤邐而來」，何其相矛盾耶？古註作「於順來三月」，是亦隨字而解。古人「越」字、「若」字常用，下文「若翼日乙卯」，「若」字想亦是助語之辭。今會其意，上文云「二月」，此云「越若來三月」是即此年之三月，非下年之三月也。大抵此等處皆不可執泥，必求字字訓釋則鑿矣。

「用牲於郊」者，想只是周公攝行之，蓋此時洛邑未成，成王未至洛也。至《洛誥》「戊辰，王始在新邑，烝祭歲」，先儒林氏謂「召公營洛，自戊申至甲寅，七日而位成；周公繼至，自乙卯至甲子，十日而『用』書，『庶殷丕作』」，以為「自成王至豐距甲子，凡一月而成萬年之業，周、召規模其敏若此，非後世可及」。以愚觀之，豈有是理？「厥既命殷庶，庶殷丕作」，此下更有許多事始成。古書不書，不盡載也，豈有作一大邑城而一月可辦？其忙逼勞傷，聖人氣象大不然也。雖云不日成之，此只見文王得人心之至，讀者正不可以文害詞也。

「入錫周公」，「錫」字與《堯典》「師錫帝曰」之「錫」同，非徒以幣與周公，蓋重託而告之之意。上告王及公，并告庶殷及其卿士，所謂「上下勤恤」也。蔡註以卿士為不敢指王，至謂猶今稱為執事者，尤恐失之遠矣。古人警懼畏敬之心合上下而皆然，故能上下同德，合三千人而一心，後世惟不知此義，故人各有心。自君相而下，殷民、周士無不同德一心，敬服天命，此召公所以拳拳忠愛之誠也。

「王敬作所」，以敬為所，如仁為安宅、義為正路之謂。蓋安身立命於是，造次顛沛於是，更無有他事也。

召公告成王之辭亦自明白，無勞解釋。大約首推天命之有在，欲王稽謀自天，而不可不敬；自「有王雖小」以下，欲其盡元子之責，以諴小民而化人，而不可不敬，化人亦所以諴小民也；自「王乃初服」以下，欲其謹於其初，而不可不疾敬德也，謹於其初亦只諴於小民而已；「其惟王勿以小民」至「欲王以小民受天永命」，則歸言愛民以永命也。蓋天之所以改厥元子者，亦哀於四方之民也，然則王之所以受天永命者，舍愛民其何以哉？是「欲王以小民受天永命」一句，一篇之骨子。所謂「敬德」不一而足者，又豈外是而有他道哉？治天下之事，後世言之累卷帙不能盡，而不知其實在是無多言也。《大學》論「平天下」章，亦惟在於「民之所好好之，民之所惡惡之」，乃知聖賢之言先後一轍。有天下者，其可不以父母天下為心哉？

洛誥

「復子明辟」，如古註、孔氏皆以為攝而復政之辭，至王氏安石乃以為「復逆」之「復」，宋諸儒從之。夫以為攝而復政者，成王尚幼，周公以身任天下之重，何嘗履君位乎？如《明堂位》所言「踐天子位以治天下」，此漢儒附會之謬説也，此固無俟於辨而自明者。然伊尹、周公皆有復辟之事，愚固謂伊尹之任商、周公之任周皆非後世人臣所可擬者，有伊尹、周公之聖而又有伊尹、周公之任，任之所在，責之所歸，故不得已而當之。以聖人為之，至誠感動，始終有濟；若無其德、無其任而冒當之，未有不犯於逆亂之倫者。此王莽之徒雖竊以藉口，然亦豈能以溷日月之明哉？後儒因王莽之事遂將周公變易其説，蓋不欲使公之忠聖一淆於逆亂之跡，其愛公可謂至矣，其所以待公不其淺乎？嗚呼！操之不可為文王，莽之不能為周公，豈待後世方知之？而當時所為已如白黑之不可同日語矣！混碱砆於珠玉之間，何損於珠玉耶？由是言之，聖賢之事，各論其實而已矣。

《書序》以此為使來告卜而作，今詳其義，全不重在告卜，特敘其事自告卜始，蓋洛邑既成，成王初往新邑以發命施政，而周公告戒之辭。是時成王既長親政，周公欲明農而成王留之，君臣問答，史皆録之以成篇，重在治洛，故名《洛誥》。當宅中之始、新政之初，召公、周公皆告戒之，切大臣責難之義，非後世所能及也。

「周公拜手稽首曰：朕復子明辟」，愚竊以為是與成王對面之辭，非授使者之辭也，「王拜手稽首」亦是成王對面復周公之辭。當時周公定洛而歸復於王，而因以告戒之。但《康誥》之首以為是此篇錯簡，則又似在洛之時，豈成王與周公俱至洛之時所言耶？細詳錯簡之言，未見其然。下文云「予齊百工，伻從王於周」，又曰「惟以在周公〔二〕往新邑」，又曰「汝往敬哉！茲予其明農哉」，則當時鎬京之言矣。

「亂保」者，繼文、武，保成王也。

「我二人共貞」者，謂己與周公共正以承之也。《易》多言「貞吉」，此雖獲吉，猶必以貞，成王此時可謂知勉於德矣，周公所以欲令親政而自欲明農也。觀於此言，成王豈肯聽周公之去哉？「拜手稽首誨言」，是成王之求教也。

「王肇稱殷禮」至「以功作元祀」，是周公以王往新邑必先祀典，因此祀典教以御臣之道。若謂以舉祀為首務而教之，則自有一定禮典，成王豈冥然不知如是耶？「予惟曰：『庶有事』」，語意謂予惟望其庶幾有善政事也。

「丕視功載」，「載」，事也，即「載采采」之「載」，謂大視羣臣之立功行事而公行勸懲也。「以功作元祀」是表異其已往者，「丕視功載」是旌別其將來者，二者並舉而行之，臣安有不勸而政安有不舉哉？

「乃汝其悉自教工」，可見以前皆周公總百官之任，而此則始欲其出於成王，是周公既有欲退之意矣。成王下面留周公，有云「迪將其後監我士、師、工」，則成王猶未欲周公之退也。又曰「厥若彝及撫事如予」，又曰「乃惟孺子頒，朕不暇」，又曰「篤敘乃正父罔不若予」，詳味先後之言，皆是周公歸政之意，安得不以「復辟」為「復政」？但伊尹復政是太甲方免喪之期，周公以成王已在位，但其年尚幼、國家多難而以身任其事耳，及成王長而歸之，使親政焉，其與伊尹又不同矣。

先儒呂氏謂漢文近於「惇大成裕」而無所謂「明作有功」，漢宣近於「明作有功」而無「惇大成裕」，此大約言之。其實先王以道治天下，視後世以法把持天下者相去遠甚。以道治天下，只是至誠惻怛之意行於其間，自然事體覈實而又氣象寬裕，彼以法把持天下者於二者何有？

「頒朕不暇」，當如陳氏經云：「汝當頒我前日未暇為之事一一行之。」「彼裕我民，無遠用戾」，分明是教成王治洛之事。

先儒以「公明保予冲子」以下為成王命公留後治洛之事，「王命予來」以下為周公許成王留洛之事，今詳上下語意似不然。蓋古史敘事多非一時之言，但若此等則問答應對、語脉相承，不可分為兩處，竊意在鎬君臣答問之言也。若如蔡說，則是以為成王、周公皆在洛之言，而上文「汝往敬哉」之言又不可云在洛矣。夫周公謂「汝往敬哉！兹予其明農哉」，故成王留之，「公明保予沖子」以下皆留之之言也，上下語脉自應相接。豈可以「明農」以上為在鎬之言，「明保沖子」以下又為在洛之言，分為異地兩時，使周公陳欲去之言下無所接，成王致欲留之意上無所承，皆不可得而通也？其屢稱「王曰」，自是古體如此，亦不可以為先後之言也。讀者於此語脉既見得有下落，則其所謂留周公者，始可得而言矣。夫留周公者，但留其在左右以為輔，非留其專治洛也。蓋周公之意以為向不得已而任其責，今亦可以少紓，而成王之留則以己雖親政，然不可一日無周公以慰天下之心，故懇懇留之以自助也。下云「公勿替刑，四方其世享」，則其所以屬望於公者何如哉？由是言之，其所謂「即辟於周」者，是初欲往新邑以朝諸侯也；「迪將其後監我士、師、工」者，欲周公留在王朝啟迪其後，且以為士師之表率也。曰「公定，予往矣」，「往」字即應上文「汝往敬哉」之「往」，將謂往新邑，欲周公安定，己以往也。若如蔡說，則上文周公方戒王以往新邑，未見其至新邑，而下文成王又即告周公以往鎬京耶？況其所謂「和恒四方民，居師。惇宗將禮，稱秩元祀」皆是王將往新邑之事，則此為在鎬無疑矣。大抵建洛邑以朝諸侯，以弘王政，此天子之大事也，故謂之成周者，言王化之成也。武王之意，周公終之，正為億萬年王者宅中圖大之地，其事何其重，而成王初政又孰有先於此耶？故召公因奉幣而旅辭，周公因即辟而致訓，其致難、致慎如此，蓋深有見於斷天立極之大義也，豈有周公身自營之而又身自居之？成王在西，周公在東，是二王矣，孰為中天下而立以朝諸侯者哉？向者武王既崩，成王尚幼，周命新集，人心未固，周公以身直當其責，雖非履天子之位，然天下之事悉屬於周公矣。此在人臣另是一格，豈周公之得已哉？今者成王既長，新邑初成，天下方拭目以望新辟之政，而周公亦正欲其示儀型以慰天下之心，而亦可以息肩於己也，而又何待於己之居之，而居之又何名耶？《周禮》云：「天地之所合也，四時之所交也，風雨之所會也，陰陽之所和也，然則百物阜安，乃建王國焉。」若以為周公鎮撫之地，則不必營建若是之重；營建若是之重，則決非人臣之所宜居矣，此與後世留守之義自是不同。宋儒惟以後世為例，看之太輕，故有周公治洛之說也。然周公雖不必留後於洛，而其所以處置訓化殷民者，皆周公之責任經畫也，故《君陳》《畢命》以始、中終言之。尹與保釐，在二公之特命又自不同。

「予小子其退」，「退」字必有缺誤，不可强為之說，古註謂「我小子退坐之後」，皆强說。

「命公後」者，還當如古註之說，云「命立公後，公當留祐我」。宋儒以為命公留後於洛，恐周時未有留後之說，以後世之事而準古人，非其據也。下文「王命作冊逸祝冊」等事如許之重，非分茅胙土特大重事何至如是？若只命留後鎮撫，亦自不須如此。且此云「即辟於周」，如蔡氏註是舉祀發政之後即欲歸居宗周，則所謂「命公後」者，當是在宗周命之之辭語脤方相承，而下文命後迺在新邑，其說不得通矣。又「命公後」是成王面告周公之辭，若命伯禽可加「命」字，若即欲周公留後則當云「公其後」，加一「命」字又不通矣。蔡註又證以「《費誓》『東郊不開』，乃在周公東征之時」，此《書序》之言也，但《書序》亦只言「徐、夷並興」，安知是周公東征之時？惟《史記·魯世家》則云「伯禽即位之後，管、蔡等反，淮夷、徐戎亦並興，於是伯禽帥師伐之，遂平徐戎」，似為可據，但《史記》作於載籍焚滅之餘，史遷志在成書，其歷年先後、世次多不可依。今當以《尚書》為準，寧缺《史記》之疑以信《尚書》，不可遷就《尚書》以合《史記》也。且「命後」、「作冊」其禮至重，非命留後無疑，而居洛與王對峙，決非周公此時之所宜然矣。詳味「即辟」二字，即上「其基作民明辟」、下文「亂為四方新辟」之「辟」，蓋皆始事更新之辭。若歸居宗周，則成王即位已久，不可言「即辟」矣。

「公無困哉，我惟無斁其康事。」成王以自己能不厭於安民之事以留公，則周公之心、成王之志皆可識矣！

「王命予來」至「永觀朕子懷德」，是周公許王留而相勉以成績之辭，其屢屬意於殷者，殷人引考乃為道化之成也。以後世言之，區區殷遺何足介意，即不殄滅之，亦必拘繫禁錮而使之無能為也。惟王者則不然，彼其心以天地萬物為一體，一夫未格，疾痛在身，故必使殷民皆革心向化，忻然如一家而後已。故置之不較，非王政也；驅之以刑，非王政也；優游於道化之中，如陽春動而萬物生，此聖人之所以成化也，故「受有臣億萬，惟億萬心」，武王「有臣三千，惟一心」，古人明明德於天下皆是如此。此周公所以拳拳於殷之遺民，非若後世自私自便、富有天下之意也。

「王命予來」以下，周公語氣大略謂王命我留，承保光明文、武之業，以益大我責難之恭。王之意固云善矣，但王孺子來相宅，方新邑新政之初，其大惇厚其典禮與殷之賢人，以致盛治，為四方瞻仰新君，作周家恭敬之先。蓋王能恭，則臣下罔敢不恭，而後王亦無不承其恭矣，所謂恭先也。由是而咸曰：「其自是中立以治萬邦，咸有休美，惟王有成績。」此今日營洛之意也，王能如是，我旦豈敢必其去耶？當倡率衆卿大夫及治事之臣，篤厚文武成烈，答天下之心，作周家信臣之先。君臣各相勉於為治，庶幾成我明子儀型於天下，而盡文王之德矣。使時時謹慎殷民，殷民亦自然從化，此時乃命予安寧也。謂之「寧」者，是致政之事也。予於此時樂周道之有成，以鬱鬯之酒致其精神，拜手稽首以休美致享，不敢越宿而告於文王、武王，以慰二聖之心且致其祈禱之辭也。「曰明禋」者，即以秬鬯之酒謂之明禋，所謂「黍稷非馨，明德惟馨」也。「王伻殷乃承敘萬年，其永觀朕子懷德」，又總結而勉之以致意於化殷也。觀成王留周公，皆是廣及四方之辭；周公戒成王，則尤以殷為重。

若謂「王命予來」以下爲周公許留治洛，則「孺子來相宅，其大惇典殷獻民，亂爲四方新辟，作周恭先。曰：『其自時中乂』」皆是教成王治洛之言，方勉之以往，何嘗聽成王之歸鎬京而以己任之耶？「予旦以多子御事」云者，只是許王以不去而率諸臣以盡輔弼之道而已，何嘗見其許之治洛耶？此等辭語尤爲可驗。

細詳成王留周公之辭，皆是廣及安定天下之大計，而非專爲治洛而發。云「光於上下，勤施於四方」，謂周公之德在於天下，則欲周公不去以久厭天下之心也。云「功棐迪篤，罔不若時」，則欲周公輔導啟迪時時如常也。云「四方迪亂，未定於宗禮」，則欲周公不去，使四方皆安定其功也。云「誕保文武受命民，亂爲四輔」，周公去則左右前後輔導無人而民不安，故欲其留以爲輔也。「四輔」，如《王制》設四輔及三公，左輔、右弼、前疑、後丞爲四輔也。云「公勿替刑，四方其世享」，則欲其不去，爲四方之取則也。凡此皆只留以治安國家之意，何曾專及於洛邑一方之言？如後來《君陳》《畢命》是專命之辭，自然諄諄不息。蓋以周公之德，在成王當留以自輔；君陳、畢公，保障一方之才也。周公之功，於洛邑不宜以更居，君陳、畢公則可以無所嫌也。此其道理可信之大者，有見於此，則其區區援引證據亦無事頰舌之煩矣。

「乃命寧」，蔡註以「寧」字屬下句，爲「綏寧周公」，而又謂明禋、休享「事周公如事神明也」。《周禮》王禮上公，再祼而酢，固有尊之以神明之禮，但此是周公自言，周公豈應預令王以神明之禮來禮己耶？古人鬱𢝊最重，皆不宜周公自言。今只依古註「寧」字為句，以寧為致政而安寧，如蔡以周公治洛，則是方有政事，亦不可自處以謂之寧矣。「戊辰，王在新邑」以下，方是紀王往新邑之事。「誕保文武受命，惟七年」，則只是攝政之七年也。朱子謂前已屢有答問之詞，其後乃言王在新邑，有不可曉，因以詰吕伯恭，無以答。以愚觀之，正為前面問答為詞未有下落，故此遂不通。前面既是在洛問答如許之詳，此方紀「戊辰，王在新邑」為說不去，於此又可以證前面通是將往洛之言，是猶在鎬京也。

校記：

〔一〕「周公」，他本作「周工」，參見平津館叢書孫星衍《尚書今古文注疏》第十九、十萬卷樓叢書金履祥《書經注》卷九、清光緒刻湘綺樓全書王闓運《尚書箋》卷十八等。

多士

「惟三月」者，竊謂即《召誥》「越若來三月」，蓋即是營洛之年。方遷殷士，遂營洛以居之，故誥告之也。蔡註以為成王祀洛次年之三月，蓋由於周公治洛之說也，不知《康誥》之首稱三月，《召誥》周公至洛是三月，而此又稱三月，可以見皆一時之事也。夫遷徙重事，況遷商遺民多士，所係非輕，得不有以告之耶？蔡祖吳氏之說，以武王已有都洛之志，故周公黜殷之後，以殷民反覆難制即遷於洛，至是乃建成周，是以遷殷在營洛之先矣。而《洛誥》云「我卜河朔黎水」，固欲以遷殷，不得卜，「又卜瀍水東」為下都，是當卜之時未有定處。若在先已遷，則一定之所，何待至此而兩加之卜耶？此其事跡明甚，無可疑者，惟其膠於周公治洛之說，故以此為周公之新政而以意為之說耳。大抵去古既遠，日月先後亦無由知，讀《尚書》者惟須得其大義為要。若是，則周公未嘗自留後治洛也；若是，則告戒殷民惟欲其順應一德，而非以其數反覆難制也。下文「予惟時其遷居西爾」與「移爾遐逖」、「予惟時命有申」，皆謂今日遷時事，非本前日而言也。

「非我小國敢弋殷命」、「我其敢求位」，皆言其非出有心之私也；「惟天不畀」、「惟帝不畀」，皆本於天命之公也。然天命非他，亦視下民秉為而已，此皆至誠惻怛以告之，所謂推赤心置人腹中者也。殷士之賢者，寧不知所警動乎？

「惟我事不貳適，惟爾王家我適」，謂我之事不容有貳而之他，惟爾王家亦我適，此事勢之必然者。《詩》云「商之孫子，其麗不億。上帝既命，侯於周服」，所謂「惟爾王家我適」也。予之初意以為惟爾大無法度，我不爾動，聽從乃邑，言不遷汝，然亦念天即於殷而降大戾者，由是不正其法度之故，是又不可以不遷也。紂之身死國亡，武庚又敗，四國被誅，所謂大戾也。「予惟時其遷居西爾」，則告以必當遷也。蓋殷既淪喪，又遷其臣士於新邑，喪敗變革之形，人情豈能無不堪者？故周公告教委曲如此。若是遷居既久，人情自漸消，亦何事多言哉？以是又見遷頑民在先為臆說也。

「予大降爾四國民命，我乃明致天罰」，謂誅其君、弔其民，所謂「大降民命」也。「移爾遐逖，比事臣我宗多遜」，當如孔氏謂「今移徙汝於洛邑，使汝遠於惡俗，比近臣我宗周，多為順道」。

卷六

無逸

此篇詞旨明白，大約是兩段意思：一則欲其戒逸豫以知小人之依，一則欲其迪明哲以察小人之情，皆先論其事理而引商周之君以明之也。蓋人惟怠荒逸豫則縱欲敗德、智慮昏迷，時常惕勵憂勤則清心養性、旁燭無疆，是二者亦未嘗不相因也。

「所其」二字，大段古書多不可曉，但得其大義足矣。今蔡以為「處所」之「所」，道理自好，未敢信其為必然也。

「先知稼穡之艱難，乃逸。」所謂「逸」者，非謂逸豫怠荒之云也，蓋謂必由艱難乃可得其安耳。如仰足以事父母，俯足以畜妻子，百室盈止，婦子寧止，此安之道也。然非服田力穡，何望有秋？由是言之，則古人「終日乾乾，夕惕若」者，乃所以為逸，而何嘗敢一日怠荒宴安以為逸耶？若謂艱難於始、燕安於終，是大亂之道也。

「厥子乃不知稼穡之艱難，乃逸」為句。「諺」，鄙俗也。「誕」，放肆也。

君奭

此篇序只云「召公不説」，孔疏乃謂「召公以周公嘗攝王政，今復在臣位不宜，其意不説」，《史記·燕世家》云「成王既幼，周公攝政，當國踐阼，召公疑之，作《君奭》」，此皆謬也。孔説既攝政，不宜復在臣位，其失既遠；史遷言「當國踐阼」尤非事實，周公雖攝政，何嘗當國踐阼耶？且篇中「小子同未在位」，則是成王親政以後事矣。但周公之攝政，成王尚幼，大命新集，周公不得不身任其責，雖非當國踐阼，然凡事皆聽於周公。愚故曰：「伊尹之任商，周公之任周，後世大臣不得而例也。」其事異，其跡疑，但聖人之心明白至誠，人皆可見，以召公之大賢豈有不見於此？故雖管、蔡流言，周公得以東征，屹然不動至成王親政之後。召公之意以為周公今日可休矣，前日之不得已者，今日可以得已也，於此或未悉周公之意而自欲引退，一以處己、一以悟周公也。觀周公「明農」之言，非惟召公念之，周公亦自念之矣。但天命、人心去留之幾，此時猶未可放下，故周公復留。召公，守經君子也，大臣去就之義重；周公，達權聖人也，宗國基業之念深。盈滿之説，豈足為周公道哉？周公此篇，危懼懇切之情溢於言外，蓋以深喻召公大臣未可輕去之義，固非專以明己志，亦非專以留召公也。

「嗚呼！君」至「施於我冲子」，大約語氣，今為引之。「嗚呼！君」者，周公嘆息呼召公之辭也，其意謂周家之事，我一人不得辭其責，從昔以來已曰是在我而已。責既在我，我亦不敢以安寧當上帝之命，而不長兢業以念天威及我民，遂自兹可以無尤違乎？故夫天命人心之固，亦惟在國家有輔翼之人，又在我後嗣子孫有以承之而已。使輔翼無人而後嗣子孫大不能恭敬於上下，慢天虐民，遏佚文武盛德之光，徒自處家室之中而不知天命之不易，則「天難諶，乃墜厥命，弗克經歷年」。所以嗣承前人恭敬之明德也，其在今予小子旦，非克有所助也，惟率循前人盛德之光使不廢墜以施於冲子而已，如是則庶幾不至遏佚前人之光而可以嗣恭明德矣。

「又曰：天不可信」至「天不庸釋於文王受命」，亦足上迪前人光之意。

「我道惟寧王德延」即繼之「天不庸釋於文王受命」，下文申勸寧王之德即云「惟文王尚克修和我有夏」，「文王」與「寧王」恐只是一人，則「寧王」當作「文王」。古註、孔氏亦將「寧王」作「文王」，《大誥》諸篇皆然，蔡氏作「武王」。今詳於此，以當作「文王」為是。

「天惟純佑命」，承上文殷得大臣之助，以德配天而享國長久矣，而天又純佑命之，故凡商之内外大小之臣皆無不宣德宣力以事其上，此上所以從欲以治也。秉德在人，乃言天佑命者，人事亦天意也。「實」字恐是語助辭，蔡引《孟子》國不空虛為實，鑿矣。

「天壽平格」至「新造邦」，因上言天之保佑乎殷如此，其至紂之承天，一失其道，遂至滅亡，汝誠長念乎此，則天位可固，是宜共治明顯我新集之邦也，而可決於去乎？此言殷之事以告之也。「在昔上帝割」至「丕單稱德」，則言周之所以得臣之助者如此。殷周皆由得人而興，此在今日，周公不得不留召公，所以未可去也。凡周公所言皆不外殷周之事，不暇遠引堯舜者，堯舜世遠而事略，殷周跡近而鑒切也。

「小子同未在位」，當云不可以今日親政便欲退去，宜同心共濟，輔佐小子，同於未在位之時也。「誕無我責收，罔勗不及，耇造德不降」數語，如息齋之説亦通，但亦只是以意為之説耳。

「猷裕」者，寬裕之圖，不為狹小迫隘之行也。凡人有狷介之性者，未免近乎迫隘而不寬。召公《旅獒》《召誥》之辭皆是法度嚴緊，不肯苟且一毫放過，則其律己處事亦甚嚴矣，故於此欲去者，以義不可不去也。周公之留已違其意，奉身而退蓋亦甚決，此所謂守經之法。但道理甚大，大臣之責亦甚重，况王迺初年，殷未引考，其幾一失，雖區區去就之義何補興喪之責？周公之意獨拳拳，召公有所不及，此「猷裕」之言所以發也。嗚呼！持狷介之節者，而或慮其近乎隘；循寬裕之道者，則又恐其失乎經。大中不易之理，惟反而求諸吾心而已。然後世大臣之任，其輕重視古有間，其於去就之間未易以寬裕自委，而使進退之義卒不得以自明也。

「前人敷乃心」一條，則是推武王之意以留之也。「明勗偶王，在亶」為句，謂汝當明勉以輔王，在於盡其誠以乘載此大命也。在於盡其誠，則分毫意念之不周，其誠有未盡也。鞠躬盡力，始終其事，然後可謂之盡其誠也。

「予惟曰：襄我二人，汝有合哉？」語意謂我之心有未信，而若此告語乎？予之所以汲汲不能自已者，惟曰：王業平定之責在我二人，而惟汝之心與我為有合哉？且人之言曰在我二人，故今日天休滋至。夫以天休之至為由於我二人，則我二人其何以戡之？其惟汝能敬德，明揚俊民，布列庶位，則人心永懷，天命永固，在乎推讓後人於大盛之時，此所以為答滋至之天休也。「在時二人，天休滋至」與下文「篤棐時二人，我式克至於今日休」意同，註疏以「二人」為文、武，自不可通。

予觀周公之留召公，既舉殷周之事，又推武王付託之言，又曰「告汝朕允」，又曰「予不允惟若茲誥」，又曰「襄我二人，汝有合哉」，又曰「予不惠若茲多誥，予惟用閔於天越民」，前後反覆不一而足，其詞可謂切，其情可謂哀矣！又曰「其汝克敬」，又曰「其汝克敬典」，又曰「惟乃知明德」，則周公所以倚賴召公者深矣！夫周公與召公共康輔王業最深且久，當流言之變，周公東征在外，二公輔翊在內，憂勤勞悴、險阻艱難共嘗之矣。太公既没，所賴以相濟者獨召公耳，於是而又去，則老臣耆舊無人，何以鎮定家國？此周公之苦心，誰則知之？故夫人臣當國家之任，欲其潔身不汚，何足為難？惟識足以慮天下之微，才足以當天下之變，量足以容天下之汚，氣足以鎮天下之躁，然後能成天下之事，然後可以無愧於大臣之責，斯為難耳！或曰：「以召公之賢而不見於此，何耶？」曰：「此聖賢之所以分也，況周家之事亦有難言。當武王之既喪，周公秉政亦大出格，非召公之賢，則周公之心亦未易知；迨成王既長，後來基天永命久遠之圖，則惟周公宗臣之心為更苦耳。及是周公懇惻言之，召公之心始悟。召公惟見道理為定，既悟之後，遂以不去為是，卒至留相康王，永固基業，此周公之功所以為大也。」

蔡仲之命

「周公位冢宰、正百工，羣叔流言，乃致辟管叔於商」云云，此史敘其事之由如此，而先儒遂以為結正三叔之罪，添揑巧說，宋儒此等病痛最為害道。然即其所敘云「羣叔流言」，遂承云「乃致辟」，則流言之時即已東征，語意自明。若如蔡註云流言只是冷語，周公初避以俟察，迨成王迎周公歸之後，因其復叛方始東征，則所謂東征者在三年之後，非以流言之故而特以其叛耳，史氏何不敘其叛而獨揭其流言耶？夫自成王迎周公歸之後，成王已知周公之勤勞，流言至此復何為哉？而周公復念其故而致辟之，聖人所為固如是乎？若以其復叛而亦流言也，則流言之時固已即叛，豈待優游三年之久然後叛，叛然後致辟之耶？其亦大非事情矣。況經文本自明白，今不即信明白無疑之經文，而徒以己意揣度，為是委曲之說，是皆見於後世之事，徒愛聖人之深而於聖人大道理未之敢自信也。湯武之放伐、微子之去、箕子囚奴、比干諫死，彼其於大道理各有以自信耳。伊尹、周公苟非有大道理以自信，如後世沾沾名義間，則太甲、成王不為商、周令主，其如商、周何？故周公之事，不可以後世而論。其「位冢宰、正百工」者，先儒皆以為在武王崩時，而吳氏謂成王攝政亦是諒闇之時，非以成王之幼而攝，此皆惟恐汚染聖人而每事為之別白，不知聖人正不如是，亦反小了聖人矣。夫諒闇之時，百官總己乃通道也，何足為異？惟成王尚幼，國家新造，外難未除，天命人心未固，周公將委之何人耶？故雖成王免喪即位之後，主張國事猶是周公。如東征、致辟、營洛、微子封國、《多士》《多方》之誥，皆大事也，其命雖出自成王，其實皆由於周公，觀「頒朕不暇」之言蓋可見矣，及至成王親政之後始有不同。以大胸襟觀之，當此時、居此任，大道理自是如此，但後世無此本領力量，未易擬議耳。今必苦苦為辨析，將周公牢致古人科臼之中，不使略寬一步，恐聖人不如是也。聖人未嘗出規矩之外，亦未膠規矩之中，惟視理何如耳。伊尹「百官總己以聽冢宰」，規矩之所有也，使太甲居桐者，豈規矩之所有哉？周公「位冢宰、正百工」，規矩之所有也，致辟管、蔡，任天下以待成王之長，豈規矩之所有哉？借使伊尹避放君之名，商祀自太甲而殄；周公避弑兄之名，周業亦自成王而隳。由今千百世之下以觀千百世之上，為此乎，為彼乎？當知所決從也。

致辟之說，有問文公：「是時可調護莫殺否？」文公答云：「他已叛，只得殺，如何調護得？」愚謂文公此語恐未是周公之心，以已然之迹而論，雖畢竟是殺，然周公之心豈直如是而已哉？其亦百般使人誘化曉諭，不從乃殺之，是亦何嘗無調護莫殺之意耶？《金縢》云：「周公居東二年，則罪人斯得。」不付之他人而周公自行，不往即殺至二年之久，則中間有多少處置之事，而古史皆不傳矣。

多方

《多士》云：「昔朕來自奄，予大降爾四國民命。」此復自奄歸，則奄蓋數叛而亦屢征之也，但篇次日月、先後亦難定。《多士》是洛邑之遷告之之辭，是時成王方即政，而云「昔朕來自奄」，則未即政之前，年方尚幼，亦自往伐奄耶？若以「大降爾四國民命」為即周公東征之時，殷、管、蔡、霍之四國則成王未嘗親往，而稱朕者將為成王耶，抑為周公耶，抑或據周大總稱之耶？今此云「王來自奄，至于宗周」者，則是成王即政之後矣。然成王即政猶稱「周公曰」於「王若曰」之上，是周公傳成王之命誥告天下，可見周公留相王室，未嘗離王而專往治洛也。蔡傳以「誕保文武受命，惟七年」為周公身留治洛之七年而薨，非矣。《書序》雖不可信，然亦大段須依之，以千古之下而懸想千古之上，非有所據，事勢自難，此《書序》亦不可少也。

奄之叛，想是以商為辭，故於篇内反覆言天命所以去商即周之故，以見商之自絶而周非有意，所以開諭多方也。

「惟爾殷侯尹民」，語意謂我已不盡誅戮汝，大降爾命，爾無不知，宜速悔禍自新可也，乃於商奄復大圖天之命而不長敬念於祀，使至誅滅，豈不可哀哉？

「不克終日，勸於帝之迪」者，古人終日欽欽，對越上帝，所行無非天之道，所謂「帝之迪」也，今終日反是。

「惟天不畀，純乃惟以爾多方之義民。」蔡依古註「純」字屬上，恐亦未然。《多士》有「惟天不畀」、「惟帝不畀」，此不當有異。但《文侯之命》有「侵戎我國家純」亦屬上句，《酒誥》「純其藝黍稷」復屬下句，如是則「純」字當缺之可也。

「不集於享」，「集」如「集義」之「集」，不集其所以享。「天之命蠲烝」之「烝」，如「烝烝乂」之「烝」，謂不能蠲潔以進於善道也。

「惟聖罔念作狂，惟狂克念作聖。」此語意極緊，道理亦自足，諸家只管以「上智下愚不移」來譬，將古人緊切語意扯寬來比併論量，大是害事。夫人之所以為人者，此心而已，「心之官則思，思則得之」。「克念」者，心之存也；「罔念」者，心之亡也。使桀、紂而克念，則必戰兢自持，豈不足以反而為聖乎？所為下愚不移者，惟不肯念而已。「罔可念聽」，謂罔肯克念而聽人之言也。

「臣我監五祀」，謂臣服於周即是監，非必遷洛之後而後為監也。蔡以證遷商在作洛之前，固矣。

「爾罔不克臬」，當如古註云「汝無不能用法」，欲其皆用法也。

予讀《多士》《多方》之誥，周之安天下何其難也！湯、武皆應天順人之師，皆以征伐得天下，然成湯一革夏正之後，天下晏然，不聞略有反覆，而成湯方且自以為慚德矣；武王伐殷之後，反覆數見，非得周公竭誠慰撫，周之基業幾墜，此周公所以不可去也。商、周之得天下同，而安天下有難易不同，若此者何耶？豈夏之諸王不及商七王恩德入人之深也？抑或商亦有訓誥之書，而今亡耶？大抵聖人作用各別，武王取商於天命人心之際，夫何容言？然此等精微道理，在商之多士未必能盡知也；武王斷諸心而行之，亦未必能盡信商多士之心也，此其作用已自與成湯不同。觀夫子謂武「未盡善」而不及湯，又曰「文王三分天下有其二，以服事殷，周之德可謂至德」，則其微意亦可見矣。

立政

「咸戒於王」，當如《孔傳》云「周公用王所立政之事皆戒於王」，蔡氏以為率羣臣進戒，恐不必然。

「休兹」，《孔傳》、蔡氏皆以為五者之官之美，愚竊詳其義，非也。蓋成王方親政，周公惟恐其以天位為可樂而忘其憂勤惕厲之心，故上方戒以《無逸》，而此復欲其處休而知恤也。夫人能常憂其所當憂，則其所以處心行事自有不敢苟者，況人君以一身而當天下之責，其所憂又有大焉者。堯以不得舜為己憂，舜以不得禹、皋陶為己憂，是故處逸豫之時而能知憂其所當憂，其於立政任人又豈有不得其所而不用賢俊哉？若只以「休兹」為「美哉此官」，則其義淺矣。

「籲」者，急呼之意。「有室大競」是處休之時矣，猶且急速招呼賢俊與共尊事上帝，若不及而恐失之者，是何嘗敢以休豫自處而忘其憂恤之心者哉？周公吐哺握髮亦是「籲俊」之意，其所用之俊皆「迪知忱恂於九德之行」，又不肯順適其君，皆責難其君。「乃敢告教厥后曰：拜手稽首后矣」，是欲戒其君而先致禮於君也。「宅」者，居而安之意。宅字最佳，循理則安，從欲則危，故曰：「仁，人之安宅也。」夫人君處富貴之極，易於不得其安而從危也，故惟一循於理，不入於欲，則意氣清明，好惡不偏，有以審乎事理之當然而得夫中正之極致。由是施之於立事、施之於養人、施之於正人，無一而不得其所矣，又安有三者之人不得其賢俊者乎？是則所謂宅者，必自天子克宅其心，始以為端本澄源之地耶，故曰：「宅乃事，宅乃牧，宅乃準，兹惟后矣。」古人之言如此，周公申之，以為古人之於事、於牧、於準皆自其本源之地，必求其安，故入而謀於内，出而相面於外，皆用大訓其德。謂之「訓德」者，非徒口告語之也，正是於本源之地必求其安，以身率化之耳。能大訓德，則於事、於牧、於準必得其俊而可以安人矣，兹乃謂之「三宅」，不惟知義者感化，雖無義之民如商奄、淮夷之數叛者亦可以化而安之矣。周公之時所患在未化無義之民，故成王親政舉以為言。

「謀面，用丕訓德。」「德」字承「九德之行」來，古之人臣有是九德之實乃敢告戒厥后，則其所以教者，無非相訓以德，而其所謂「三宅」者，何莫非德之用而後得其安耶？故曰：「謀面，用丕訓德，則乃宅人。」「面」字即「汝無面從」之「面」，謀面皆大訓德，則由中達外，誠意交孚，亦非面從後言矣。聖人相戒勉，意思大抵皆同。

「宅乃事，宅乃牧，宅乃準」，此三事古今治天下之大綱領也。三代官制雖各不同，然實不出此三事而已。此言事、牧、準，未嘗指定官名，蓋統體舉此三事，亦不必以事即為常任、牧即為常伯、準即為準人也。常伯、常任、準人固不出此三事，但周家制度官名如下文更有許多，亦何莫非此三事耶？故此三事舉其總統道理，而官制則隨時損益，咸不出此三事之外也。夫事者，任事者也，言任事則凡大小任事之臣皆舉之矣；牧者，養人者也，言養人則凡大小養人之臣皆舉之矣；準者，正人者也，言正人則凡大小正人之臣皆舉之矣。夫天以天下付之人君，人君以繼天立極而治天下，使斯民皆得其養、皆得其正、皆得其事，又豈復有他道哉？特為人上者，非有聰明之實，不無好惡之偏，所以於是三者多不能得其道理之安。不得其道理之安，則名為養民實以厲民，名為正民實以淫民，名為立事實以隳事，是名為君而實不稱其為君矣。此湯武應天順人，其義在此；而周公所以拳拳於成王者，亦惟三事為至切也。後世論治者許多煩文，無補於事，將聖人言語大略誦過，其知三事為治天下之道者十有四五焉，又知端本澄源、宅乃三事者百無二三焉。嗚呼！尚何望其能復古人之治耶？

「亦越成湯」至「用丕式見德」，語意謂成湯升為天子，大治理上帝之明命，乃用三事有安，遂能得其安；謂三事有賢，遂能得其賢。是成湯於端本澄源之地無一毫好惡之偏，故能盡用賢俊而三事皆得其安也，又用威嚴使天下大法是道，而天下諸侯皆能用三宅三俊，於是教化大行。其在商邑既大和協，其在四方用皆大法而明顯其德矣。

大段「三宅」就人君身上說，「三俊」就用得其才說。《中庸》言「取人以身」，況即下文而觀之，非文王「克厥宅心」，安能「克俊有德」耶？「俊」字承「籲俊」之「俊」來。大抵治天下大綱惟在三事，人君致謹於三事必求其安，謂之「三宅」；用人以治乎三事必得其才，謂之「三俊」。如孔註以「三宅」為服罪，以「三俊」為明德，固失之遠；蔡註以「位」、以「才」別「宅」、「俊」，而又以「三俊」為儲養待用者，是益鑿矣。《周書》如「謀面」等語本不可曉，只當以大意會之，蔡註字字生義而又以對仗為文，是亦未免舉業之病也。

「用三有宅」至「用丕式見德」，語意謂成湯既伐桀，乃三事而求其安，遂能得〔一〕……「克知三有宅心」者，三宅係本源之地，克己為難，故曰「克」；「灼見三有俊心」者，三俊須委任之才，知人則哲，故曰「灼」。

「立政：任人、準夫、牧作三事。」本言準人、牧夫，今此言「準夫、牧」，恐文有錯誤顛倒。「虎賁、綴衣」以下，如蔡註所分，以百庶以上為侍御之官，以庶常吉士以上為都邑之官。「百司庶府」即如《周禮》「内府」、「大府」，亦不可謂之侍御；藝人、太史、庶常吉士，亦不可謂之都邑之官；司徒、司馬、司空、亞旅，又不可謂諸侯之官也。愚意不如只依古註，自「虎賁」以下歷舉官名，不以官之尊卑為次，蓋以從近而至遠。虎賁、綴衣、趣馬最近，王小尹、左右攜僕、百司庶府亦日與王接者，大都小伯、藝人、表臣百司則略遠於王而官之略大者，太史、尹伯、庶常吉士則官之掌事要與掌常事者，司徒、司馬、司空、亞旅則官之大者，此皆略舉内外之官而又遠及夷狄也。

「文王克厥宅心」者，其心一循乎理，不從乎欲，而皆居之安，故於三事皆能得賢俊有德者而任之也。武王「不敢替厥義德」者，亦猶文王之「克俊有德」也。「謀從」者，即《洪範》「卿士從，庶民從」之類；「容德」，即「其如有容」之類，蓋言不係吝乎一己而克用乎衆賢也。

「其克詰爾戎兵」者，兵，有國所不可廢，況當時徐戎、淮夷之屬時時並興，苟不能剪除統一，安在其為嗣前人之業耶？此周公所以終致意也。通篇言「三宅三俊」、「勿用憸人」，此言「戎兵」，似突然不相貫，殊不知宅、俊皆盡其道而後兵事亦無不舉，而天下始可以無思不服；若不能盡宅、俊之道而徒訓於兵，未有不禍敗天下者也。

「克灼知厥若」者，既有審其事理之詳而又有以察夫人才之實，則得真才治天下事，此大順之道也，故曰「克灼知厥若」。稍有一毫私意間於其間，則潛滋暗長，必至舍理而從欲，徇私以滅公，於事理便眩而用人必偏，是非大亂之萌乎？然則所謂「克灼知厥若」者，惟端本澄源可以識之，周公之訓成王至此深矣！

「夏之臣迪知忱恂於九德之行，乃敢告教厥后。」周公已受人之徽言，乃咸告孺子王，自古人臣未有不能善其身而可以善其君者也。

「則克宅之」，既有以求其事理之安；「克由繹之」，又有以盡夫委曲之變，皆不敢一毫有所苟也。

自篇首至「以並受此丕丕基」，是舉夏、商及周文王、武王之事，總論大道理，全在三事得其安而用賢也。「嗚呼！孺子王矣」以下，則專呼王以戒之，使服行此道理而不失也。「庶獄庶慎」、「勿用憸人」，又就中指出要緊事件以丁寧之，所謂憂之深而言之切也。

「耿光」以德言，「大烈」以業言。文王未有天下，故言德；武王始代商，故言業，立言各有攸當也。

校記：

〔一〕「得」字后有小註云「闕」，下文當有殘缺，故句意不完。

周官

《周官》皆成王訓迪之言，《周禮》則周家一代典章之書也。《周官》惟三公、三少及六年一朝之典，與《周禮》不同，宋儒遂疑《周禮》為周公未成之書，然則周公亦若後世著書矣，豈其然乎？蓋《周禮》者，周公之經制，而其為書則儒者纂成之也。一代八百年之久，其制有沿有革，而儒者之纂集有詳有略，此其所以不同也。且《周官》之書古文亦是晚出，烏能以此而廢彼乎？陳氏傅良謂周、召以師、保為冢宰，是卿兼三公也。《顧命》自「同召太保奭」以下皆卿也，是時召公為保兼冢宰，芮伯為司徒，彤伯為宗伯，畢公為司馬，皆是以三公兼之。衛侯康叔為司寇，毛公為司空，三公多是六卿兼官，有其人則置，無其人則止，而六卿則不可缺也。由是言之，則三公、三孤亦無專職，此《周禮》所以不列於前。然《周禮》射人、司士、朝士皆有公孤之位，則與《周官》所敘亦未嘗不同，或設置與否不定，故不列其職而列其位歟？

君陳

「周公師保萬民」，舉天下而言也，未嘗專以留後治洛為專職，而經理訓誨之勤，周公未嘗一日忘。唯是殷民之懷德向化則由於周公，故命君陳以「懋昭周公之訓」。「至治馨香，感於神明」，其意亦主化殷民而言，亦猶《禹謨》云「至諴感神，矧茲有苗」之意。

「爾有嘉謀嘉猷，則入告爾后於内」數句，自古註皆以為善則歸君，誠非人君之所宜自言者。竊以為君陳在洛，為外；王在鎬京，為内。成王欲君陳身雖在外而心常不忘在王左右，故意念所及，聞見所得，有嘉謀嘉猷則以來告我於内。既告於我，爾乃順行之於外，使人蒙其休者皆曰「斯謀斯猷惟我后之德」，則君用以顯矣。如此說却覺差勝。若如昌黎之說，則洛邑去鎬京尚遠，而曰「入以告君，出則不使人知」，似非命之出鎮之詞氣。

顧命　康王之誥

此與《康王之誥》今文合為一篇，須是如此事體方備，語脈亦相承。

「奠麗陳教則肄肄，不違。」諸家皆上「肄」字為句，今細詳當「肄肄」連讀，言漸摩教化，積習而不違也。

「思夫人自亂於威儀。」《詩》云：「抑抑威儀，惟德之隅。」人之有威有儀，非以致飾於外也，蓋以收斂肅恭，暴慢邪氣無自而入，而德日益固矣。紂之「燕喪威儀」至於滅亡，則其所係豈小哉？

自「狄設黼扆」至「側階」凡有四節，四坐為一節，寶器為一節，車輅為一節，戈戟儀衛為一節，皆象成王平生所用而陳設之，咸在路寢。蓋成王之殯在寢西序，欲就殯前傳命，故設之。王者之朝有三：外朝一，在雉門之外，朝士所掌；內朝二，路門外之朝，天子受贄見諸侯之所；路門內之朝，則與宗人圖嘉事者。而黼扆之設，想皆然也。今因王崩於寢、殯於寢，故傳冊命於寢。若見諸侯，則當在路門外之朝也，故康王受冊畢，出在應門之內，則是路門外之朝矣。

康王吉服受冊及朝諸侯受幣，蘇氏以為非禮，而諸儒咸以為未達禮之權，至文公亦言天子、諸侯之禮不同，故孟子云：「諸侯之禮，吾未之學。」所謂未學者，禮之纖悉條貫也。至於三年之喪、齊衰之服、飦粥之食，此不待言者，孟子固已明言之矣，豈有方在五內分崩之時而從容衮冕之服，其心豈能忍於是哉？況在路門外見諸侯，猶不見殯也，而傳命在殯前，則又甚矣。蘇氏引《禮經》《春秋傳》為證，愚謂反諸心而未安，雖聖人之言猶當缺其疑，而又何必援引證據之多耶？如以爲寶位相傳，天下之大義，則即以凶服行之何爲不可？夫吉凶之服不相爲用，較之父子死生之至情，其輕重何如耶？今必執凶服不可以行大事，則是忽父子之至情而急觀聽之細故，輕死生之大禮而重服色之微文，亦舛甚矣！説者又以爲授受之際須要明白，始足以服天下之心而定衆志，又以謂周公之時尚有流言之變，天下岌岌幾殆，故於康王之立特爲非常之禮。秦漢而下，授受暗昧，禍天下國家不少。夫秦漢而下貽禍國家者，皆由於平時寵幸之失宜，故流爲臨時廢置之無度。苟平時根本一定，天下之人已曉然矣，所謂朝委裘、植遺腹不亂者。而况有聖賢爲之師保，先王訓法具存，至成王末年，所謂「世變風移，四方無虞」之時也，亦何至張皇，而特爲非常之禮以臨之耶？蓋所敘迎立之節、陳設之儀，自是朝廷規制當如是，而非以爲非常之禮也，特服衮冕在殯前則是非常之禮耳。今若不服衮冕，只以凶服受册，迎立之節如常也，陳設之儀如常也，羣臣教戒如常也，康王報誥如常也，在朝見之，天下聞之，亦何涉曖昧不明之有哉？豈明不明之所係只在凶服、吉服之間耶？而召公諸賢行之，夫子録之，是皆不可曉者，姑記以俟正。

葉氏少藴曰「天子即位之禮，後世無傳焉。《春秋》猶有可考：君薨，世子嗣位於喪次，殯而未葬、葬而未踰年者不能踐其正位，不敢朝廟，不敢主祭封内，三年稱子，踰年而後朝廟改元，《春秋》始書即位」，又曰「諸侯踰年而朝廟，即位以吉服乎，以凶服乎？不可知也」。愚謂天子諸侯之禮大抵略同，春秋繼世之君無有以吉服受命於喪次者。晉襄公有文公之喪，西師來軼，墨以即戎，遂墨以葬，記者記其禮之變，謂晉於是乎始墨。今康王之事，不亦禮之變之極耶？夫子既録於經，則周家後世必以為故事，何列國之君又不然耶？豈天子、諸侯之禮亦自有所不同耶？抑或在夫子之時，天子居喪之禮《禮經》自備，不患其不明，至經秦火，乃今無所考？而夫子於此，特以其終始之際，成王有付託之勤，康王有纂述之志，諸臣有輔道之美，亦足以為後世勸，而不暇責其一事之失，故亦録之。如《吕刑》《秦誓》取善於周公既没之後，豈可責其純哉？

予觀世至周時，人情變故大抵與唐虞之時不同，故其所處之事亦異，與後世緣人情而行之者多不甚相遠。康王即位之事，前後擺布如許齊整，唐虞之時想無有也。且堯舜之治天下，以其一身公天地之間，天下者，公共之天下也；堯舜之身，天下公共之身也，子足治天下則治之，子不足以治天下則付之能者，其心何嘗有一毫芥蔕耶？何嘗以天下為己之基業，而汲汲以保守而恐失之乎？迨至周時，積累勤勞以成基業，如人家創業勤苦一般；又兢兢保守，恐一旦失之，如人家守業艱難一般，此其心之視天下與堯舜之心何如耶？故一則曰「丕丕基」，二則曰「丕丕基」，則亦近乎後世之事矣，堯舜之時恐亦不如是也。愚嘗讀「丕丕基」之言而感嘆上古之事之不可及也，後世世變既如是，則其緣人情以行之者亦不能免也。康王即位之事，亦緣後世人情而行之者。以周公之大聖，不能必反堯舜之事；召公雖賢，亦安能免於世變之人情耶？不敢辭其僭妄，敬附於此。

畢命

「周公克慎厥始，君陳克和厥中，惟公克成厥終」，於以見古人之為政從容不迫，不急近功，而惟求實效也。夫當商命初革，武庚繼誅，殷之人士思殷甚切，不無潛蓄憤悍之氣，使即用寬和待之則難制，即用旌別之則不堪，故處之於洛，監以其官，訓戒之嚴不少假借，如《多士》《多方》咸可概見，所謂「克慎」也；迨其既定，不可太傷於峻急也，當以寬和含容待之，以導其歡欣樂易之心，故曰「克和」；及其既久，不可太縱於慢弛也，又當分別其善惡，明白其勸懲，以固其趨向蹈迪之誠，故曰「克成」，其三者誠不可已也。由是言之，周公開端之功固大，而成王、康王能任二公以成之，亦可謂賢矣。後世為政寬，則遂至廢弛，然有知振作以有為者，憑其意氣之偏，驅以刑辟之峻，不量事體，大遠人情，民皆一時苟免趨避，卒亦何益之有哉？

「惟周公左右先王，綏定厥家，毖殷頑民，遷於洛邑，密邇王室，式化厥訓。」周公所以克慎厥始者如此，何嘗專留在洛而為留後耶？下文云「邦之安危，惟茲殷士」，周人致意於殷士者甚深，故周公曲盡區處之方，其用意之勤則有之。聖人立於王朝之上，將天下無不化服，何待以身留洛地而區區為一方之巨鎮耶？此等當以大體觀之，不可以一字一句遂以為得其事迹而遷就其說也。

君牙　冏命

《君牙》《冏命》雖皆穆王時書，然其間語言咸不悖乎聖賢之旨，文、武、周公之訓，想皆當時仁人君子有得於學問者所為，其有關於世教大矣，故夫子録之，不以人廢言也。若養民本無與於司徒，則司徒掌教豈宜兼「暑雨祁寒，小民怨咨」，蔡註以為兼養民之事。若養民本無與於司徒，則司徒掌教豈宜兼耶？殊不知民事本司徒之事，《周禮》知其夫家老幼、廢疾與夫六畜、車輦之數，而教之稼穡，其器物皆司徒之事也。先儒以此為粗迹，無與於教，遂以為非司徒之文，而不察其以民事為教之意，而使司徒失其職者。愚於《周禮》已深辨之矣，今觀於此，尤相脗合。「厥惟艱哉」，謂衣食不足，至於怨咨，則教行亦難矣！民既怨咨而不率教，則又未免有不率教之刑罰，此民所以尤不得寧也，故曰「思其艱以圖其易，民乃寧思」之一言，誠為人上者之要藥也。

細詳《冏命》之言，恐須出穆王自說，故能如此親切。其病痛無不自知，然後來躬自蹈之，人心操舍之可畏如此。

呂刑

《呂刑》一書，諸儒皆以贖刑為非，程子發策問，謂聖人意在垂戒，故録之。夫聖人若意在垂戒又不明言，只根於經，以與堯、舜、禹、湯、文、武、周公之訓並傳人，將何得而知之？朱子又謂穆王荒遊無度，至晚年無錢使後撰出那般法來，而蔡氏俱祖之。此無他，皆以穆王非有德之君，故雖有德言，不足取信於後世也。愚反覆讀之，愛其詞旨懇切，出於至誠惻怛之意，而非以為掊斂之資也。想穆王亦是濶大通達的人，其天資亦高明，故雖車轍馬跡遍於天下，然後命君牙為司徒，命伯冏為僕正，其於道理亦皆見得，特不勝其意欲之偏耳。迨至末年，精神鼓舞已盡，返其初心，有一念思及愛民之意，見夫天下刑辟之濫而不忍之心油然而興，故命呂侯斟酌為此法，以訓四方。如武帝南征北伐，晚年精神既倦，始有輪臺之悔，使在夫子豈不取之？况所宣明皆合古訓，夫子亦安得而遺之哉？夫聖人之書，載道以為訓者也。堯、舜、禹、湯、文、武、周公盡是道而無疵，固備載之，以為天下後世法。舍此而下，苟有合於是者，亦併取焉，以附夫堯、舜、禹、湯、文、武、周公之後，是亦一事之堯、舜、禹、湯、文、武、周公也。充其一事，而事事皆如是焉，是亦堯、舜、禹、湯、文、武、周公而已矣。是則聖人載道以為訓，亦聖人與人為善之心也。或曰：「一事之合即可以為堯、舜、禹、湯、文、武、周公乎？」余曰：「長江之水浩蕩萬里，何其大也！沼沚之微，去長江固已遠甚，然不可謂非水也。今取杯盂之水置之長江之中，固無異也，惟泥沙汩其性，污穢亂其真，則始有異耳。堯、舜、禹、湯、文、武、周公，長江之水也；其他有一言一事之合乎道，猶之沼沚、杯盂也，雖其大小有間，猶幸泥沙污穢之不汩且亂，不猶可以揚波而助瀾乎？是故學者必有見乎是而後可以為學，君子必有見乎是而後可以為教，蓋不必務其大而惟求其同，不可以一時區區之力而效長江浩蕩之無窮，而惟孜孜汲汲於泥沙污穢之不汩且亂也。嗚呼，是特可以論周穆王呂刑一事而已耶！」

若贖刑之意亦未可甚病，蓋刑獄一事極難，非德之至精者不能無疵於是。說者謂虞廷之德惟皐陶為盛，故曰「方祇厥敘，方施象刑」，惟明舜之稱皐陶曰「俾余從欲以治，四方風動」，禹之稱皐陶曰「邁種德，德乃降，黎民懷之」，則皐陶之德誠非後世之所能及。夫上有舜之聖，下有皐陶之德，則盡夫天理之極而無人欲之私，通天下之志而無不盡之情，然後天下之刑可得而平也，然猶有疑而宥者，刑獄豈易言哉？漢淳于意之女曰：「死者不可復生，刑者不可復贖，雖欲改過自新，其道無由。」傷哉斯言，亦天理之至，人情之極也。萬一有失，其冤何如？此文帝之除肉刑，萬古不能再復，亦未可遂以一筆勾斷也。蓋上古聖賢既已不作，後世為君者喜怒好惡之横出，而為臣者諛佞苟且之成風，就中雖有一二忠實之質，然亦所謂存十一於千百，而其至精至粹之德抑何得以言皐陶哉？夫有堯、舜、皐陶之德而行堯、舜、皐陶之刑，可也；德不足以比堯、舜、皋陶而行之或少紓焉，是亦未為失也。「與其殺不辜，寧失不經」，《吕刑》之贖刑雖與舜流宥五刑少異者，亦所謂失之不經而不至於大殺不辜也，不亦可哉？況詳其意，亦所謂疑者贖之耳，其不疑而麗於五刑者，刑之固自若也，安能以貨而倖脱哉？而其曰「審克」、曰「閲實其罪」、曰「中」、曰「德」、曰「敬忌」、曰「惟良」、曰「哀敬」不一而足，其丁寧反覆，深切之意藹然見於言外，此穆王一念之善，謂非聖人之心而與聖人同者歟？若曰財匱民勞，欲以斂財為事，則其曰「罰懲匪死，人極於病」，即其所謂罰者亦恐其有虧枉而不敢苟也，此豈汲汲於斂財者而能虚飾為是言哉？大抵後世於聖賢未能見得實理實心而實知聖賢所以為聖賢者在此而不在彼，或只就軀殼上看，故即其人之心有一念一事可同於聖賢者，不肯法其同以達其異，必欲求其異以掩其同。宋自二三大儒之外多有此病，是皆未足以見聖人之心也。夫子曰：「聖人吾不得而見之矣，得見有恒者，斯可矣！」夫子之心，非知德者孰能體之？予常見今之司刑者，恃其才智之雄，或以一人之見而破數人之是非，或以一日而剖決數十事，若果肉刑，吾將見肢體殘傷之人遍於天下矣！

文侯之命

《書》録《文侯之命》，先儒皆謂平王忘不共戴天之讎，而為戍許、戍申之舉，夫子録之，蓋以為戒。其説誠有關於大體，然欲以為戒而又録其書以繼文、武、成、康之後，恐聖人之示人不如是之隱晦也。然則夫子之意將何如乎？《春秋》自平王而始，豈夫子之取平王而猶作《春秋》耶？曰：玉之瑕瑜不相掩，此玉之真也；聖人取人，美惡不相掩，此聖人之真也。《文侯之命》，平王之初年也，其志切，其詞哀，其稱述文武，其仰賴賢俊，一念之明宛然先王家法，聖人猶有取焉。《春秋》之作，平王即位五十年矣，乃不克有所為，陵夷不競，王澤遂斬，聖人至是復何望乎？故不得已而作《春秋》以寄王道，自是則周始同於列國矣。由是言之，因其猶有可取而取之，因其可絶而絶之，聖人何心哉？況東遷之初，誥命首此一篇，猶略存先王之典型而命自天子出，此外杳然無聞矣。其存亡進退之幾，聖人得不深惜而大有所感也，而又焉得而遺之耶？

愚讀《文侯之命》，聖人致重於王澤者何如，屬望於平王者何如，於是益有以見聖人作《春秋》不得已之心也。

《書》上自《堯典》，所以開帝王之統之始；下至《文侯之命》，所以紀帝王之統之終；至於《費誓》《秦誓》，有一事一念之合於帝王者，亦皆録之，是亦思狂狷、有恒之意。此理在天為命，在人所行則為道，在帝王以維持紀綱天下則為統，其被諸天下、入乎人心則為風、為澤。堯、舜之統不待言矣，三代季世雖皆有昏亂之君，然禹、湯、文、武之紀綱未至改變，天下之人心未至泯滅，弒君弒父之賊猶未甚見，所謂王風、王澤猶尚維持布濩，其統猶尚存也。至是以後，則王畿下同列國，既無以紀綱乎天下，而天下之人心亦已不知有先王之訓之遺，而惟利欲之便，於是魯桓弒隱公矣，宋督弒與夷矣，周鄭交質交惡矣，所謂人化物而滅天理矣。故夫子不得已而作《春秋》者，所以紹帝王之統也。而其始於魯隱者，固維其時，亦重因宗國而有感也，是惟夫子可以當之。故先儒謂夫子繼周而王，不其然歟？而夫子謂「知我」、「罪我」，是夫子亦有難於言者，然則非真有見於帝王之統者，未足以知夫子也。

先儒林氏謂周太史所藏典、謨、訓、誥、誓、命之文至《吕刑》而止，至幽、厲簡編不接。宣王中興，會諸侯，復境土，任賢使能，南征北伐，錫命韓侯、申伯，用張仲山甫，其間誥命必失亡於東遷之亂。此論或然。

費誓　秦誓

二書夫子所以有取者，《費誓》之誓師詞義正而紀律明，與湯武之誓如出一體，非若後世之用兵專以智巧戕害為事，是可為後世用兵之法；穆公之悔過誠意懇惻，而所論用人足為至言，非若文過飾非之比，是可為後世補過之法。王者吾不得而見之矣，得見若是者，斯可矣。